片儿白 作品

Pianrbai Works

# 白门三代

## 一户老北京平民的百年家事

哈尔滨出版社

HARBIN PUBLISHING HOUSE

图书在版编目（CIP）数据

白门三代：一户老北京平民的百年家事 / 片儿白著.
—哈尔滨：哈尔滨出版社，2015.1
ISBN 978-7-5484-1885-6

Ⅰ.①白… Ⅱ.①片… Ⅲ.①长篇小说-中国-当代
Ⅳ.①I247.5

中国版本图书馆CIP数据核字（2014）第153708号

书　　名：白门三代——一户老北京平民的百年家事

作　　者：片儿白　著
责任编辑：颜　楠　陆晓峣
责任审校：李　战
封面设计：颜　森

出版发行：哈尔滨出版社（Harbin Publishing House）
社　　址：哈尔滨市松北区世坤路738号9号楼　　邮编：150028
经　　销：全国新华书店
印　　刷：北京慧美印刷有限公司
网　　址：www.hrbcbs.com　　www.mifengniao.com
E-mail：hrbcbs@yeah.net
编辑版权热线：（0451）87900271　87900272
邮购热线：4006900345（0451）87900345　或登录**蜜蜂鸟**网站购买
销售热线：（0451）87900201　87900202　87900203

开　　本：700mm×980mm　1/16　印张：19.5　字数：260千字
版　　次：2015年1月第1版
印　　次：2015年1月第1次印刷
书　　号：ISBN 978-7-5484-1885-6
定　　价：38.00元

谨将此书献给

最不待见我

十六年来却又死乞白赖

留在我梦里的那个人——

白纪元

我的父亲

我的父亲母亲

# 序

本来，这篇序怎么也轮不上我这个晚辈写，但父亲一定要让我这个还没走出学堂的“白门四代”作序。我也只好奉命行事，冒昧地为本书写一个序，望各位师长包涵。

我对我家历史最初的认识，是源于家里的老相册。相册的第一页是曾祖父、曾祖母的照片，后面则是祖父母年轻时的照片，以及姑母、伯父和父亲姐弟三人小时候的照片。几乎每张照片的下面，都贴着祖父用蝇头小楷写下的介绍。这件事我一直记忆犹新，现在想来，我对我家过去的一切好奇，可能都是这本相册激起的。

我没见过我祖父和曾祖父，但我却见过曾祖父“M.C.Pai No.1”的英文签名，以及祖父拿着“二把盒子”的军装照。他们的故事我也常听长辈们说。

后来，我听父亲说，我家的祖籍在山东商河，那里有一个村子也姓白。那时候我第一次朦胧地觉得，原来我家也是有“根”的。从此以后，我逐渐开始留意我家的“根”到底在哪儿。我想“寻根”这件事祖父也想做，我在祖母家的书架上找到了一本20世纪80年代的《中国地图集》，翻到山东省那一页，我发现祖父不但用圆珠笔在上面的“商河县”上画了一个圈，还在那一页夹了一张日历，上面特意写道“老家已找到，在山东省商河县”。

父亲的《白门三代》首次出版的时候，我刚刚15岁，如今8年过去了，我已经从初中读到了研究生。我很庆幸我家还有根基可寻，还有历史可考，还有很多我应该知道的老故事。

白门第四代<br>片儿白之子<br>白野

# 目录

## 第三部 一切都在不经意之间

### ——关于我自己

# 引子

## 百年家事　细说从头

### 1

在老北京的胡同里，曾经到处散落着老宅门，它们大多都是些百年老房。



“百年老房”这种叫法在旧房改造和拆迁时最常用，房管局的人一说：“大爷，您家这宅子可都是百年老房啦！”那意思就是都破破烂烂了，您还较什么真儿呀。

既然是百年老房，就自然都有着百年的故事。

白家在京城曾经是个“望族”，也是一户住着“百年老房”的老宅门人家儿。“百年家事，细说从头”——是因为我从小就听我爸、我妈、我姑姑、我姥姥、我叔伯大爷以及所有和我们家够得着的亲戚朋友讲“家事”。

夏天的晌午，我在葡萄架下，摇着芭蕉扇，吃着黑绷筋儿的沙瓤西瓜听老人们讲。年三十儿的晚上，我搓着冰凉的小手等着要压岁钱的时候也得听他们讲。那是一段段地道的老北京家事、纯粹的老百姓家事，指着任何一个物件儿都能一绷子就扯到民国甚至前清年间，听起来真叫一个神秘和过瘾。

那时候我六岁多，正准备上小学，懂点儿事了，所以记得倍儿清楚。如今都快五十了，父亲在我这个岁数的时候已经完全成了老头儿。现在的人生活好，营养跟得上，加上喜欢锻炼，大伙儿都说我不像这个岁数的人。可毕竟是这个岁数了，兴许明天上班的时候又忘了带手机，其实现在几乎每天都有该干的事儿忘记做。但唯有家事难忘，而且总是浮现在杂乱无章的梦境中。

据说人越爱忘记眼巴前儿的事情，远久的记忆就越清晰，这是一种衰老的表现。

我寻思着自己可能有点儿老了，原因是不仅爱忘事儿，而且还特喜欢怀旧。不管跟谁，一说起家事就绘声绘色，非把人侃晕了不可，说句老实话，我还真有这方面的天赋。

其实还没到怕老的时候，只是想在“老之将至”之前把我的老家底儿给抖搂抖搂。


这百年的家事就像那些百年的老房，别看它破破烂烂、风雨飘摇，要是较起真儿来仔细咂吧咂吧，还兴许就是一坛子陈年的好酒。毕竟家事对人太重要了，它影响了我的成长、成人、成家、成事业甚至成“气候”……

## 2

前些时候我没事儿闲扯淡，又把一位朋友侃高兴了，他旋即在《北京晚报》上登了一大篇文章，题目还挺吸引人，叫“老宅门里的白家”。

写文章的这位大爷不是别人，正是报界名记、京味作家刘一达。文章写得好，加上作者名气大，所以“非同凡响”。

于是有人就把我们家当成电视剧《大宅门》里的“白家老号”了，

哭着喊着问："七爷白景琦和你是什么关系？"挤对得实在没辙了，我就特认真地说："算是本家大爷吧。"一群哥儿们追着骂："×你个大爷的。"大伙这个乐呀。可还没等乐痛快了，就发生了一件意想不到的事情，差点让人哭都找不着调儿。

一达兄的文章刚见报，白家就翻天喽，先是我姐给我打电话。顺便说一下，我姐是家里孩子中的老大，从小既漂亮又拔尖儿，是父亲的掌上明珠。可惜偏疼不上色儿，不到16岁就闹着去东北"军垦"，父亲心疼闺女不让去，她就跟爹玩儿命非去不可，用父亲的话说"邪劲儿太大"。可一到北大荒就傻眼了，天寒地冻，罪受大了，我们家的急也着大了。有一年她得了一种叫"羊毛疔"的地方病（学名叫"克山病"），都快进太平间了，结果被当地老百姓用土偏方给救了过来，算是捡回一条命。消息传到北京，父亲急得吐了半脸盆的血——这些都是后话了。

我姐在电话里骂道："你想作死呀？咱们家的这点儿事儿都让你给抖搂出来啦。老太太可急眼了，两宿没睡着觉，血压都快二百啦……"



这才想起来，文章里提到了我爷爷解放前怎么发的迹，后来怎么败的家，我爸参军后怎么带回来一把手枪，怎么把家里的古董卖给香港某电影导演……这忌讳可犯大了。

我麻利儿地去看望老太太，老太太已经七十有六，满脸涨红，眼睛瞪得俩小包子似的嚷嚷着："活腻味了吧小祖宗？这些可都是历史问题，盖还盖不住呢，这下好了，你让全世界都知道了。为了你能出名，就非让我死在你手里不可啊？"

"妈，您别价呀，"我说，"咱家老爷子死了都十好几年了，况且是一辈子不得烟儿抽，给他老人家的德行宣传宣传，这有什么不好哇？"

老太太说："好哇，等我死了以后你爱怎么宣传就怎么宣传，你不能让我现在就出门不敢见人！"

我也急了，冲老人家嚷道："您真是我一个人儿的亲妈，都什么年代啦？您怕谁呀！怕‘造反派’还是怕红卫兵？怕工宣队还是怕军代表？”

老太太说：“整个就是怕你！”说着话儿，她快站不住了。再一摸，坏啦，手都凉了。我真害怕了，也没词儿了，只有认错的份儿。

我说：“妈您别真生气呀，是儿子的错还不成？”

老太太说：“你哪儿错了？”

“我……我错儿大啦！”我说，“咱为了自个儿出名，耽误了一位76岁老人的政治前途。”一下又把老妈给逗乐了……

看来我真的是错了：错就错在爸爸虽然早已故去，可忘记了妈还活着。而且丝毫没有察觉到，她老人家在潜意识里仍然战战兢兢、谨小慎微地生活在那个已经逝去了的年代。那是个让当事者惶惶不可终日的年代，让经历过的人一提起来仍不禁心惊肉跳的年代，让现在的年轻人听着却啼笑皆非的年代。

接着是我哥给我打电话。



我哥就好得多了，他没急也没骂，只是有点儿像领导对属下说话。这不奇怪，我哥是迄今为止我们家唯一在职的党员加机关干部，用现在的时髦称谓叫“公务员”。

我哥是父亲的“杰作”，也是父亲的“理想”，他不折不扣地按照父亲指引的路线前进：入团、入党、当干部，一路“红尘滚滚”，但是苦是乐只有他自己知道。我们哥儿俩平时话不多，来往也不频繁。但是说句心里话我更惦记他，惦记他的健康，关注他的仕途。

公平地讲，我哥算是个有理想有抱负的好同志，光是那份兢兢业业的劲儿就很像父亲，加上他的五官长相，活脱儿是父亲的影子。只是父亲生不逢时，用现在老百姓的话说叫“点儿背”。我哥则不仅赶上了好时候，也确实比父亲聪明能干，即便只是个“小吏”，但这“成就”足以告慰父亲的在天之灵了。

一个人这辈子任劳任怨只走自己认准的一条路，而且是一条道儿走到黑，是很需要些勇气和耐力的，这点我哥的确比我强太多了。

只是他那点儿“职业病”忒让人看不惯，总带着“官儿架子”，就连过春节给我儿子压岁钱，都像是领导干部下基层慰问“五保户”。于是大家背地里叫他“三结合”，即“领导的派头、兄长的风度、大爷的牛×”。

我哥在电话里不紧不慢地说：“你把咱们家的那点儿陈糠烂谷子都弄到报纸上去了？”

我说：“是啊。”

沉吟了一下我哥又说：“唉，其实也无所谓，只是太陈旧，应该说点儿咱家积极的事儿。”

我说：“您圣明，敢问什么是咱家积极的事儿？”

我哥清了清嗓子说：“比如……比如我继承爸的遗志，兢兢业业地为党工作。”

我说：“得嘞，大爷您放心，下回有机会一准儿把您抬举上去。可前提是得先把《北京晚报》变成个带把儿的烧饼，好让我拿在手里想怎么啃就怎么啃，要不然人家凭什么听我的呀？”



我哥说了句：“无聊！”就把电话给挂了。

您瞧，哥儿俩就这么点儿话。

## 3

我们家的仨孩子，姐姐是“明珠”，哥哥是“理想”，我呢，什么都不是。

听姥姥讲我妈在生我的时候难产，差点儿就给憋死。父亲当时斩钉截铁地跟医生说：“保大人！”就在医生护士们叮叮当当地准备好了“十八

白门三姐弟

般兵刃”正要下家伙的时候，迎着夏季一缕金色的晨光，踩着窗外“大跃
6 进”激昂的鼓点儿，我自己出来了。那是1958年7月9日的早晨，天刚亮，
所以给我取名叫白明。

这件事儿不论什么时候跟人家说起来，都觉得自己倍儿潇洒。可无论从哪方面讲，生我又都是多余的，尤其是按照人口学家的理论，我应当是被蛤蟆骨朵儿给吃了的“零碎儿”（据说20世纪50年代民间曾流传吃蝌蚪避孕的方法），这“偏方”在当时也就是昙花一现，因为有人吃出了毛病。照说应该是“饮活蝌蚪少许”，有胆儿大的偏招呼半盆。结果孕没避了，差点儿把命给“避”了。我妈当年吃没吃过蛤蟆骨朵儿？甭问，肯定是没吃过。老人家一辈子是素食主义者，到今儿个连牛羊肉的荤腥都不沾，哪咽得下去那玩意儿？所以就爱谁谁了，所以咱注定就是个姥姥不疼、舅舅不爱的角色。

小时候父亲常跟亲戚朋友说：“老大心细，女儿嘛。老二踏实，是块材料。三儿不成，他除了会出‘幺蛾子’，没什么出息。”

关于爱出“幺蛾子”父亲还真没冤枉我，可能是天性吧，这在“文化大革命”期间曾有过一次“精彩表现”：

上小学的时候我有个同学，名字现在死活想不起来了。那时候同学串门儿从不敲门，都是在门口喊。这位仁兄每回都是一进胡同口儿就扯着嗓子，拉开长音儿喊：“白——明——白——明——！”嗓门特大，我姥姥给他起了个外号叫“纸糊驴”，居然还就叫开了。

有一天纸糊驴跟我说，看见家门口“造反派”批斗“地富反坏右”，他受到了“启发”，回家就把他爸的“反”给“造”了。

我问：“你是怎么造的反呀？”他说：“忒简单了，从作业本儿上撕张纸儿写了个小号的大字报，贴在了我爸的床头。后来你猜怎么着？”

“后来怎么着了？”我问。

他在我耳边小声说：“他给了我一块钱！你回去也试试吧……”

我特敬佩地看着他，心想：纸糊驴呀纸糊驴，你丫可真有两把豆儿。于是把脚一跺说：“成！”就跑回家去了。



回到家看见我妈正在和棒子面蒸窝头，就说纸糊驴昨天已经在他们家造反了！

我妈说：“怎么着，你是不是也想跟我造反呀？”

我的哥哥、姐姐

我搂着她嬉皮笑脸地说：“不能够，跟您造反了谁给我蒸窝头呀？——可我想造我爸的反。”

“那你就造呗。”

“我爸不敢怎么着吧？”

“谁敢惹造反派呀？”

我心想“有门儿”，就激动了起来，跳到我爸妈的床上（那时候父母的床孩子是不准上的），踩着被垛喊口号：“打倒白纪元——白纪元必须低头认罪——”我妈用沾满棒子面的手攥着根笤帚疙瘩把我给赶了下去。

晚上躺在床上想，这“反”要是“造”成功了，不给一块给五毛也成，可大字报都写些什么呢？就写“白纪元的十大罪状：一、像南霸天似的动不动就给人俩耳贴子。二、有一回忘了是因为什么还踹过我屁股几脚。三、好吃的都给我姐。四……五……”

想着想着就睡着了。



第二天早上我妈把我叫到父亲面前说：“你不是想造他的反吗？当面造吧。”睡了一宿觉这事早忘了，现在把我提溜过来不是成心整治人吗？我心里骂我妈可真够德行的。

父亲在吃早点，正一丝不苟地往一块烤热了的窝头片儿上抹臭豆腐，那做派和那认真劲儿就像他当年在起士林里吃法国大餐，真叫一个份儿。

我斜腰拉胯地站在他们面前不敢吭声，过了好一会儿，可能是父亲感到不耐烦了，甩过来一句话：“去你妈的，该干吗干吗去！”

“哎！”我无比愉快地答应着，转身撒腿就跑。跑出去半条街了才想起来没拿早点窝头，哪还敢回去取呀，就径直奔了学校。

碰上了纸糊驴，他问我：“白明，昨儿个跟你爸造反了吗？”

我狠狠地搡了他一把说：“去你妈的，你丫该干吗干吗去……”

我说完就晃着膀子走开，尽管肚子饿得咕噜乱叫，但觉着这派头已经变成我父亲了。

其实父亲给我的评价说对也不全对，我的确从小就不安分，但也的确是家里最豁达最实在的一位。别看父亲不待见我，可咱偏偏是个大孝子，晚年父亲羸病残阳，却得了我的济。床上床下、屋里屋外地伺候，恨不能他哪儿难受我就哪儿难受。临死前他曾说：“老三呀，我欠他的……”

父亲最后的一口气是在我怀里咽的，走得还算安详。从那时候起我就想，父亲和家里的这点儿事儿其实挺“传奇”的，总有一天得把它写出来，写成一本好看的书。这想法一想就是十五年，一直想到现在。

## 4

报纸的风波还没有完全过去，写书的心病又袭来了。

写吧，怕老太太受不了，为此我得落全家老少三代的埋怨。再有，虽然干了近二十年的编辑工作，可我从来没写过书。当编辑和当“作家”不是一个劲儿，我再清楚不过了。这书最后到底能写成个什么奶奶样，心里一点儿底儿都没有；不写吧，胸中块垒不吐不快，这已经变成了一种“夙愿”。况且，是有出版社“约稿”的，让我有机会能在文人的行列里插一杠子，天上掉下来的这块馅儿饼不是谁的脑袋都能挨得着砸的。

机会终于来了，可我却有点儿肝儿颤，有点儿闹心。

是夜做了个梦，梦见我到北方出差，父亲却找来了，他给我拿了一件大衣，说这地方天气凉你别冻着。

“这该是我妈干的事儿，怎么让您来了？”我问。

“人老惜子！”父亲只说了一句，就转身走了。

我这个追呀，可怎么也追不着，一下子把自己给累醒了，出了一身的汗，一看表是夜半时分。

我把老婆给捅醒了，说：“哎，宝贝儿你醒醒嘿，我又梦见我爸了。”

老婆不耐烦地说："我还梦见我爸了呢，这有什么新鲜的？"

我说："你不知道，现在这举动闹大了，该不是惊动咱家的祖宗了吧？"

老婆也醒了，凑过来说："哟，没看出来你还挺迷信。"

"这可不是迷信，是心灵感应吧。"

"那你就抽工夫去给老爷子扫扫墓。"

"对呀，就你是明白人！"

我说着话便翻身下床去穿衣服，老婆一把拉住我说："你要干吗去呀？"

"我现在就扫墓去！"

"半夜三更的，你没毛病吧？"

"怎么没毛病？有毛病的才敢写书呢。老爷子没骂错我，就爱出'幺蛾子'，您就多担待着点儿吧。"

10 说着话我已经走出了房门，身后传来老婆的叫骂："臭德行，神经病……"

我这人一向说风就是雨，十来分钟的工夫，车子已经在高速公路上飞驰了。

## 5

这是一片回族的墓地（忘了介绍我们家是回族），四处弥漫着穆斯林特有的圣洁和静谧。这地方我来过太多次了，父亲和家族所有已故的亲朋好友都葬在这里。他们每个人的位置包括墓碑我都特熟悉，就更不用说父亲的了。

我很快就找到了父亲的墓碑，便坐了下来。

望着满空的星斗和天边的残月，我点燃了一支香烟，深深地吸了几口，心想：我他妈的是有毛病，为写本书半夜三更跑到坟地里找灵感来了，至于吗？得亏坟地里没有巡夜的，要不然不是把人家吓死，就是被人家给掐死。可是要给自己的“家事”著书立说，非同小可，这事儿必须得跟父亲唠叨唠叨。

我又点上了一支烟后，开始对父亲晓之以理、动之以情。

我说：“爸呗，最近儿子闹腾了点儿事儿，怪对不住您和家里人的。儿子把咱们家的故事都给捅到报纸上去了，惹得我妈特不高兴。这还不算，我还要把咱们的家事儿写成书，书里边写我爷爷、写您、写我自己。您老人家1949年就参加了革命，兢兢业业地工作。为入党您申请了一辈子，党也考验了您一辈子，到死您也没入上……这能怪谁呢？怪就怪那时候咱家的成分忒复杂，又赶上您点儿背，可这些都是那个时代造成的，您真是挺冤的！现在一狠心我把它们写出来，让人们知道其实您心里早就入党了，这多好哇，您说是不是……”



我吸了口烟继续说：“就知道您最不待见我，要是您还活着，看见我这么敢干，肯定就是一顿大耳贴子。没辙，谁让您才六十出头就撒手不管了呢？在这本书里我要写好多的故事，有快乐的也有倒霉的，有浪漫的也有愚昧的，有出人头地的也有窝窝囊囊的。总之，要把它们细说从头。但保不齐也会添油加醋，您还别骂，打小我就好这口儿，这您最了解呀……”

点燃了第三支烟，我说：“爸呗，要是您能活到现在兴许会帮助我这么做，您信不信，时代就把您给变过来了，您多圣明啊。可这老太太怎么还是老脑筋呢？您要是不嫌麻烦，抽空给我妈托个梦，开导开导她，别让她老是一惊一乍的。要是您也怪罪我，那您就先存着，俗话说得好，爱国不分先后，入土没有大小，早晚都得到您这儿报到。那时候您爱怎么罚就怎么罚，可今儿这事就这么着了，爱谁谁了。我先给您老磕头，算是向您请示过了……”

说完了以后，我就跪下来轻轻地磕了三个头。抬眼望去，天边已经泛白，天就快要亮了。

忽然间我的两眼模糊了，我在想：母亲所害怕的，绝不是怕她自己会被怎么着，她都快八十的人了，谁还能怎么着她呀？她真正担心的是她这个最小的儿子，会不会自己给自己招惹是非。妈哟，垂暮之年了还让您这么操心。

父亲呢，死了都十多年了，可您那些“传奇”的经历还在为人提供素材，冥冥之中帮着我把它们捏拿成文章。人们读了之后不管是喜是悲，其实都是在品评您那时乖命蹇的人生和不安的灵魂。爸呗，实在是太对不住您老人家啦！

想到这里，我不禁潸然泪下，既而泣不成声，最后是号啕大哭。哭声惊起了枝头的几只宿鸟，在头顶上喳喳地叫了几声，倏地向远方飞去。

心中暗想：兴许父亲他听见我说的话了？

第一部

# 老宅门里的白家逸事

# 第一章｜靠一挂大车立足京城的白松岭

## 蹀脚进皇城

大清朝同治年间，京师的顺承门——也就是现在的宣武门一带已经很热闹了，凡是走卢沟桥这条道儿进京的人都在这一带聚齐。从这里进城的多为老百姓，不是做小买卖儿的就是逃荒要饭的。可要是打这儿出去却“有头有脸”，不信您瞧那串串囚车，一路直奔菜市口，都是等着开刀问斩的。城门外不远的地方就立着一块石碑，那上边赫然刻着三个大字：“后悔迟！”

其实对那些快挨刀儿的人来说，这碑文不看也罢了，它主要是给活着的往来过客看的，别的不说，先就把皇城的“威严”撂在你跟前儿了。

No 1. The Ch'ien-men Great Street. 街大門前

旧北京的一条大街

这座“生死之门”每天照例是车水马龙，行人如织，人群中有一对父子行色匆匆，挺招人注意，因为这爷儿俩除了梳着大辫子之外，每人的头上还顶着个小白帽儿，一看便知道是回族。别瞧风尘仆仆的，但却透着穆斯林特有的一股子精神劲儿。

虽说他们一路不是要着饭过来的，但也很是拮据，好在回民有个传统，爱接济人儿。只要是回民开的饭馆、大车店，都能给口热的或腾出个铺位。就这样，爷儿俩总算走到了京城。

来到了城门口要交“进城税”，钱儿不多就二文。那些赶牲口的、推车的、进城卖菜的都知道把钱别在帽檐儿上，由守门的兵丁自取。可这爷儿俩不懂呀，任凭怎么讲都不明白，最后多交了钱不说，还招了顿臭骂。一开口说话就更砸词儿了，人家一听——咳！山东来的“大怯勺”。

这爷儿俩是进京打官司的，也不知道在山东老家是耕地让人占了还是家里头媳妇闺女让人欺负了，反正是有冤情。刚才看到的“后悔迟”多少让他们有点儿肝儿颤，可仔细一想：进城打官司又不是杀人越货，怕什么？于是爷儿俩紧了紧裤腰带，掸了掸身上的尘土，一跺脚喊了声：“走，进去！”这一跺脚不要紧，却把日后一个家族的“根儿”深深地扎进了这座皇城。



俗话说：“衙门口儿朝南开，有理没钱莫进来。”

其实这在历史上也不尽然，有包青天式的老爷，也有娄阿鼠式的刁民，杨三姐儿告状不是也告赢了嘛。这爷儿俩的冤屈虽然没有杨三姐儿他们家的大，可是他们在京城里一无亲戚二没朋友，这场官司也该是够难打的，可您还别说，它居然就打赢了。

甭问，这爷儿俩就是白家从山东进京的“开山鼻祖”。这一场官司，不仅打赢了道理，也打出了白家以后一百多年的红红火火、兴旺发达和风风雨雨、家道中落……

## “谷道藏银”

在白家的家谱和口碑中，对这爷儿俩的记述其实并不太多，甚至连那位老者叫白什么都不知道，也不知其所终。白家门儿的历史要从这位“小爷儿”写起，他就是我们家和所有沾白字儿的宗亲顶礼膜拜的“高祖”，名字叫白松岭。

老祖宗白松岭的形象在后代人的脑海中非常高大，不仅因为他是当年“踩脚进城”的第一人，他还有一个“拾金不昧，劝人向善”的故事，就像家训一样在白家一直流传至今。

说的是自从爷儿俩打赢了这场官司之后，白松岭便落脚京城，靠着一把子力气和好人缘儿，在西郊一带干起了赶大车的活计。

有一天，来了两位旗丁老爷雇用白松岭的大车，半道儿上因为酗酒这哥儿俩打起来了，人脑子打出了狗脑子，最后两位大爷都不知了去向，“货”却落在了白松岭的大车上。白松岭仔细一瞅，真主哎，原来是一箱白花花的“库银”！

No 86. Travelling cart. 車 大

大车

这不就跟撞上了财神爷一样吗？可他老人家一想，丢了“库银”这二位可是砍头的罪，于是就转着四九城地找，先找到了西三旗，没有。又奔了外火器营，还没有。最后，是在四王府一带找到了这两位要命的大爷。看着这箱连封条都没碰过的银子，哥儿俩倒头便拜，这个哭哇，用感激涕零来形容恐怕一点儿都不过分。

事后两人请白松岭喝酒，酒桌之上这俩大爷又喝高了，结果是“酒壮夙人胆”，却津津乐道出了一个“天大的秘密”：原来这箱子库银是变戏法一般偷出来的！

在清朝，银库直接归户部管辖，是总汇天下财富的要地，就跟现在央行的金库差不多。按说这里是戒备森严、层层有关，制度不可谓不严格。可是到了晚清时期，从大小官吏到库丁差役，通通作弊。因此银库里便是盗银成风，这已是尽人皆知的事儿。

按规矩库丁进库必须脱光官衣换上“库服”，这种装束连裤腰带都不能有。出门的时候要从门口一条横着的板凳上跳过去，表明身上没“动静”。可这也挡不住偷呀，有人发明了“谷道藏银”的绝招儿，就是把银子塞进肛门里带出来。



然而，“谷道藏银”也绝非易事，这功夫是靠一点点练出来的。

据说先用煮熟了的小鹌鹑蛋往肛门里塞，习惯了以后，再用鸡蛋、鸭蛋、鹅蛋，讲究一“憋”就是一天一宿，没有些毅力是得不了这个“道”的。当然，也有人想投机取巧，于是东四牌楼有一家药铺就配出了一种“开谷秘方”，甭问，这药水儿一灌进去，那地方“松快”得就跟个口袋似的。但是此药水一辈子只能用一回，用多了人就“废”了。

您信不信？有人最多能憋着一泡八十多两的“银恭”出来，回家再慢慢拉出来，都快赶上特异功能啦。于是有人考证，说北京俗语中的“你偷着往外‘鼓捣’什么呢？”此“鼓捣”即彼“谷道”也。

您说这哥儿俩邪行不，用不到一年的工夫“吃白面拉白银”，居然就能“拉”出这么一大箱子来，还假装给上边贴了个“封条”……

白松岭听罢吓得差点儿尿了裤子，“咕咚”一下子就给这二位爷跪下了。劝道：“这都快赶上灭门的罪啦，看在咱们仨都是上有高堂、下有妻小的分上，趁着还没有东窗事发，求爷赶紧给送回去吧。当本分人过本分日子，咱半夜出门儿都不怕撞见鬼，图个心里头干净！”

这哥儿俩还真就被感动了一回，把白松岭搀起来，一把鼻涕一把泪地说：“谢谢兄弟，我们知道深浅了。”

没过多久，有人替这哥儿俩给白松岭送来了一幅“帐子”，大概有点儿像现在的“锦旗”之类。上绣八个大字：“功等解悬，德如救溺！”反正是救人于水火的意思，只是日后再也没有见过这哥儿俩。

至于那箱子库银是交了还是“秘”了？就没有下文了。

## 灵性的牲口“雪里站” 7

白松岭是个勤快又精明的人，不仅活儿干得地道，就连他套的牲口都与众不同。

他有一匹大骡子，全身通白，只有四只蹄子是黑的，行里人给这牲口起了个大号叫“雪里站”。白松岭这个爱呀就别提了，人有多利索，这牲口就多利索，都快当“儿子”养了。天儿热舍不得套，天儿凉舍不得赶，只有到了最紧急的时候，才舍得把“雪里站”给“请”出来。所以，凡是赶上大场面的时候，“雪里站”总是跑在最头里。快到地方了，白松岭甩出一串清脆的鞭花儿，长喝一声：“驾——喔嗬——！”

嘿，这喷口儿，就像京戏开场时的那一嗓子“闷帘儿”，明白人都知道，“角儿”要上场啦。

可惜天有不测风云，在一个月黑风高的夜里，“雪里站”被人偷跑了，白松岭急得抓了瞎，上吊的心都有。托人报了官，好在“雪里站”长相特别，案子很快就破了，结果是被门头沟的某个矿主指使一家“驼户”（拉骆驼的）给偷的。

白松岭气不忿儿，非要把官司给打下去，朋友劝道：“门头沟矿上的人黑着呢，连下窑的煤工都是从口外诓来的。你没听说过吗？康熙爷的时候，直隶巡抚于成龙微服私访到了这儿，都被当叫花子给赶下井去过，偷你匹骡子算个屁呀……”白松岭只好作罢。

“雪里站”被找回来的时候已经受了内伤，没调养过来，不久就死了。白松岭心疼得大病了一场，从此心灰意懒，“挂鞭”不再做赶大车这行儿了，这才开始在四王府一带做别的营生，慢慢儿地、悄悄儿地竟发达起来。

做的是什么“营生”，是怎么“发达”的，谁也说不清。反正我们家的“发迹”好像就是从京西四王府一带开始的，这里还有过我们家几亩坟地，白松岭死后就葬在这儿。后来他的小儿子在这里连看坟带做买卖，挺有些“势力”，人称白四爷，在京西颇有一号。



# 第二章｜我的爷爷白梦璋

## 被洋人看中的穷小子

白松岭生有子男四人，其中大爷、二爷、四爷叫什么，有什么“事迹”，现在都说不上来了。唯有那位三爷我最知根知底儿，他是白家后来真正的“发迹”之人，围绕着他的故事挺多的。他就是我的祖父白梦璋，字书田，号玉三。

这位三爷从总角之时起就寡言少语，但是颇有主见。白松岭四个儿子中，梦璋是他的最爱。不论是做生意，还是拜高朋访名友，梦璋从来不离白松岭左右。

某年，白松岭不知因为什么事儿，在“北堂”就是后来的西什库教堂认识了一位天主教会的英国神甫，名字叫登莱普。这洋和尚一眼看中了“白把式”膝下的这个“与众不同”的孩子。登莱普就对白松岭说：“把你的儿子交给我吧。”

白松岭一听就急了：“什么？把孩子给你，姥姥哇！我还没穷到卖孩子的份儿上。”

那神甫一听乐了，说道：“密斯白，你误会了，我不是要买你的孩子。我是希望梦璋能留在我这里，一边干活一边接受教育，用中国人的话说，这孩子日后可能会出人头地。”



白松岭虽然出身贫寒，但是一谈到教育还确实让他动了心。白家在京城一无亲戚二没靠山，有这么个洋朋友帮忙，梦璋兴许能混出个模样儿来。想到这里，白松岭再回过头来看这位神甫，嘿，怎么看怎么觉着面善。

“得嘞，就是他吧。”

白松岭同意了，可是要约法三章：一得给饱饭吃；二得按时让他回家探母；三是最重要的，我们是回族穆斯林，是穆罕默德的信徒，不能强迫孩子入你们的“洋教”。

登莱普一边在胸前画着十字，一边都答应了。

就这样，白松岭把儿子梦璋送上了一条在当时京城里的人们连想都不敢想的路。

## 在“藤公栅栏”教堂当花童

神甫把梦璋领走之后，没有安排他在“北堂”做事儿，而是去了“藤公栅栏”附近的一个小教堂。“藤公栅栏”是当时京师有名的洋人传教士墓地，大约就在现在北京百万庄一带，明朝万历年间著名的意大利传教士利玛窦就葬在这里。

这“藤公栅栏”一带满是苍松翠柏，小教堂的附近有一处挺大的花园，专种西洋人喜爱的玫瑰花，梦璋在这里主要的工作就是摆弄这些花草。别看岁数不大，梦璋对种花可并不外行，以前白松岭做生意的时候常带梦璋去城南的崇效寺看牡丹，一来二去爷儿俩就学了几手儿。

提到崇效寺的牡丹还真有些说道，这座京城里最不起眼儿的小庙，位于牛街往西的白纸坊附近。

那里原本是外埠商贾客死京城停厝灵柩的地方，平日里山门紧闭，鲜少游人。可一到了每年的三四月份，庙里的那十几大丛牡丹花绽开，这里就会热闹几天。庙里的老住持用煮烂了的黄豆做肥底子，养出的花不仅花期长，而且是朵朵硕大。园子虽不算宽敞，但各色杂陈。这里曾和当时法源寺的丁香、极乐寺的海棠、天宁寺的芍药并称“南城四景”，也算是远近闻名了。

梦璋如法炮制，居然就把“藤公栅栏”里的玫瑰花儿伺候得像他这位翩翩少年一样“鲜灵”，惹得个登莱普喜上眉梢。

以后每到时令梦璋便要领着他逛崇效寺，去比较玫瑰和牡丹谁更艳美、谁更绚丽。

他们逛厂甸儿，去品尝那跟铜钱一般大小的糕点和足有五六尺长的冰糖葫芦。

他们逛白云观，去用铜子儿“打金钱眼”，抚摩那个能消灾祛病的

"石猴"……

登莱普也挺大方，他带着梦璋去参观由法国传教士兼生物学家达米德开办的"百鸟堂"，那是当时京城里最早的"自然博物馆"。这里展示着上千种昆虫标本，还有风琴、自鸣钟、琉璃器等令人眼花缭乱的"洋玩意儿"。指着这里，登莱普曾神秘地跟梦璋说："你们大清国的慈禧皇太后都悄悄到这儿来过。"

他还时不常带梦璋去前门打磨厂的"天乐茶园"看西洋电影儿，什么《克林德科学侦探案》啦，什么《爱克司光线》啦，什么《黑人吃西瓜》《白人骑自行车赛跑》啦，等等。别看片子最长的也不过半个钟头，这可是那个时候在中国能看到的最早的外国"大片儿"。

末了他领着梦璋到东交民巷里法国人开的"阿东照相馆"照了一张"标准相"，这张照片保存了许多许多年，"文化大革命"时才被烧掉。就这样，慢慢地两个人成了"忘年之交"。



## 登莱普把他送进"同文馆"

登莱普是个"中国通"，汉话说得蛮地道，而且凡是中国的玩意儿他都喜欢，就连梦璋嘴里的儿童歌谣都不放过，于是梦璋就教了他一段用北京西边地名编排的顺口溜："蓝靛厂儿，四角儿方，宫门口对着六郎庄。罗锅桥怎么那么高，香山跑马好热闹。金山银山万寿山，皇上求雨黑龙潭……"

这神甫居然喜欢得不得了，咿咿呀呀地跟着念，生把一个金发碧眼的半大老头子给变成了个不嫩装嫩的洋娃娃。

一天登莱普问梦璋："我从你这里学了这么多东西，现在我该教你些什么呢？"

“我要学你们嘴里说的洋文！”梦璋不假思索地说。

登莱普答应道：“好吧，那从现在起我就是你的启蒙老师了。不过我要纠正你的说法，这不叫洋文，这是我们大不列颠的语言，叫英语。”

登莱普先把梦璋教他的那段“顺口溜”改编成英文，再一字一句地教给梦璋。于是从这段中西合壁、不伦不类的“顺口溜”开始，梦璋最大限度地发挥着自己的语言天赋，几年之后，他竟完全变成了另外一个人。

据说梦璋到了寂寞晚年的时候，常常独自遥望天际，叽里咕噜地说上一段英语，连他身边最得意的门生都听不太明白。问他：“老爷子，您说的这是哪一段呀？一会儿‘宫门口’一会儿‘黑龙潭’的？”梦璋淡淡一笑，从不回答。那一定是在回忆当年的登莱普。

1862年，在北京出现了当时中国第一家培养外语人才的学校，叫“京师同文馆”，是鸦片战争以后清政府培养“通事”和“译员”的地方，地点就在东堂子胡同。

晚清时期，外国人在京开办教育机构的场景

原来这里规定只招收13岁左右的满族八旗子弟，1867年，“同文馆”增设了“天文学”和“算术学”，并放宽了入学条件，30岁以下的满、汉学子皆可入学。登莱普通过当时的英国公使维妥玛，认识了“同文馆”的一位叫鲍尔腾的英文“教习”，并把梦璋介绍了过去，并亲自当“保人”。

于是在1886年，已经进入青年的白梦璋便夹着一个小布包走进了“同文馆”，开始接受正统的“英文教育”。登莱普还告诫他，这里多为满族达官显贵的子弟，你比不得他们，只有更加刻苦地学习，日后才可能出人头地。

这话对梦璋的“刺激”非常大，他当然明白自己的身份和这个千载难逢的学习机会。由于没钱，生活条件异常艰苦，梦璋把牙咬碎了往肚子里咽，一猛子就扎下去了。有人曾说，自“同文馆”成立以来，作为回族学生，白梦璋可能是第一人。

从“同文馆”学出来以后，登莱普又把梦璋接回到自己的身边，继续着两个人的忘年交。



# 第三章｜初识古玩

## “洋和尚”原来还是个古董商

神甫登莱普，应当说是一个不远万里来到中国的“冒险家”，他除了怀着一颗对耶稣的忠心之外，还发了疯似的爱着另外一个“上帝”——珍贵的中国古代文玩。

从瓷器、字画到竹、木、牙、角等杂项，他无不精通喜好。“收藏”的玩意儿，更是车载斗量。高兴的时候他会把它们一件一件都摆出来，絮絮叨叨地、不厌其烦地给梦璋讲，讲这些宝贝有着怎样的故事，讲“追寻”这些宝贝时在他身上又发生过怎样的故事。

说到唐英，他能列数出这位跨越过雍、乾两朝的清代著名“督陶官”，当年是如何为乾隆爷烧出了精美绝伦的官窑瓷器。讲起郎世宁，更是从他的家乡背景到绘画艺术风格，信手拈来。公平地说，他应该是个“不可多得”的鉴赏家。

登莱普博学强识，能在万马群中选良驹，垃圾堆里淘宝贝，用句行话说这叫“眼睛里不揉沙子”。于是乎日后有人就总结出了个“经验”：说这外国人呀，要么是个傻×，你蒙他什么是什么；要么就是个真行家，比谁都明白！



可不是吗，前几年我就听说过琉璃厂有个主儿，曾用一块老北京的蜂窝煤当“古董”，愣赚了洋鬼子“秃憨坠死刀勒儿”（二百美金）。但也有人拿着高仿的北魏石佛造像蒙事儿，连行里的师傅都打了眼，却被老外“一枪给毙了”。

说起来，这叫丢人现眼。可多少年来，古玩行儿的这个大千世界里，什么样的人和事儿都有。

## 耳濡目染识古玩

随着年龄略长，阅世稍多，加上“同文馆”里学到的一口熟练的英文，登莱普一步步地把梦璋领进了他的“古玩世界”。

登莱普接触古玩的门道非常多，从旧京师的“鬼市”到沿街“打小鼓儿”的，从琉璃厂林林总总的古玩店铺到东交民巷的外国洋行，他无所不通，无处不去，不知不觉中便让梦璋开了大眼。

“鬼市”就是半夜三更“撂地摊儿”的买卖，从晚清到民国在京师很是有名，地点可不是现在的潘家园，而是在崇文门外的“东晓市”、宣武门外的“夜市”和德胜门外的“晓市”，等等。发生在“鬼市”里的故事和传奇，历来是京城街头巷尾、饭馆茶肆里人们的笑谈。

比方说有人把大号儿的香菜根洗干净了，用黄丝线儿绷在一块红绒布上，半夜三更拿到“鬼市”上来，借着红纱灯的柔光这么一照，嘿！整个就是一排排的“人参”。这时候准会有人凑到您的耳朵边儿上低声说：“大爷，这可是地道的野山参，本来是给御药房的，因为个儿小才被筛出来了，您千万别多给，五两银子全拿家去。”

有贪便宜的，就买回家“熬人参汤”喝去了，喝完了以后您猜怎么着，最多放几个屁！香菜根儿嘛，通肠下气之物，挨《本草纲目》里边那是在论的。



但对于古董文玩来说，在这儿可就是“奇货可居”了，人称这里有“三鬼”：

梁上君子偷来的货，因为怕犯官司不敢白天“见光”，就半夜拿到这里甩卖，而且是从来不敢要高价，此曰一鬼也。

一些名门贵胄有家道中落者，因为断了钱粮而变卖家财，怕丢人现眼所以才半夜行事，此曰二鬼也。

至于仿真造假的赝品，更是见不得人的买卖，当然是半夜来半夜走，此曰三鬼也。

据梦璋说，登莱普一到这个时候，本来就蓝莹莹的眼睛又往外冒绿光儿，活像半夜时分游荡在乱葬岗子里的野狗，要是让他逮上一口，准没轻的！梦璋眼瞧着登莱普从一个“鬼魂儿”似的人手里，没花仨瓜俩枣儿就买走了一块明朝制玉巨匠陆子冈的白玉牌子……

“打小鼓儿”的，也是京师里旧货商的一种营生。这些人手里整天举着个破拨浪鼓，擅长走街串巷，服务上门儿。他们又分为“打硬鼓”和“打软鼓”两种，打软鼓的本钱小，只收老百姓家里的一些破鞋烂袜子之类。打硬鼓的多少有点儿本钱，才专门收购登莱普喜欢的那些“玩意儿”。

梦璋不太看得起这些人，所以但凡跟他们打交道时总是漫不经心，因为错过了几次“捡漏儿”的机会，登莱普就好一顿数落他。还“教育”梦璋说：“不可小看了这些打鼓商，赚头虽小，但却是个非常好的货源门路。再说他们比我们有经验、有机遇。我听说有一位古董界的大玩儿家，他的字号叫‘达古斋’。‘打鼓’——‘达古’，这里边应该是很有一些渊源的。”

看看，这登莱普可比当时的白梦璋有“见识”多喽。

琉璃厂则是北京古玩交易标志性的一条繁华街市，这些比肩接踵的古玩店，当时分为“内庄”和“外庄”。



其中内庄主要是做国内人生意的，他们总要依附着一两家当朝权贵，并且得毕恭毕敬地伺候好这些大老爷。而权贵们对内庄也不薄，每逢散朝之时便搭帮结伙地盘桓厂肆、流连宝藏，甚至把这里当作休憩之所，往那靠背上镶着大理石芯儿的紫檀榻上一歪，清茶淡饮、喷云吐雾，不管是国事还是家私无所不谈。

至于外庄，不用说就是专做外国人生意的。外庄不仅地势好，主要集中在东琉璃厂一带，而且店内的伙计多多少少得会诌上几句洋文，那装束也“特别”，梳辫子、穿长衫，外边却套一件皱皱巴巴的西服。一开口就是：“哈啰，密斯特儿位，里边请啦您呢！上回您看好的‘抛斯兰’（瓷器）我这儿可给您预备着哪，您瞧瞧这‘抛斯兰’上边的‘喀勒儿’（颜色）简直没挑儿啦。您慢慢儿地‘影皱尹’（欣赏）着，我给您沏杯‘拆那替’（茶）去。哦，您不‘准客儿’（喝）这口儿？得嘞，给您换咖啡，您放不放‘梳个’（糖）？……”

您还别乐，北京改革开放以后出现的“秀水英语”，八成就是打这儿传下来的。

这一嘴十三不靠的洋泾浜，还真就招引了不少的外国人光顾，买卖也算比较兴隆。令梦璋记忆颇深的是“庚子”之后，这享誉中外的琉璃厂古街曾经一度到处是红胡子、绿眼睛、肥娘儿们、洋美妞儿，有拄文明棍儿的、有抱猫遛狗的，弄得这一带中不中洋不洋。这场景在清末的一首《竹枝词》中，有这么两句形容得就特贴切：“而今踏破琉璃厂，碧眼虬髯闹夜兮。”

这里的“清和斋”、“延古斋”、“大观斋”、“博韫斋”、“雅文斋”、“大古山房”等，都是当时非常有名的外庄。

但凡逛琉璃厂，登莱普必带梦璋出入这些店铺。其中“清和斋”最常去，这里“俏货”多，据说还曾经倒腾过大同云冈石窟的佛头。其实盗卖国宝，不管在任何时代都是犯法的，所以总是暗中经营，从不敢公开。登莱普“贼”了好长时间也没能有机会得到一件，一直到他悻悻回国都念念不忘这件憾事。可天长日久，梦璋却和这些店铺里的伙计们交上了朋友。



说到东交民巷，更是一处充满传奇的地方。

东交民巷原名叫“东江米巷”，是明清两代天安门前“五府六部”的所在地。清朝时期，这里有兵部、工部、太医院等衙署和一些王府宅第。康熙至乾隆年间，此地盖过两处宾馆，一曰“四译馆”、一曰“会同南馆”，是给当时俄罗斯、缅甸、朝鲜、尼泊尔等国“觐见使臣”的临时住所。

可鸦片战争之后，英法联军占据此地，英军占了这里的梁公祠（当时俗称河西府），法军占了台基厂南口的庆公府。据梦璋的笔记上说，洋人还在这些府第的门前用铁链子设置障碍，不许中国人靠近，所以当时人们都称这里为“大铁链子”或“鬼子府”。

Die jetzt zerstörte französische Gesandtschaft in Peking.

大铁链子

英、法两国驻华公使率先在这里建起了使馆之后，就擅自把“江米巷”改为“侨民巷”，北京人把它给念白了，叫“交民巷”。1900年的“庚子之变”，义和团杀洋人、烧教堂，倒是让中国人“扬眉吐气”了一回，便将这里改叫“鸡鸣巷”，据说是取自《推背图》中的“金鸡啼后鬼生愁”一语。



然而，有些市井贫民还嫌不过瘾，便四处贴告示、粘标语，干脆把这里叫作“切洋鸡巴巷”。此种叫法虽然是有点儿“那个”，但却充分体现着当时民众的大鸣大放意识。别忙，这“意识”似乎还有些让人熟悉——想起来了，“文化大革命”的时候这里不是叫“反帝路”吗？但红卫兵小将就显然嫩了点儿，没老祖宗们喊得那么解渴。有学者做解释说：这历史是“螺旋式发展”，往往会有惊人的相似之处！

然而没过多久，义和团运动失败之后，这一带彻底变成了洋人的“乐园”。“鸡鸣巷”也好，“鸡巴巷”也罢，最后又改回了“交民巷”。不仅如此，还把附近的台基厂改称为“马可波罗路”，台基厂头条改为“哈特路”（前些年人们还可以看到一块嵌在墙内用外文刻写在石头上的路牌），二条改为“俱乐部路”，三条改为“拉布司路”。当时的柴火栏胡同改为“布格瑞奈路”，洪昌胡同改为“南怀人路”，东交民巷东口改为“大和街”……这里整个变成了一张“世界地图”。

这地方跟文物、古玩有关系吗？太有啦！从保存在这里的太医院宋代石经、元代的针灸铜人、户部遗存的明朝“样银”到清代翰林院的《四库全书》副本等都被列强悉数洗劫一空。而且当时中国最大宗的古玩“生意”，也大都是发生在这里。

“庚子”之后，东交民巷里设立了不少外国银行，有美国的“花旗银行”、“盐业银行”，英国的“汇丰银行”，法国的“东方汇理银行”，日本的“正金银行”，德国的“德华银行”以及俄罗斯的“道胜银行”等等，五花八门。这些银行雇用了不少华人当“买办”，专门从事贷款和文物抵押的勾当。押来押去，最后大部分都成了“死押”，无数的古董珍玩轻而易举地就进了洋人的口袋。



据说北洋政府贿选大总统曹锟的弟弟曹锐，这位当时直隶省的省长，就曾把大量的珍玩押在了法国的“东方汇理银行”，因为东西来路不干净，所以没敢用真名实姓，只是胡诌了几个“堂号”。民国初年曹锐栽在了冯玉祥的手里，自知罪孽深重，畏罪自杀。于是这批宝贝便是“死无对证”，白白地便宜给了那些“黄毛儿法兰西”。

那《平复帖》的遭遇也和这里有干系，这幅出自西晋著名文学家陆机之手的珍贵遗墨，曾被历代帝王美誉为“国之重宝”，以至于乾隆皇帝在御制“三希堂法帖”时将此列为卷首。清末传到了恭亲王奕䜣手里，结果被其后人押给了这里的外国银行，换成“零花儿钱”了，眼看着抵押期限已到，幸有张伯驹先生的爱国义举，以重金“赎回”，要不然指不定又落在哪个外国“丘八”的手里。

再说说我们宣统皇帝大婚的时候，由于清政府“山河破碎，风雨飘摇”，内务府早已是囊空如洗。于是将清宫里的文玩珍宝，搜罗了四十多箱子，抵押给了这里的“盐业银行”，贷了一笔款子。咱家皇上倒是凑合着把媳妇儿给娶了，可珍宝拿什么去赎回来？结果又都变成了“死押”。把那帮“红毛儿英吉利”给美得呀，估计连鼻涕泡儿都乐出来啦！

据说这批国宝最后大部分都奔了美国著名的“大维德基金会”，没有签证您想花钱看都看不着。这个基金会是“大维德”还是“大缺德”，让全世界的劳动人民去评这个理儿吧！

## “白牌儿车”与东交民巷

作为“资深”的鉴赏家，神甫登莱普怎么能放过这些机会呢，或许是受雇于西方某权力机构，他频繁地出入这里，当然没忘记带上梦璋。那个
20 时候国人常说的“切肤之痛”，梦璋应该是其中感受颇深的一位吧。

当时出入东交民巷跟出趟国也差不多，您想呀，这里是租借地，已然成了“人家的地盘儿”。有多大规矩姑且不论，就连乘坐的人力车都跟别处不一样。

那时京城里的人力车分为两种，一种是“白牌儿”，一种是“蓝牌儿”。白牌儿的在租借地，专拉洋人，这些车无论是刮风钻胡同，还是下雨跑大街，来来往往从不受中国警察的制约。虽然也是两条腿跑的人力车，可感觉比谁都牛×。

蓝牌儿的则是普通市民的交通工具，不仅不能靠近租借地，就连在附近“揽座儿”都不成，动不动还是警察撒气的对象。所以梦璋他们，必须是先坐蓝牌儿进城，再改乘白牌儿进租借地。

有一回梦璋就碰上了个特让人撮火的事儿，几位洋大人坐着的白牌儿车刚驶出租借地，迎面就溜达过来一位中国警察，可能是为了讨好洋人，

这主儿冲着白牌儿双脚一磕，抻着脖子大叫驴似的喊了一声：“立——正——！”

不承想赶上今儿个洋大人心情不好，隔着车篷子扔出一句话：“够奥特（滚开）！”用北京话讲这叫“烧鸡大窝脖儿”，把个警察大爷气得直抓后脑勺。您说巧不巧，正好又过来一辆没长眼的蓝牌儿车，他一把揪住车夫，说：“这地方也他妈是你能走的？”抬起手就是一大嘴巴，说起来真能把人给气死。

可这么多年过去了，您说这“媚外”的劣根性就彻底杜绝了吗？我不敢苟同。不信您注意一下，现在同样都是在马路上跑的汽车，那些挂“黑牌儿”的使馆车、外企车就比咱爷们开的“蓝牌儿”车得意多了。谁我也不敢指责，只是真心希望，那看人下菜碟儿的现象，越少越好！



# 第四章丨义和团的“刀下留人”

## “拳变”在即

前边既然说到了“庚子之变”，这里就有不少梦璋所经历过的堪称是惊心动魄的事情。

所谓“庚子之变”指的是光绪庚子年（1900年）席卷了大半个中国的义和团运动，他们起势于山东、河北一带，一开始是到处设坛拜会，一会儿生出个“金刀圣母”，一会儿又拜来个“黎山老祖”，矛头直指洋教。

这本来被朝廷称作“拳匪”的民间组织，不知怎么着又被西太后看上了，大加褒奖不说，还派端郡王和庄亲王亲临斡旋，实际上是想借着义和团的力量抵抗洋人。就此，西太后还发了一道上谕说：“虽五尺之童，犹复执干戈以卫社稷！”这样一来，义和团便打出了“扶清灭洋”的口号，于是乎轰轰烈烈、山雨欲来。

义和团时期的“扶清灭洋”宣传画

接着教堂被焚、神甫被杀，已不是什么新鲜事儿。这时候，凡是沾“洋”字儿的都有点人人自危。

有一天，梦璋从教堂附近揭下来一张义和团的“告白”给登莱普看，那上边写着：“护我中原，驱逐洋寇，戮杀教民，以免生灵涂炭……”

登莱普自知大难将临，本想离开“藤公栅栏”躲到东交民巷，无奈身边搜罗的“玩意儿”忒多，舍命不舍财，一天到晚地犹犹豫豫、哭哭啼啼，好几天水米不进，跟丢了魂儿似的。

梦璋瞧他怪可怜的，就煮了一碗面茶给他，总算是让他吃了碗热乎的。面茶吃完了，登莱普的鼻涕眼泪和着芝麻酱、花椒盐儿粘了满脸，再搭配上一双没了神儿的蓝眼珠子，那模样就跟京戏里的“窦尔敦”差不多。他掏出一块雪白的手帕，拼命地在脸上蹭了几下，您再瞧这块布，立马儿成了一张画坏了的“西洋画儿”。登莱普本来是位特讲究仪表的绅士，这会儿却邋遢得没了人样儿。

梦璋说：“咱就这么憋在这里可不是事儿呀！您还不知道义和团的厉害？”

登莱普在胸前画着十字说：“我对耶稣发誓，我从来没做过伤害中国人的事！”

“您倒是没把人家的孩子给扔井里去！”梦璋指着这一屋子满地的文玩道，“可您弄来了这么多亏心的玩意儿，都快把我们大清国给搜罗光啦。”

登莱普脑袋摇得跟个拨浪鼓似的说：“No！No！梦璋，我的孩子。这些东西可都是我买的，你是最清楚的呀……”



“您买的？花多少钱买的呀？”梦璋也急了，“远的不说，上回您和温森特先生在琉璃厂翰文斋买古旧书，人家是一本一函地买，你们呢？用手杖一量，有多少算多少，全包圆啦。给了多少钱还记得吗？比擦屁股纸都便宜。这叫买？这整个就是抢呀……”

登莱普又惊讶又不满地瞪着梦璋，心想：义和团还没杀进来，可这个平时不说不道的年轻人恐怕今天要窝儿里反呢。于是他闭上眼睛，用手在自己脖子上一比画说：“你可以带他们来把我杀掉！”

梦璋走上前给登莱普鞠了个躬，改用一口熟练的英文对他说道：“先生，您是我的老师，我怎么会害您呢？只是我一直有话想对您讲，不管你花费了多少精力，我们这些中国的‘玩意儿’根本就不是属于你的，从哪儿来的回哪儿去。用你们信奉的教义，这一切都是上帝安排的……”

登莱普睁开眼睛，长长的睫毛上沾满泪水，双臂伸向空中呼号着：“至诚至爱的天主呀，帮帮您不幸的子民吧……”

## 刀下留人

这一切都被教堂里的杂役听见了，很快就有人告密，于是引来了义和团，用一个“拴贼扣儿”把这俩人就一起绑了起来，只等着天儿一亮就开刀。

夜半时分，梦璋忽听见隔壁有人在窃窃私语，仔细一听口音是山东人。梦璋凭着勇气和经验，与隔壁的人搭上了话儿，那人一听梦璋是“山东老乡”，就过来先为他解开了绑绳。

此人确实是个山东人，在义和团里位居“师兄”，有些威信。梦璋就把自己的家世和这两年的经历跟他讲了，并告诉他们自己没有“加入洋教”，请求放过他和登莱普。好在登神甫的确也没什么“罪恶”，在这一带口碑还算不错。那山东汉子一拍大腿说：“好，放人！”趁着夜色，把两人都放了。



登莱普这叫一个感谢上帝呀，梦璋帮他换了身衣服，催他快走。登莱普紧紧抱住他，看着既熟悉又生疏，而且救了他一命的白梦璋，在梦璋脸上一个劲儿地亲吻，然后从怀里掏出一只银质的小十字架交给梦璋说：“凭这个以后你一定能找到我！”说完就匆匆地消失在熹微之中。

可是登莱普却万万没有料想到，这个小小的十字架，差一点儿又让白梦璋惹上杀身之祸。

# 第五章丨又被当成了“二毛子”

## 一个叫“大眼儿贼”的混混儿

梦璋与登莱普分手后就径直回到了四王府的老家，感受到了这里如火如荼的义和团运动。

这时候的京西一带，连少男少女都组织起来练“拳脚”，准备跟洋人干仗，并传说义和团和一些清军已经包围了东交民巷，不日即可攻破。

有梦璋认识的琉璃厂外庄的伙计，也传话儿过来说：东交民巷里的洋兵现在都已经换上了钢盔，过去熟悉的几位洋主顾，甭管是神甫还是商人，现在都成了这个“校”那个“尉”的了，天天儿拿枪对着树上的老鸹窝练瞄准，看来一场恶战是免不了啦。梦璋并不在乎攻打东交民巷，只是为登莱普偷偷捏着把汗。

“洋人”搭起了街垒，准备抗击义和团

梦璋与登莱普在出入琉璃厂外庄的时候，曾不经意地认识过一个混混儿，此人姓关，专在内庄和外庄之间做“窜行”的买卖。人长得有点儿怪模怪样，大脸盘子上努着一双牛筋儿泡子眼，人送外号“大眼儿贼”。

得意的时候，这主儿身穿紫绸长衫，外罩貂皮小坎肩，大拇哥上还顶着个“鹦哥绿”的翠扳指，走道儿晃着膀子，谱儿挺大。见着登莱普老远地先请个安，凑近了更是嘘寒问暖。对梦璋只是龇龇牙，算是这厢有礼了。

倒霉的时候，这家伙便蓬头垢面、破衣邋遢的，见了面先跟您讨口“鼻烟儿”，闻完了以后对着太阳打几个喷嚏，再用俩手指头捏着鼻子，甭管您屋里头多干净，都敢给你擤一地鼻涕。对梦璋就改口“三爷长”、“三爷短”的，德行样儿大了。

更要命的是，这位爷跟“挖阴宅”（盗墓）的有染，有一回他犯了案子，巡捕房前来拿人，铁链子抖搂得哗啦啦作响，搁一般人吓也吓尿了。可大眼儿贼没当回事，朝几位凶神恶煞似的差役一抱拳说：“列位爷，容小的吃了饭再走！”然后回身对他媳妇喊：“嘿！屋里头的，给我下碗热汤儿面，卧俩鸡蛋……”整个一个滚刀筋。



梦璋是齁儿不待见这个人，于是有好几笔生意，因为梦璋从中设梗，没让他跟登莱普做成。大眼儿贼自然是怀恨在心，俩人的积怨就算埋下了。

不承想，这主儿如今却成了义和团的“红人”，吹嘘自己见多识广，带人到处烧教堂、抓教民。梦璋自然上了他的黑名单，于是很快就又被人绑了去。

有人在梦璋身上搜出了那个银质的小十字架，认定他是洋教民，安上了个“二毛子”的罪名。在挨了一顿暴打之后，梦璋心想：玩儿完！这回可是再没有“山东师兄”的刀下留人喽，任凭怎么解释看来也是难免一死。

就在这生死攸关的当口，居然又有人提出来说：这小子不是会讲洋文吗？先给他来个“斩监候”，拉到教堂去对洋人喊话，要是有洋枪子儿打过来，好歹也是个肉盾呢。

不用多说，这也必定是个死！生逢乱世，梦璋也只得听天由命了。

## 火烧大栅栏

义和团的坛勇带着梦璋和其他一些被抓的教民四处奔走，喊着“仇教、灭洋、扶清”的口号，今天冲西什库，明天闯米市大街。梦璋看到这一带除了情绪激奋的“拳民”之外，还有不少火器营的清兵，他们在西华门一带架起了两尊大铁炮，炮口正对着西什库教堂。

清兵

这些清兵和拳民不一样，席地而坐，有闻着鼻烟聊大天儿的，有猜拳行令喝小酒儿的，嘻嘻哈哈，懒懒散散。见着义和团的队伍过来了就叫道：“哎！我说‘拳’里头的，过来一块儿坐坐喝口儿呀……”

拳民里有人应和道：“不价了大哥，您别让大炮凉啦，轰它两下子，叫我们也开开眼！”

“得嘞，瞧好儿吧您呢！”

说着话儿有兵丁就爬上炮架子，点燃了火捻，随即“轰隆隆”的一声巨响，人群里就爆发出了欢呼声。

那点炮的兵丁跳下来，双手抱拳冲着大伙作了个圈儿揖，然后甩开两臂，在空地上走了一回撂跤场里的“架子把式”，人群又是一阵欢呼。

这时候有人却小声跟梦璋嘀咕道：“瞎轰什么呀？昨儿个内务府还派人给教堂里头的洋人送了两车青菜呢，打一巴掌揉三揉，这朝廷里头到底憋着什么屁？”



又有人说道：“大爷，您别犯傻啦。没听出来吧？这放的都是他妈空炮！”

No 2. The Ch'ien-men San-tau Bridge. 前門三頭橋

老前门外

可身边的拳民还在跳着脚地喊，拍着手地乐。这场景，这对话，简直让梦璋云里雾里，用现在的俏皮话儿说，都成“晕三爷”了。

这天，梦璋他们又被拉到前门大栅栏附近，还没等被派上用场就发生了一件大事，让他再一次地死里逃生。

拳民到这儿来是要火烧英国“高林洋行”所属的“老德记药房”，先在大栅栏街路北的一块空地上设神坛，一烧神符二念咒语，说是有火神爷保佑，大火专燎洋人不伤百姓，于是就把“老德记药房”给点着了。

不承想这天忽然刮起了东南风，而且越刮越大，火势迅速蔓延，拳民只是一个劲儿地念“咒语”没人敢救火。这场大火据说烧了好几天，把个从南到北的三千多间铺房通通化为灰烬，连同仁堂都差点儿给烧着了。人们顿时乱了阵脚，四处奔逃。

梦璋一看这阵势，心说：“真主喂！还等什么？逃命去吧……”



## 在老古玩店的地窖子里避难

跑出火场后，梦璋想，四王府的老家是不能回去了！于是就寻思着在市面上找个事由儿躲躲，可是亲戚朋友甭管见了谁都不敢搭理他，梦璋明白，自己这是沾了“洋”字儿，人家怕沾包儿。这乱世人情，比窗户纸儿都薄。

情急之间他想起了离这儿不远的廊房二条老古玩店“毓宝斋”，就悄悄地奔了去，好在这里被大火烧得还不算太惨，于是便在人家房后头的地窨子里躲了起来。

梦璋虽躲进了毓宝斋，可心想这也不是个事儿呀，不信我一个大活人就得让尿给憋死！于是他偶尔也偷偷溜出来，到街上打探打探动静。

这天听路人说：如今乱子可闹大了，德国公使克林德在东单北大街让虎神营“霆”字枪队的一位叫恩海的清兵给打死了，还有一个日本使领馆的书记官儿叫杉山彬的，也被董福祥董大人的武卫军给崩啦。好几国的洋兵凑到一块儿，跟咱们大清国宣了战，现在都快打到杨村了……

Beisetzung der Leiche des in Peking ermordeten deutschen Gesandten Freiherrn von Ketteler in Münster am 10. August 1901.

在德国的明斯特市为克林德举行葬礼



又过了几天人们说：太后老佛爷带着光绪皇帝往北边逃跑了，先是在昌平镇西贯市村的清真寺落脚，在那儿召见地方官员和乡绅之后，找了一位姓杨的村民带路，就直奔居庸关下去了。末了老佛爷还给那个杨姓村民封了个官位，叫“引路侯”。如今的紫禁城里，只留下了过去同治皇上的几位老嫔、老妃守着宅子……

清末的居庸关



听罢有人就大骂起来：“他奶奶的，皇上跑啦，却扔下几个寡妇在家，除了留着给八国联军糟蹋，能挡什么事儿呀！”

梦璋心里明白，此时是国已无主，天下大乱！就赶忙又跑回毓宝斋。毓宝斋掌柜的按住梦璋说：“三爷，您就安心住着吧，咱们关窗闭户，没事您可千万别再出去了，要死大家一块儿死！”

毓宝斋的老掌柜姓闵，也是回族，乃梦璋古玩界的旧交。在这兵荒马乱的当口，人家冒着风险收留了梦璋，称得上是大仁大义，提起这话儿就不禁令人挑大拇哥！

说起来真是天大的缘分，从1900年的“庚子之乱”到1987年的“开放搞活”，在整整跨越了八十七载的时空之后，这闵家老店的少姑奶奶竟鬼使神差地嫁到了白门，她就是后来给梦璋的三孙子和三孙子的儿子当贤妻良母的那个人——笔者现在的老婆“白闵氏”。

闵掌柜的孙少奶奶，作者现在的岳母



想来我爷爷白梦璋和闵老太爷要是能活着看到这桩金玉良缘的话，他们一定会笑得前仰后合，非乐背过去不可。暗地里再琢磨琢磨，我们夫妻俩的婚姻还真保不齐就是“前世因缘”。因为这事儿也忒邪行啦，所以不能不让我迷信一回。

和“闵氏”结婚十八年，锅碗瓢盆、满地鸡毛的事儿虽然经常发生，但真到了掰不开镊子的时候，大抵都是我先让步。这可不是怕老婆！谁让咱爷爷当年欠老闵家的人情来着？

《红楼梦》里边说：神瑛侍者施恩绛珠仙草，于是林姑娘就还了宝二爷一世的眼泪……那么白梦璋为避祸曾藏身于闵家，方才大难不死。我得还她闵少奶奶点什么呢？终于，在银婚之前“还”了她所房子，足有一百几十平方米。这可比当年梦璋钻的地窖子宽敞多啦。

攻入北京城的八国联军



## 皇城涂炭

8月中旬的一天半夜时分，八国联军真的就打进来了，隆隆的炮声，由远而近。

炮弹先是落在朝阳门（旧称齐化门）一带，然后是东直门、东便门，据说最先攻进来的是日本兵和英属印度兵，没费多大力气，洋人就控制了整个北京城。

几天过去了，老躲着也不成呀，于是那些藏地窨子的、钻水缸的、趴在八仙桌底下的人陆续走了出来，梦璋也在其中。这时候人们看到的不再是满大街头裹红黄巾的义和团拳民了，而是穿着花花绿绿军装的洋鬼子，个个端着枪刺，大呼小叫地从门前经过。北京城顿时笼罩在异常恐怖和更加混乱的气氛之中。

Deutsch-französische Waffenbrüderschaft.
Nach einer Momentaufnahme aus Tientsin

八国联军的士兵在北京街头残害百姓



梦璋趁此跑回四王府看望久别的家人，这一路上所看到的是满目疮痍，状况比城里边还糟糕。不远处的清漪园（现在的颐和园）和静明园（现在的香山公园）还不时地冒着黑烟，听说都驻扎洋兵了。此时父亲白松岭已是老病不起，家里头的买卖由梦璋的兄弟白四爷掌管。

自打梦璋一进家门就闻着院子里臭气熏天的，于是数落兄弟白四爷说：“都什么时候啦，您还顾得上掏茅房？”四爷苦笑着把梦璋领进了一间屋子，打开门顿时恶臭扑鼻，定睛一看屋里边挤着七八个模样俊俏的大姑娘小媳妇，可每人的脸上身上都抹了满世界的大粪。梦璋“哇”的一下子吐了一地，您想呀，七八月份的大热天儿，这屋里的味儿好闻得了吗？梦璋一边干呕着一边问道：“这是怎么档子事儿呀？”

白四爷说：“三爷您别着急，这都是咱们街坊四邻的良家妇女，怕被洋兵糟蹋了才用此下策，是老爷子收留的。”梦璋恍然大悟，说：“得嘞，四爷您就多费心吧，我还得进趟城去！”

## 智退洋兵

梦璋一路走一路想，这倒是个消灾避难的招儿，就径直先去了廊房二条的毓宝斋。见了老掌柜的说，赶紧叫人给我找一坛子王致和的臭豆腐来，梦璋一点儿不糟践地把臭豆腐全给抹在了当街大门的门框上了。

老掌柜的问：“三爷，您唱的这是哪一出儿呀？” 

梦璋说：“‘空城计！’您让家里人都躲着别露面儿，瞧我的吧。”

梦璋又找来了一根白布带子往腰间一系，再拿条板凳门口一坐，嘿，整个是孝子守灵的打扮。

毓宝斋这么惹眼的古玩店能没人注意吗？说着话儿，那洋兵就开过来啦。端着枪刺的洋兵们“叽里呱啦”地叫着来到了大门口，却忽然个个掩鼻，伸头探脑地往院子里张望。梦璋忙起身连哭带比画地说：“家里人都跑光了，停着一位亡人老太太，发送不出去都臭啦。求几位行行好帮我个忙吧。”

那些洋兵捂着鼻子没再往里闯，倒是拍拍梦璋的肩膀说了几句“安慰”话，然后在大门上做了个标记就走了，那意思是“这家不用再进去了”。梦璋擦了把汗，把大门紧紧关上，这才回屋把大伙叫出来。老掌柜的拉着梦璋说：“三爷！您真是个活诸葛呀。”

第二天，梦璋决定要去琉璃厂看看朋友，可到了琉璃厂一看，好嘛，这儿归了德国人管辖啦！几位老铺的伙计见了梦璋后悄悄掉眼泪，说谁谁家的掌柜的前两天上吊了，为什么呀？为的是不受洋气。还听说自己认识的一位朋友，即京城有名的“大刀王五”也被押在这一带。

“王五”这位谭嗣同的把兄弟，原名叫王子斌，也是回族。少年时拜沧州武侠李凤岗为师，在师兄弟中排行老五，又精通刀法，因此人称“大刀王五”。进京之后他开了个“源顺镖局”，就在崇文门的西半壁街一带，因为行侠仗义，在京师颇有声誉。同是回族，所以梦璋和这里也没少走动，有一回市民们给王五送了块大匾，上书“义重解骖”，那场面热闹非凡，梦璋也在其中。

这些日子王五带领徒弟们跟联军血战，杀了不少的洋鬼子，被逮住以后就押在了德军司令部，等着处死。梦璋从心里佩服这些有民族气节的主儿！

说到受洋气，这“洋气”就找上门儿来了，有人正带着洋兵挨家挨户地砸门要东西，梦璋老远看着那位“向导”眼熟，仔细一瞧，这不是大眼儿贼吗？怎么着嘿，这会子摇身一变又成了八国联军的“红人儿”啦！



大眼儿贼领着洋兵，一边说着半生不熟的洋文一边指指点点，身后还跟着两三个中国人，梦璋再一看这几位都认识，不是六国饭店的帮厨就是某公使馆的下人，他们吃过几天洋饭，现在全都反姓儿了。

大眼儿贼走在最前头，到了跟前看见了梦璋，先是一怔，然后“妈呀”一声扭头就跑，边跑边喊：“鬼呀——有鬼——！”明白了，他以为梦璋早就死了，今儿个是活见鬼啦。

梦璋哥几个正谈论着王五的事儿，如今大眼儿贼却撞了过来，他们耐不住性子，喊着：“打个杂种的！”就追了过去。那主儿跑得还真快，没等梦璋他们追上，哥儿几个就先被洋鬼子逮个正着，一根绳子全给绑了。梦璋气喘吁吁地用英文连抗议带解释，几个德国兵不吃这套，所幸的是没杀他们，但却通通拉走做了苦力。

## 东岳庙见闻

梦璋哥儿几个当作苦力，被德国兵全给押解到了朝阳门外的东岳庙。这座北京城东的大型庙宇始建于元代，原是正一派玄教大师张留孙的香火之地，说起来这里是华北地区最著名的道教建筑。梦璋对这儿挺熟悉，因常来常往所以间接认识了这里一位姓华的住持。

现在这里被德、法、日三国的军队占领着，指挥官是个德国人，叫萨震德。梦璋他们被抓进来的时候，正赶上萨震德指挥着洋兵把东岳庙里的文玩、经卷、古书、字画等全给抄了出来，装了好几大车。

Hauptquartier nach Peking verlegt hatte. Es verfügte durch Belegung mit Garnisonen folgende Verteilung der verbündeten Streitkräfte:

Tientsin: 5000 Franzosen, 4800 Deutsche, 1500 Engländer, 500 Italiener, 300 Japaner, 250 Russen.

Peking: 5800 Deutsche, 1500 Engländer, 1200 Franzosen, 600 Italiener, 500 Japaner, 300 Russen, 150 Österreicher, 100 Amerikaner.

Paotingfu: 4000 Deutsche, 4000 Franzosen, 500 Engländer, 500 Italiener, 150 Österreicher.

Schanhaikwan: 300 Russen, kleine Detachements aller Nationen.

Gesprengtes Boxerquartier bei Paotingfu.

Paroleausgabe in Paotingfu.

Von den deutschen Truppen waren bei dieser Truppenverteilung bestimmt: für Tientsin: Das Oberkommando des Ostasiatischen Expeditionskorps, die zuletzt angekommene 3. Ostasiatische Infanteriebrigade ohne 9. Kompagnie, der Stab der 3. und 4. Eskadron des Reiterregiments, der Stab und die 3. Abteilung des Feldartillerieregiments und das Pionierbataillon ohne zwei nach Peking und Paotingfu abgegebene Detachements; für Peking: das Armee-Oberkommando, das 1. und 2. Seebataillon mit der zugehörigen

Yung ging fu (85 km westl. Schanhaikwan): 400 Deutsche

八国联军在北京的寺庙里抢东西

抢了就抢了吧，萨震德还逼着华住持签字，说是东岳庙自愿将这些宝贝“献给”联军的。华住持说死说活就是不签，指着他的鼻子骂：“你们这些洋‘丘八’，做事不留德行要遭报应的！……”

谁都知道，这东岳庙里头有不少的“地府造像”，阎王小鬼儿七十二司，一个个龇牙咧嘴，瞧着也怪吓人的。萨震德懂点儿中国文化，要不怎么知道抢了人家的庙产，还要打个“收条”呢，兴许他认为这东方的阎王爷和他们西方的撒旦是叔伯哥儿俩，怕日后回家被他“撒大爷”找衅起来不好交代，就没敢再难为庙里的人。

梦璋老远地朝住持一挑大拇哥喊：“老爷子，有种！”“哐！”后腰上就重重地挨了德国兵一枪托子，梦璋由此落下了腰病，一辈子没离开过膏药。我小的时候，有一次和我哥玩藏闷儿，在大人的床底下找着一个破皮箱子，翻出了好几帖狗皮膏药，我爸说：“这东西可得留着，是你们爷爷的遗物。”



据说在某次“忆苦思甜”大会上，我爸曾对台下的广大群众“诉”了他爸爸的这段“苦”，并把这些膏药作为“帝国主义欺负中国人的罪证”向人们展示过。这样，我才记住了爷爷有过这么一段遭遇。

## 抬棺材的苦力

苦力这活可不是人干的，梦璋他们被洋兵逼着在朝阳门一带的大街小巷里抬死人。

这些死人有被炮弹炸死的、有被洋兵用枪刺挑死的，有重节者，未等洋兵进城就先抹脖子上吊的（据说当时的国子监祭酒熙元，就举家服毒自尽了），也真有出殡出了一半，活人跑了把死人给撂下的，梦璋还就赶上了这么一回。

说不清是在哪个街口儿，被撂着一口黑漆大棺材，上边用竹片扎成“罩盖”，满铺彩缎。一看就知道出的是大户人家儿的殡。数了数，是六六三十六人抬的“太平杠”，可梦璋他们这群“苦力”一共才十几个人，不是穷书生就是古玩店里的伙计，放到太平时期，打死他们也抬不动呀！

这会儿没辙了，洋人的枪刺就顶在腰眼儿上，抬不动也得抬！过去这“抬杠”可是讲究极了，前边有打响板儿的指挥，三十多号人一块儿使劲，脚底下不能乱，那是“杠房”里行家里手们的绝活。

梦璋他们可就苦喽，这棺材停放有日，加上天气炎热，里边的尸体已经腐烂，顺着棺材底儿往外渗黄汤子，弄得这些抬棺材的人满手黏糊糊的。好不容易抬到了一块荒地，挖个坑准备下葬，结果这坑儿还挖小了，棺材只顺下去一半就死活不动了。

洋兵不干，逼着他们返工，这下子可是要了他们的盒儿钱，凭这十几号人说死说活是再也干不动了，洋兵就下了黑手，“扑哧”一刺刀就挑死了一位伙计，大伙全趴在了地上哭爹喊妈。



梦璋这会儿是真急眼啦，心想反正都是死，就挺身而出高声地和洋兵们辩理，据说那曾是一大段儿漂亮的英文道白。不敢说真的就把洋兵给镇住了，但他们似乎觉着这主儿的英语咋那么棒呀？就惊奇地眯起眼睛看着梦璋。

恰巧有几个缠着头巾的英属印巴士兵路过这里，跟德国兵嘀咕了一阵，就把梦璋给提溜出来说：“这个人我们有用。”梦璋借机要求道：“带我走可以，请帮忙把大伙放了！”洋人八成是看着这些“苦力”实在是没什么利用价值了，就勉强同意放人。

梦璋看着伙计们四散而去，抖了抖身上的泥土，转过身来对洋兵们说：“走吧！”

几个印巴士兵一直在看着梦璋，此时哈哈大笑并拍着梦璋的肩膀，伸出拇指说道：“你真棒！是天主教徒吧？”梦璋没敢吭声，就跟着洋兵走了。

## 白梦璋成了“No. One”

不承想洋兵们把梦璋给带到了东交民巷附近的英国兵营，那时候国人中能精通英文的也确实不多，因此洋人们对梦璋还挺客气，先请他吃了顿“番菜”，就是后来人们俗称的西餐。梦璋早已经饿得是前腔贴后腔了，满手的死人味儿都顾不上洗，就足撮了一顿。吃完了饭以后，梦璋开始四处打听登莱普的消息。

嘿，这儿的洋人还真就有知道他的，说登莱普是个“怪老头儿”，义和团攻打东交民巷时大伙都得练习打枪就他不干，让他指挥躲在这里的中国教民修筑工事，他也不干。甭管外边打得多热闹，他只是一天到晚地拿着个破毛笔，蘸着水在地上写中国字儿。现在联军胜利了他仍旧不出来，还是一天到晚地在地上写，嘴里咿咿呀呀地也不知道说些什么，有人说他是被义和团给吓疯了……

40 很快，梦璋就与登莱普见了面，两个人抱在一起，半晌说不出话来。登说白又黑又瘦，白说登是又老又丑。登莱普哭了一会儿又笑，笑完了又接着哭，旁边的洋人们各个摇头说：“这个老头儿真的是疯了！”

其实疯没疯梦璋清楚，找了个僻静的地方坐下来，登莱普拉着梦璋的手说：“感谢万能的天主，保佑大家平安无事。还记得我送给你的十字架吗？现在我要帮助你尽快加入天主教会，这对你非常非常重要，至少你会得到联军的保护！”

“实难从命！”梦璋摆摆手说，“我永远是中国的穆斯林！”

登莱普知道梦璋的倔强，只是无比失望地看着他说道：“那好吧，我侍奉耶稣，您继续信仰真主，这倒也不影响我们的友谊……”于是登莱普从英军司令部给梦璋搞到一份“帕斯”，有点儿像通行证之类的玩意儿，说眼下兵荒马乱的，它可以保证你不再被当作苦力抓走。

您还别说，这张破纸片儿真就挺灵的，不仅给了梦璋不少方便，还救过他的一些朋友。

四王府那边有一位“顶戴”，官儿虽不大，但认为自己毕竟是个大清的官员，见市面上稍稍平静了一些，就坐着轿子上了街。结果半道儿上被洋鬼子逮着从轿子里给踹了出来，扒了官衣摘了顶戴不说，还逼着他抬轿子，一个洋兵穿上他的官衣要猴似的钻进轿子里冲他喊：“Go！Go！”这位大爷受不了这份窝囊气想一头撞死，可又没有十足的勇气，结果给脑袋上撞了个大紫包，末了还是被洋人当苦力给抓走了。

这家人就托朋友找到了梦璋，哭哭啼啼地说：“老爷往日在府上连拉屎都得让人伺候，现在叫洋人给抓了去，这不是活受罪吗？”梦璋二话不说，凭着登莱普的这张“帕斯”，没几天就把人给捞了出来。

那天梦璋和几位朋友到联军的兵营去接他，这主儿还挺横，出门的时候一边迈着四方步一边冲着洋人喊：“我说你们这些红毛儿鬼，赶紧的嘿，给爷备轿去……”

这件事儿之后，梦璋的名声就传开了，他有个英文的绰号叫“No. one”，就是从此时叫起来的。人们还在背地里头议论，说梦璋手里有一块洋人给的“免死牌”。于是以前那些躲着他走的人，这会儿则唯恐巴结不上，见面就行鞠躬大礼，脑袋都快扎进卡巴裆里去了。

“庚子”之后，这洋庄的生意一度比较好做，有些人就趋之若鹜，做玉器行的找梦璋跑合儿，开古玩店的请梦璋拉纤儿。屁本事没有的也求上门来，说：“三爷，只要您能把咱介绍给洋人做事儿，提溜夜壶都成。”

在这年的年根儿，梦璋眼见着那个击毙德国公使克林德的清兵恩海，被德军绑到崇文门内“正法”了，当着万千中国老百姓的面被枭首示众。而朝廷却还得在东单牌楼立一座“克林德碑”，给德国人消消气儿。

德国公使克林德在北京东单的“殉难”处，清兵恩海在此被“正法”

看着这上上下下，再想着自己经过的风风雨雨，梦璋觉得实在是压抑得透不过气来。在登莱普的劝说下，他决然地离开了故土，随登莱普下南洋、走印度，最后去了英国。

遗憾的是，白梦璋在国外的生活，日后他几乎只字未提。也不知道出于什么原因，在后人面前他总回避这段儿。所以在写他的留洋生涯时，我真是无从说起。只是隐隐约约地听老人说梦璋在英国时，曾被一位漂亮的苏格兰姑娘“相中”过。那时候的梦璋是高高大大、一表人才，被个把洋妞儿看上了也不算什么奇迹。

但毫无疑问，这只能是一场镜花水月。

其一，梦璋出身于回族穆斯林家庭，必须操守依旧。其二，父母在，不远行。梦璋一定要回归故土，娶妻生子。

所以不管周围的朋友如何精心地培育，在这两个人之间绽开的那朵玫瑰，都不可能结出任何果实。

后来回国之后，梦璋听从“父母之命、媒妁之言”迎娶了老北京德胜门外金家的一位性格泼辣的平民之女，她就是我的奶奶。梦璋因为留洋而耽误了结婚，32岁才娶了我奶奶，两人相差了二十多岁。

我的爷爷和奶奶

据说我奶奶年轻的时候，一吵架就摔碟子砸碗儿，整个是一个河东狮吼。梦璋只是堵着耳朵，一声不吭。我曾暗暗地想：这东西方两位女性之间的反差可能太大了，是不是在我爷爷的内心深处一直保存着一段珍贵的记忆？所以让他不愿意再谈及国外的生活？

我这么想也许是亵渎了我所崇敬的祖父，但人非草木，孰能无情！要是换上了我，一准儿得冲出藩篱去拥抱爱情，管他娘的是“羊（洋）妞儿”还是“马妞儿”？

其实我也不该小看我奶奶，要不是这位平民的女儿当年大胆地和梦璋唱了一出“天仙配”，我还说不定在谁的腿肚子底下转筋呢……

## 我爷爷留下的一只“洋表”

梦璋回国的时候可谓衣锦还乡，不论学问还是财富，都称得上是有一号的“人物”了。



据说临别之时，年老的登莱普送了梦璋一只非常精致的闹表，以此作为他们十多年友谊的纪念。这表有个名字叫“boy boy ben”（小本钟），我琢磨着可能是伦敦那个著名的“big ben”（大本钟）下的崽儿。它曾一直放在我爷爷的床头，后来又一直放在我爸爸的床头，现在，它就珍藏在我的书柜里。这是我们家众多的文玩中，劫后余生的几件宝贝之一。

我爷爷的“小本钟”

这小玩意儿精巧之极，而且传世甚少，是钟表收藏领域里的上品。曾经有位玩洋表的主儿跟我说："哥们儿，给您个好价钱，这表我拿回去修修，换换零碎儿。"这丫的第二天真给我拍了几千块钱，以为这玩意儿就是他的了。

我直勾勾地盯着他问道："你有大爷吗？"

"有哇！"他说。

我又说："那我就×你个大爷！"

想起来在"文化大革命"当中，我曾偷着拿这只表当破烂儿送到"废品收购站"，想换个毛儿八分的买冰棍吃。可废品收购站的一个阿姨瞪着眼珠子说："这东西属于封、资、修，不能收！"吓得我赶紧又偷着给放了回去。

现在要是有机会，让我再见到那位"收废品"的阿姨，向毛主席保证，我得发自肺腑地喊她一声："亲——妈！"



# 第七章丨创业导游

## 我们家的"旗子"

梦璋于民国初年从英国返回京师，适值青壮之年，踌躇满志。在南池子置办了一处房产，日子过得还算殷实。

1917年，北洋政府发生了黎元洪的总统府与段祺瑞的国务院之间的"府院之争"，张勋乘机复辟帝制，于是满大街地跑"辫子兵"。可没多久段祺瑞成立了“讨逆军”，把北京城给围了个水泄不通，老百姓再一次被卷入战火之中。

梦璋在南池子居住的时候，这条街上有一位高邻，即当时的步军统领江朝宗，这时候他便差人给街坊四邻们卖旗子，旗分两种：辫子兵当道儿的时候挂黄色龙旗，讨逆军要是占了风头就挂五色彩旗。结果是你方唱罢我登场，把老百姓都给打蒙了。

其中最“蒙”的一位就数我奶奶，她老人家居然把这两种不同性质的旗子给挂反啦！人家讨逆军都打过来了，我们家的“炮楼儿”上却随风飘扬着黄灿灿的大清龙旗，怪不得那炮弹专往这儿砸呢。白三奶奶拽着白三爷的裤腰带，颠着一对大脚，蹦蹦蹿蹿地撤离了“阵地”。

得！梦璋辛辛苦苦刚置办的产业，瞬息之间便被夷为平地。您说说，我爷爷他怎么就那么倒霉呢？



## 创业导游

然而梦璋性格中最大的特点就是倔强，不信邪。

几年之后，经过深思熟虑及广泛的市场调查，他重打鼓另开张，又轰轰烈烈地干起了一番事业，这个“事业”让他不仅对家族，而且对社会都做出了不可磨灭的贡献。即梦璋开办的京师第一家私人旅行社——北平义导员事务所。

中国正统的旅游业应该说是始于上海，20世纪初，上海银行的总经理陈光甫首创中国旅行社，旅游之风在大江南北流行开来。

1928年国民政府迁都南京，北京改称北平。国都虽然迁了，可这些名胜古迹迁不走呀，那些著名的国立学府如北大、清华，还有像燕京、辅仁等教会大学及朝阳、民国等私立学校都是原封不动，因此相当多的官员便把家眷留在了京师，所以不管是叫“北京”也好，叫“北平”也罢，这里仍旧是历史名城、繁华都市。况且北伐战争胜利之后，市面上也出现了一段少有的太平景象。于是梦璋便抓住了这个有利时机，大刀阔斧地干了起来。

义导员事务所先是设在六国饭店，后来因为有一位军阀在这里被人刺杀，商家们嫌此处“不干净”，于是梦璋把事务所又挪到了旧北京饭店，一住进去就是好几年。

说起来这个饭店还和八国联军有关，庚子之时这一带曾是洋人的兵营，出现了不少的饭铺、酒馆儿，外加妓院。1901年，一个叫傍喳的法国人和一个叫贝朗特的意大利人合资办起了这个饭店，起名“北京饭店”，后来这俩洋哥们儿因为利益分配不均翻了脸，结果北京饭店被中法实业银行给买下来了，成立了“北京饭店有限公司”，一直延续到1940年。据梦璋的笔记说，当时饭店为平房，属中式旧建筑，里边布置的是中不中洋不洋，点的都是煤油灯。

白梦璋在故宫紫禁城导游时的留影。

梦璋成立“事务所”时，曾得到过不少外国朋友的帮助，其中最有名的一位恐怕算是乔治·莫里逊了，这位英国《时代报》的著名记者酷爱照相，和梦璋有过一些往来，据说梦璋亲自做导游，帮他成就了许多关于北京名胜古迹的精彩摄影。

我小的时候还见过一本“老照片儿”，都是莫里逊送给我爷爷的作品，像明陵的石人石马啦、颐和园的西堤啦、孔庙里的牌位啦，还有什么二闸、满井儿，等等，有很多是现在已经看不到了的古迹，大约有个百十来张片子。我爸将它和我爷爷的其他遗物归置在一起，从来不许别人碰，每次我都是偷着看的，所以记忆特深刻。

民国时期，白梦璋导游证上的照片

可是这个莫里逊名声不太好，袁世凯搞“洪宪皇帝”的时候，他曾经拍马屁帮着筹款并在《时代报》上大做文章，把袁大头的屁股给摩挲舒服了，袁世凯就把王府井大街的名儿都给改了，一度叫“莫里逊大街”。

我爸老早就把梦璋和莫里逊的通信烧光了，那照片上凡是有“老莫”

的签字通通剪掉，只留着画芯儿。“文化大革命”的时候把它藏在了天花板里，一搁就是七八年，老房子漏雨时给泡过，加上虫吃鼠咬，再把它们请下来的时候简直就是一包“出土文物”，都快拾不起个儿啦。

然而，躲过了十年浩劫却没躲过改革开放，20世纪80年代初，有位领导听说了这东西便托人向我爸“借”，说是“对开放了的北京旅游做贡献”。我爸立刻激动起来，连夜将这些照片修补好，用漂亮的蝇头小楷逐张做了说明，末了还写了份介绍我爷爷的“创业经历”，一并送上。结果却是：“肉包子打狗，有去无回！”

后来那个中间人实在过意不去，就以“某领导”的名义送了我爸一本新出版的字帖，我清楚地记着是一本八开的《怀素草书》。说是那位领导十分欣赏白纪元同志的书法，遂送此帖，以资鼓励。我妈战战兢兢地埋怨了一句，我爸顿时就翻了脸，说：“你们懂个屁呀，这是组织上的需要！”

可是以后一提及这件事，我爸的脸色就特难看，我敢肯定地说，他准保比吃了一盘儿苍蝇还难受。



## 培养人才

梦璋创业导游，是有章有法、有进有退。当时外国人也看好北京的旅游市场，于是争相抢滩。先后出现了几家国外公司，像英国的“通济隆公司”、美国的“运通公司”、日本的“观光局”等，都是很有名的，竞争自然是非常激烈。

梦璋扬长避短，发挥自己的优势，在京师创出了特色和名声。其一，培养人才，建立专业的导游队伍。其二，组合人力车行，大大方便了旅游交通。其三，广泛接触前清遗老遗少及宫中太监，搜集了大量鲜为人知的掌故奇闻，再改编成英文加以解说。把个北京的古迹名胜、宫闱逸事讲得出神入化、惟妙惟肖。于是在这个领域里，一提到“M.C.Pai”，便是没有不知道的。

旅游业在旧北京刚热起来的时候，社会上曾经一度游荡着不少的“野导儿”，这些人大多是饭店里的侍者，不学无术，只是会说几句洋泾浜便带着外国人瞎转悠。把民间传奇和一些道听途说的事串起来，再搁自己肚子里一搅和，就编出了一大堆“着三不着四”的故事，大抵这就是当时流行的导游词儿。这种状况极大地损害了古都的形象，也未必能让游客满意。我想，西方国家多少年来对北京名胜古迹的一些“误解”，恐怕和当时这些粗制滥造、以讹传讹的“导游”有关。

旧北京的景山大街，是游客的必经之路

梦璋认为：导游人员的文化素质以及修养，不仅决定着是弘扬还是歪曲古都文化，而且是直接影响着游客的兴趣和心情。因此，梦璋率先提出了旅游心理学的理念。在培养人才上，不墨守成规、不缺斤短两，尤其是在英语的教授方面，更是全力以赴。有人劝梦璋："三爷，老话儿说得好，教会徒弟饿死师傅，您可得悠着点儿！"老爷子只是微微一笑了事。

梦璋的邻居家住着一位姓赵的后生，此人很有些心计而且十分刻苦，常在梦璋家的门口或窗根儿底下读"洋文"，我奶奶听着觉得挺可乐，说："这孩子嘴里一天到晚'嘚儿啵嘚儿'的，是唱给谁听呢？"就给他起了个外号叫"赵嘚啵儿"。

但是梦璋却没拿这事当笑话儿，而是敞开大门把他接了进来，潜心教习、恩惠有加，日后这个"赵嘚啵儿"便成了梦璋最得意的门生之一。这位爷的大号叫赵颐权，梦璋还把自己的侄女嫁给了他，于是我们家又多了一门儿亲戚，论辈分我应当叫他们三姑妈和三姑父。

还是在我上中学的时候，我爸带着我拜访过赵老先生，记得这位年事已高的导游界前辈，一张嘴说话就全是你从来没听过的北京历史故事，严谨之中带着幽默，听得叫人把钟点儿都忘了。

回家的路上，我爸曾捅着我的脊梁骨说："小子，你要是有心，就应该把你爷爷他们的这些故事都记下来，将来你会受用无穷！"

可惜呀可惜！那时候的我不是块材料儿，把我爸的忠告和我爷爷那辈人留下的珍贵故事，都就着炖肉烙饼给吃啦。现在几近知天命的我，回想起这些往事，怎一个"后悔"了得？只好找个没人的地方自己抽自己嘴巴！

## 建立自己的“洋车队”

交通是开展旅游的重要工具，旧北京用于旅游的汽车少得实在是可怜，梦璋也曾尝试着用汽车来服务于他的导游业，就从某位旧军阀手里“盘”过来一辆据说是靠烧煤或木炭产生动力的破汽车。

司机是个姓张的小伙子，不仅老实能干，而且长得也帅气，特别是一身的腱子肉，很招人喜欢。于是他开着这辆破汽车，再挂上义导员事务所的牌子，每日里吱吱嘎嘎地招摇过市，曾吸引着满大街的小孩追着看热闹。

这破车抛锚是家常便饭，修理修理就接着走，有一回司机在修车的时候不小心把脚丫子扎伤，当晚就染上了破伤风，梦璋把他送到“德国医院”救治。怎奈当时医疗条件有限，纵然钱花扯了也是回天无力，梦璋眼瞧着一个棒小伙在床上抽搐了几日，最后一命呜呼！

人们在哭了个天昏地暗之后，开始对这个“自动化”的破玩意儿深恶痛绝。据说梦璋以后在给国外贵宾或国内大员导游时，从来都拒绝汽车接

No 83. Donkey riding. 驢

旧北京的交通工具——“趟子驴”

送，坚持骑驴或坐人力车，可能是刺激受大了。

但是梦璋没有像他父亲白松岭那样，当年因为“雪里站”被累死就挂鞭了。

那时候市面上到处是人力车，这种车不仅租用方便，而且价格低廉，即便是跑上一整天，包金也不过两元钱。车夫都是些年轻力壮的小伙子，个个跑起来脚底生风，游人坐在上边可以左顾右盼，很是过瘾。于是梦璋就琢磨着把散落在饭店、路口、商肆甚至是妓院附近的人力车夫“组合”起来，建立自己的“旅游人力车队”。

中国的人力车是由日本引进的，所以又叫“洋车”或“东洋车”。北京是在全国最早出现人力车和最晚取消人力车的地方，据说清光绪年间老佛爷坐过的一辆铁轮子车，算是当时所有人力车的“祖宗”了。后来袁世凯当政，在中南海给自己组织了个洋车队，把铁轮子改成了胶皮轱辘。那车夫们的打扮也很有特点，穿官衣戴大檐儿帽，身披绶带外加一双雪白的手套。老远一瞧，还以为是哪儿来的督军呢，走近了一看，官衣上不挂衔儿。咳！这才知道是给大总统拉洋车的。



以后，人力车制造业在北京兴旺发达，出现了不少的洋车行，如“西福星洋车行”、“东福星洋车行”、“起顺车行”、“德顺车行”、“双和顺车行”、“悦来车行”，等等，人力车这种廉价的交通工具便得到了很大的普及。车厂子更是如雨后春笋一般遍布京师，有名的大厂子如朝阳门大街的“马六车厂”、“繁华车厂”，崇文门外的“五福堂车厂”等，都是拥有数百辆洋车。

人力车夫是靠卖力气吃饭的，其中有失业工匠、赔光了本儿的小商小贩、被开除了的小差役、小职员，甚至还有“下岗”的警察。虽然也分个三六九等，但终归属于生活在最底层的劳动人民，靠玩儿命和出汗挣来的钱不够糊口，常常是朝不保夕。看过电影《骆驼祥子》的都知道人力车夫的苦，我这儿就不多说了。

旧北京的“洋车”



北京出现了法国人控制的当当车（即有轨电车）之后，拉洋车的生意更是雪上加霜，于是在1929年10月的某一天，人力车夫们组织起来，把停放在天桥、前门、东单、东四、西单、西四、西直门等车站的当当车全给砸了，这就是北京历史上有名的“人力车夫暴砸电车事件”。

梦璋适时地将一些衣食无着的穷车夫组织起来，为他们开拓新的生活出路，他的“旅游人力车队”一下子就聚集了近百人。梦璋为车夫们每人置办了一身崭新的行头，上身是白布长褂子，下身是蓝布肥腿裤，脚脖子上系着根细绑腿，足蹬双开脸儿的千层底黑布鞋。到了冬天，梦璋还在前门外鲜鱼口的黑猴帽店，给每位车夫定做了一顶“三块瓦”毡帽。这队伍一拉出来，嘿！倍儿精神。

梦璋又教授了人们一些简单的英语和导游常识，于是这些吃旅游饭的车夫的收入比先前可就翻了番儿啦，个别用心的主儿，从游客手里一次就能挣几十元小费。日后，有人不断提高就做了导游，也有人通过积蓄开了自己的小买卖。这些人对梦璋恭恭敬敬，感恩戴德。

到了1934年，梦璋的导游业做得已经是红红火火、享誉京师。于是303名人力车夫联名为他送上了一块硬木玻璃框的光荣匾，框内牙白色的绫子布上工整地写着“白玉三先生雅正——盛德无疆——民国二十三年古历三月初六日恭颂”。

由当时的北平市政府牵头，各大饭店的职工还赠送梦璋银牌一块，上刻“爱众乐群”四字。数百人敲锣打鼓放鞭炮，熙熙攘攘地挤满了一条街，排着队儿在梦璋的家门前道喜，据说这曾经是当时北京城里一个不大不小的热闹儿。

那块“盛德无疆”的牌匾一直就挂在我们家的正堂，我小的时候从幼儿园一接回家，我爸就先得按着我的脑袋，对着这块光荣匾鞠仨躬，说是给爷爷“请安”。



“文化大革命”的时候就出了大麻烦啦，首先这“无疆”二字就犯了忌讳，即便是劳动人民“恭颂”的，导游怎么可以跟导师比肩？

砸了吧，舍不得。留着吧，怕惹事儿。我爸费了好大的心思才想出了个高招儿，于是把匾的内容给换了，玻璃框里的白色绫子布变成了一张大红纸，上书：

“天大地大，不如党的恩情大。爹亲娘亲，不如毛主席亲。千好万好，不如社会主义好。河深海深，不如阶级友爱深。”

那凝聚着梦璋一生功德的“盛德无疆”，就藏在了“文化大革命”时期这段儿最流行的“妈妈令儿”的后边，方才能够保存至今。

## 和太监交朋友

民国十三年（1924年）冯玉祥发动“北京政变”，派警备司令鹿钟麟“逼宫”，末代皇帝溥仪离开了紫禁城，先移銮醇亲王府，后来又逃到天津张园，就此清宫之中最后的一批太监也被打发了。

那时候，这些毫无生存能力的“废人”呼天抢地，与其说是哭皇上，不如说是哭自己。他们不仅断了钱粮，而且是无家可归，有的漂泊于街市，有的寄宿于破庙，有的搬到恩济庄附近的太监茔地给老辈看坟去了。

然而太监们也并非这辈子都是一无所获，甭管是以前主子赏的还是自己个儿偷的，出宫的时候每人多少也带出点儿家当，特别是他们还都有一肚子的宫闱故事。有人就将他们介绍给了梦璋，太监们原本是想通过梦璋的帮助把自己的家当出手，换点嚼裹儿，梦璋则借此机会和这些没人看得起的太监交上了朋友。



有一段时期梦璋曾花费了不少的精力和财力救济他们，很不为人们所理解，只是梦璋自己心里有数。据我爸说他小的时候，梦璋经常提溜着几瓶“莲花白”，领着他去拜访这些太监，尤其是逢年过节。我爸说他那时候最害怕干这事儿，为什么呀？看着这些不男不女的人瘆得慌呗。

梦璋教育儿子要尊重他们，进门得先叫“姥爷”再磕头，我爸小的时候长得白白净净，五官没挑儿，用长辈的话说就跟个江米人儿似的。这些个不长胡子的“姥爷”也还真心喜欢我爸，就把他抱上炕“可人儿的肉儿呀”地叫着，在小脸蛋上又亲又啃，直吓得我爹哇哇大哭。“姥爷”们乐着哄他，实在哄不过来了，就从怀里掏出个蝈蝈葫芦，然后掐着嗓子眼儿似的说：“小子，拿走玩儿去，别丢喽。”

梦璋一瞧，哟！“官模”葫芦，正经是宫里的玩意儿（晚清道光以来，宫廷及诸王府所制的葫芦称“官模”，用此养蝈蝈取“万国来朝”之意）。这叫怎么档子事儿呀，梦璋就推辞说：“公公，这可使不得，孩子还小，受用不起这么大的礼。”太监还急啦，说：“三爷您甭拦着，瞅见这小子我就高兴，再好的玩意儿也舍得给，不算是糟践东西！”

窗外大雪纷飞，小屋里热气融融，葫芦里的蝈蝈发出清脆的叫声，据说我爸就破涕为笑了。梦璋就叹了口气对我爸说：“孩子，知道你有多大的造化吗？”

然后，梦璋摆开酒饭，和“姥爷”们推杯换盏。饭后，我爸在一边玩儿蝈蝈，梦璋则盘腿坐在炕上听太监们讲故事，爷儿俩在这里一待就是一天。

回到家里，我爸搂着蝈蝈葫芦睡着了，半夜里醒来见老父还在油灯下写作，后来知道，这是梦璋把听来的故事全部整理成文字，从不过夜。就这样，日复一日年复一年，谁也说不清他记录、整理了多少珍闻逸事。

梦璋的这些笔记，毋庸置疑是极其珍贵的史料，现在说起来，每一页的内容都是无法用金钱衡量的。然而如今却连一个纸边儿都没能保留下来，一部分在“文化大革命”中被销毁了，剩下的部分呢？我得咬着后槽牙才敢坦白，当年某香港导演在拍摄清宫电影时，我为了“买好儿”都偷着送人了。 

关于我那些令人扼腕的败家勾当，留着本书的后边再做交代……

## 笔记拾零

对于梦璋的“笔记”内容，我现在几乎是全然不知，只能从我爸过去的讲述中挖掘出点滴的记忆。

比如，有一位在紫禁城里“挑金缸水”（即往大铜缸里挑水，以备消防之用）的太监跟梦璋讲，宫里边以前曾出现过幻影，尤其是在雷电交加的夜晚，在某一面墙上会显现出先朝人的影像。不少太监目睹过这种奇观，说得有鼻子有眼儿，都坚信这是先人显灵。我爸说，他小的时候听了这个故事后，吓得夜里都不敢起来撒尿。

而梦璋认为，这绝不仅仅是发生在紫禁城里的灵异怪事，其中必定有一些科学依据。

他曾饶有兴致地试图解释这些谜团，还和某外国朋友商议过，探讨这是否为一种“光学现象”。这个老外就来了精神，非要跟梦璋合作，闹着要对太监们实施催眠术。梦璋十分反感，认为这个外国佬的点子比太监们讲的故事还要荒唐，就严词拒绝了，只是把它当作一件珍闻记录了下来。

前些年有专家谈及此现象，解释为旧宫墙的涂料中含有一定的硅元素，在雷电交加的时候如果有人恰好经过这里，其影像可能就会被“储存”在墙上。多少年之后如再次发生相同的雷电之时，便会显现出人们所说的“幻影”，有点儿类似录像机的“磁记录”效果。我认为这虽然仅是一种不成熟的科学解释，但却和梦璋当年的推测不谋而合。

再比如，梦璋认识一位当年在颐和园内谐趣园做杂役的太监，他向梦璋讲述了不少慈禧太后的“艳史”。说老佛爷曾经和“戏班子”里许多的后生有染，“完事儿”后不留活口，经常是半夜时分后背上绑一块山子石，悄悄押到谐趣园内，从知鱼桥上推下去沉塘。



首先，这谐趣园属“园中之园”，范围小易于清理。二来，知鱼桥贴近水面，把人推下去不会有太大的声音。您想呀，要是把人从十七孔桥上给往下推，那不就是高空跳水吗？得弄出多大动静呀。据说，晚清时谐趣园的清淤工作总是秘密进行，而这个太监，便是所发生事件的见证人之一。并指出，有皇上的时候不敢讲，透露出来一点儿也得掉脑袋。现在可好了，把这些故事抖搂抖搂不仅解闷，还能换点儿“稿费”当零花儿。所以太监越讲越高兴，梦璋则是越记越用心。

此事乍听起来不免离奇，很有些野史村谈的味道。我曾经跟某香港电影导演讲过这个故事，那大导儿当时就嗤之以鼻说：“你们把慈禧皇太后想象得太龌龊了，颐和园是Summer Palace，属于后宫净地。谁会容忍一潭清水里泡着死人呢？根本就没有这种可能！”当时，出于对这位电影大腕儿的无上崇拜，曾有一段时间，我对自己爷爷的笔记产生过怀疑，认为他记录的不过是些讹传或糟粕而已。

但是多少年之后，我却在一本叫《亚洲的曙光》的书中得到了印证，这本书好像是由一位外国人所著（作者叫什么？哪国人？现在一时想不起来），书中严肃地谈及晚清宫中的“秘闻”，写道：

“……西太后曾经和一些戏曲演员产生过短暂的‘恋情’，但这些漂亮的、天才的年轻人的命运，只有昆明湖的水最为清楚。”

我很想拿着这些“证据”找那“大腕儿”再探讨一回，无奈再也未得机会。

然而当我重新审视梦璋的笔记，真正认识到了它的珍贵价值的时候，已是为时晚矣。原本应该由我继承的这份丰厚遗产，却因为自己的“慷慨解囊”而变得荡然无存。这些笔记哪怕我以前认认真真地读过一遍，也不至于现在写它的时候，脑子里竟是一片空白。



我时常想，如果有一天我死了，与我爷爷在另一个世界相见，他老人家认不认身后的这位曾经暴殄天物的“小白三爷”看来还得另说呢！

## 打赌打到“月盛斋”

美食，亦是旅游业的重要组成部分。梦璋在运作他的导游行业时，很是注重饮食文化，尤其是对那些回民饭馆，可以说是了如指掌。像什么“东来顺”、“烤肉季”、“爆肚满”、“月盛斋”，等等，都是梦璋带客经常光顾的地方。

民国以后，为了迎合洋人的口味，北京出现了不少的西餐馆子，又叫“番菜馆儿”。当时西餐最有名的是六国饭店和“临记洋行”，以后西直门外的万牲园（即现在的动物园）里的“畅观楼”、东安市场里的“颉英”，都是人们熟知的西餐厅。因此，在导游行里，有一段时间这一中一西两餐的架，还打得挺厉害。梦璋留过洋，对西餐并不排斥，但骨子里却更爱中餐，带客时每每是就中不就西。

某天，“观光局”里有位日本熟人就和梦璋叫上板了，打赌俩人共同带一拨外国游客，游山玩水一天下来，看他们是吃中餐还是吃西餐。扬言如果赌输了，愿奉送六国饭店的十人餐券一张，要是赢了，一个月之内梦璋必须把客人都要带到他的地界儿里就餐。

梦璋听罢，这气就不打一处来，说：“小子，得意得早了点儿，这十人餐券我要定啦！”

然而，梦璋心里也没底，就去请教东来顺的老掌柜丁子清。

丁子清——北京东来顺饭庄的创始人

丁子清号德山，是东来顺的创始人，颇具谋略，为北京勤行里大名鼎鼎的人物。梦璋说明来意之后，丁掌柜一边捻着胡须一边笑着说道：“这有何难？我给您安排个节目，准保叫座。到了饭口儿上，您把客人们都领到月盛斋的门口就甭管了……”

这月盛斋又称“马家老铺”，用锅锅相兑的百年陈汤烧出来的牛羊肉从乾隆年间就享誉京师，那炖肉的用料配方是秘不示人的，据说当年香味飘进了宫里，连皇上闻了都得流哈喇子，因此特赐匾额以示褒奖。因为地点在清廷户部旁边，老百姓都俗称它为“户部街的烧羊肉”。

那天约莫是掌灯之前，梦璋就把客人们都带到了月盛斋的门口，发现原来这里已经挤满了食客。

眼见人越聚越多，只听老铺里有人高声叫道：“起——锅——喽！”于是天井里的窗户被一起打开，随着一股子热腾腾的蒸汽，那沁人心脾的香味就四溢开来。然后有伙计将大块大块的羊肉下油锅煎炸，一边炸一边将浮在油锅上的沫子用勺撇出来，泼进炉灶里，立时又飘过来另外一种香气。



炸好的肉被捞起来放在案板上“啪！啪！啪！”剁成几块，听得见吱吱作响，看得清外焦里嫩，所有路过这里的人就没一个走得动道儿啦。

小孩们拍手唱：“水牛儿，水牛儿，前出犄角后出头儿。你爹你妈，给你买了烧羊肉……”大人们则端着锅捧着碗，争相购买，买不起肉的就来两勺肉汤浇在面条上，用筷子搅拌搅拌，一口气就是一大碗。

更有甚者，几位拉洋车的从怀里掏出了俩窝头，就着这满大街的香气干撮起来，末了还要深深地再闻上几鼻子，这才拉着车跑了。

这群饥肠辘辘的外国游客哪儿见过这阵势呀，急赤白脸地跟梦璋要吃食，这时候月盛斋的掌柜的出来了，一挥手伙计们就摆好了桌椅板凳，紧接着端上来热腾腾的烧饼夹羊肉，再配一碗稀溜溜的汆汤面，在当街里这些老外们就“开”上了。直到吃了个“天昏地暗，泰山下水”，才扶着桌子角儿站起来，一边打着饱嗝一边冲月盛斋的门脸儿挑大拇哥。

梦璋在人群里找到了那个日本人，这主儿正捧着个烧饼咪西咪西地干活，臊不搭眼地用沾满肉汁的手，从兜里掏出“餐券”递给梦璋。梦璋当着他的面，一点儿一点儿地把这张六国饭店“餐券”撕成两半放回他的口袋里，说了句：“我没工夫占您这便宜！”

白梦璋和丁子青联手，把号称美食家的一拨英国客人，在月盛斋的“二荤铺”里就给打发了。于是，这故事还就在导游行里传开了。

## 导游——挣的是辛苦钱

其实，梦璋所从事的导游行业也是十分辛苦的营生。据我爸回忆，那时候梦璋每天天儿不亮就得起来，顶着星光残月上路，披着暮色风尘回家。我奶奶更是半夜三更起床，为梦璋这一天的行程忙前忙后。通常是老爷子起来后先泡一杯茶，这茶是我奶奶用好几家茶庄的茶配出来的，有一股子独特的香味，以至于梦璋是非我奶奶泡的茶不喝。



这茶香每天的凌晨都能把我爸从梦境之中熏醒，隐约地看到我奶奶照例用一块干净的白手帕包好这天的午饭，然后送梦璋出门，直到老爷子乘坐的那辆洋车上的铃铛声渐渐听不见了，她才回到屋里，我爸则随着那远去的“叮当”之声又返回了梦乡……

晚上，梦璋的脚步声一到门口，大家就全听出来了。进了门儿，我奶奶赶忙从门框上摘下布条掸子，一边上下左右地为梦璋拍打尘土一边吆喝着：“哎哟——受累的人儿回来喽！”紧接着饭菜就摆放齐了。梦璋用白天包午饭的手帕，晚上给家里“包”回来一小口袋银圆，白三奶奶自然乐不可支，数钱入账，白三爷则洗手就餐，含饴弄子。

实事求是地讲，白家的宅门，就是靠梦璋这样一天一天早出晚归挣出来的。当年在“划分阶级成分”的时候，我爸曾告诫我们说：“刀架在脖子上，都得讲你们的爷爷是自由职业者，是劳动人民！”想想看，我爸说的也不是没有道理。

# 第八章｜“白大胆儿”奇遇

## 路遇“吊死鬼”

这里还有两段关于梦璋的故事，不妨让我再讲讲。

第一个故事叫“梦璋遇鬼”：

我爷爷白梦璋真的遇见过鬼，这故事我小时候听了不下一百遍，说实话是挺吓人的。都快上中学了，要是半夜三更想起来还情不自禁地把脑袋蒙在被子里。有几次因为不敢“起夜”而差一点就尿了床，但我仍旧坚持认为，憋死也比吓死要强。

这事儿说的是梦璋做导游的时候，有一次不知因为什么没有乘坐驴车，而是自己走着回家。

那天老爷子是一身“洋打扮儿”，西服外套挎在胳膊上，穿一条双背带的西裤，足蹬两色三接头皮鞋，右手的食指上勾着一只大顺斋的点心匣子。他嘴里哼着京戏中的某段散板，悠然自得地从白云观往城里溜达。

他走到大概是现在的真武庙一带，天色就慢慢黑下来了。这里虽然离城门不远但仍旧属于城外，那时候城里马路上点的都是纱罩子灯，城外根本就没有照明，所以天刚一擦黑儿，眼前就变得模模糊糊的了，只见一条蜿蜒的小路曲曲折折，两旁的树丛之中隐约着孤坟野冢。

不要说是傍晚，就是大白天一个人从这里走过，那阵阵清风吹得树影摇曳，也会叫人感觉到不寒而栗。梦璋素有“白大胆”之称，他一世坎坷，九死一生，再加上留洋多年，因此从来不信鬼画符的事情。

得嘞！您不是不信吗？这鬼还就非撞您不可，梦璋走着走着，发现前边有个“影儿”背对着他，你走他也走，你停他就停。仔细看这主儿是长发披肩，穿着粉红色裤袄，呦嗬！这穿的分明就是一身“装裹”呀。

梦璋大喝一声：“谁？”就站住不敢再往前走了，只见对方慢慢地转过身来，长发遮面，半低着头一动不动。

梦璋又喊了句：“谁？干什么的？”老实讲，梦璋自己都听出来声音在颤抖。

突然，这鬼猛地仰起脸来，将长发甩向脑后，露出了一张无比惨白的面庞。两眼无神，白多黑少，一条血红的舌头耷拉在下巴颏儿上，双臂下垂，手掌外翻……梦璋的脑袋“嗡”的一下子，头发根儿都竖了起来。



“难道真的撞上‘吊死鬼儿’啦？”

说时迟那时快，这鬼呼地就冲梦璋扑了过来，没有别的出路可走，只能接招儿啦！梦璋大骂一句：“操你个姥姥的！”挥拳便打。双方一错身的工夫，梦璋心里就有了底儿，不到俩回合那鬼转身败走，梦璋则一路追了下去。

鬼说：“你追吧，前边那座大坟堆就是我的宅子……”梦璋只管追。

鬼又说：“我是刚死不久的，阴气不够。今天不跟你闹了……”梦璋还是紧追不放。

鬼就急了，说：“这位爷，难道你就不害怕吗？”

梦璋笑道：“你他妈算是哪家的‘鬼’呀？一交手我就摸着你身上是热乎的！晌午饭吃的炸酱面吧？嘴里边还有臭蒜味儿呢。”

这“鬼”一下子就跪在了地上，说：“求求大爷放过我吧，小人因做买卖赔光了本钱，实在是没有活路了方才出此下策。”梦璋就把这个

“鬼”的“舌头”给拽了下来，看清楚原来是用一条红纸粘成的。骂了句：“滚吧！”就一个人进城回家了。

原来这是旧社会一些游手好闲的主儿想出来的损招儿，利用装神弄鬼掠取人家钱财，遇上今儿这样的表演，十个人得有九位被吓趴下，剩下的一位就是像梦璋这样的“白大胆儿”，哪个“鬼”赶上了哪个“鬼”认倒霉。

梦璋回到家之后，向人们讲述了今天抓鬼的故事，并亮出了那条“鬼舌头”炫耀，大家除了佩服梦璋的胆大之外，都说听起来还真有些瘆得慌。

白三奶奶则问他：“大顺斋的点心匣子呢？”梦璋这才发现，其实自己也够狼狈的：首先，西服外套跑丢了。第二，裤子上的双背带断了一根儿，跟个小尾巴似的坠在屁股后头。第三，脚底下的两色皮鞋，有一只被跑开了绽。至于那个大顺斋的点心匣子，可能是在追鬼的时候当“手雷”给撇出去了，如今只剩下“弦儿”还挂在手指头上，就是那骨节儿绑点心匣子用的纸绳儿。



这段鬼故事我曾掐头去尾地给不少朋友讲过，上中学的时候，尤其爱给我们班的女生们讲。

20世纪70年代中期学校里时兴搞“社会调查”，我和班里的男男女女七八个人来到了北京顺义县的某乡村。那年在全国的农村上下推广“移风易俗”、“拆掉棺材，提倡火葬”。于是家家户户就都得把“棺材板儿”给请出来，摆在院子里准备登记造册。

我们男女分别居住的两户人家的院子里，都停放着几口白碴儿大棺材。晚上开“碰头会”等女生们都到齐了，我就指着院子里的棺材说：“我给同学们讲个真鬼故事吧……”便绘声绘色地讲了起来，再加上我那表演到位的肢体语言，当时就把俩女生给吓哭了，末了我得黑灯瞎火地送人家回去。

我们班那漂亮的女团支部书记，白天的时候事挺多的，从来没正眼看过我，这会儿可好，一出门就把我的胳臂给抓住了，还娇嗔地说："白明——你真够德行的！"说着话儿身体就越凑越近。

我从来没有和女生这么近距离地接触过，于是就激动起来，就想入非非了，怎么都觉着这个女团支部书记对我"有点儿意思"。

可是回到学校后，我还没顾得上接着向人家献殷勤，嘿，这丫头片子就把我给告啦！说我在搞"社调"时钻老乡家的棺材吓唬人，同时讲鬼故事散布封建迷信。

本来这次我是铁定要被吸收入团的，结果却是"煮熟了的鸭子又飞了"。

## "邂逅"燕子李三



另外一个故事则更具传奇性，我告诉您吧，"燕子李三"曾经偷过我们家，这可是我爸小时候亲身经历过的事儿，绝非虚构，信不信由您。

当年李三儿被押解的时候，我爸他们在路边都亲眼见过，说他个儿不高，长得挺白净，虽被五花大绑着，但腆着胸脯，表现出七个不服八个不忿儿的样子！

这些年来，人们把燕子李三给神话了，说他是"偷富济贫"、"大义凛然"，等等，都成了民族英雄啦！其实老北京都知道，他什么也不是，就是地地道道的一个惯贼。

这个燕子李三本名叫李景华，是河北涿州人，据说从小就是个小偷小摸的主儿，后来到了沧州跟人家学艺，得了点儿轻功真传，偷盗的胆子就大了起来，于是自己给自己起名"燕子李三"，专在平汉线上作案。他的确偷过不少名人，如段祺瑞、张宗昌以及洛阳警备司令白坚武，等等，一度名声大噪。

传说他会点儿气功，一使劲儿脚后跟的两块骨头就缩进去了，所以什么样的镣铐都锁不住他。“感化所”里的警察拿他没招儿，就跟他拜把子，求他照应。于是李三儿夜里出去行窃，天亮之前准时回来，自己再把镣铐戴好，跟没事人儿似的，警察们就都得过来向他道谢，谢他没给自己找麻烦。

李三儿把偷盗来的钱财，大部分都用于自己吃喝嫖赌了，民国二十五年（1936年），李三儿病死于石驸马大街的旧北平看守所，年仅四十出头。据说在看守所中曾和一个姓刘的寡妇结了婚，可他死了以后这刘寡妇却不管收尸，于是燕子李三这位大名鼎鼎的“侠盗”最后被埋进了乱葬岗子。

20世纪30年代初期，梦璋的买卖已经做得很红火了。这时候他在“大中府胡同”和“小中府胡同”分别置办了两套较大的宅院，有个六七十间房子。这么大的产业，招得燕子李三半夜三更前来“光顾”其实也不算是天方夜谭。



据我爸说，李三儿来过几次，一次是“借路”，没拿什么东西，留下了一个用糖纸叠成的小燕儿。第二次可就是“借钱”了，半夜时分李三儿从房上顺下来一根绳子，绳子头上系着个小口袋，照例别着个纸叠的小燕儿，口袋里装着半块砖头。他把绳子悠起来，一下一下地“敲”我们家的窗户，这动静把全家老老少少吓了个半死儿，还得是梦璋出面，一个人来到当院里把李三儿的“帖子”给接了下来。梦璋明白规矩，他把李三儿顺下来那口袋里的半块破砖头取出，换上了同等分量的银圆，然后冲着房顶上一抱拳说：“一点儿小意思，请李三爷不要嫌少！”跟唱大戏似的。

过了段时间，有一天的半夜又听见有人敲窗户，先是我奶奶被吓得直筛糠，接着“哗——”我爸他们哥儿几个就把炕给尿了。梦璋也急了，坐在太师椅上用手拍打着扶手说：“三孙子！我今天就不搭理你了，你能把爷怎么着吧！”据说那天梦璋在堂屋里的太师椅上坐了一宿，跟个“门神”似的，方才保得全家一夜平安。

第二天一早有人就惊叫起来，人们发现在窗台上放着个小布包儿，上边照例别着个糖纸叠的小燕儿。打开一瞧是一小堆儿银质的首饰，什么簪子、手镯、别子，等等，是旧时妇女结婚时的“凤冠霞帔”，不很值钱，但梦璋知道这是燕子李三昨天夜里路过这里“还人情”来啦。梦璋说这些东西都是赃物，不能留着！

然而有个在我们家干活的年轻穷花匠，哭着喊着非要这些玩意儿，说是回家娶媳妇用。

梦璋就把这些首饰都送给了他，指着他的鼻子说：“你千万不要招摇呀，这可都是些招鬼的东西！”

这小花匠家住丰台黄土岗，回去以后是房也盖了、媳妇也娶了，据说他媳妇戴着这些个破首饰整天臭美，这茬儿就让人给记住了。

多少年之后，赶上了“文化大革命”，小花匠已然变成了老花儿爷，这些首饰终于还是让红卫兵翻腾出来了，结果给他戴了个“反动花霸”的帽子，先挨斗后游街，被挤对得差一点儿上了吊。



某年，他进城来看我爸，一推门就扯着嗓子嚷嚷道：“爷们儿，还记得当年我拿走李三儿偷的那些首饰吗？后悔没听你们老爷子的忠告，还真他妈就招了鬼啦！”

## 玉碎瓦全

1938—1945年，整整八年的时间里梦璋彻底歇业，而且明白地告诉家人，“饿死不当亡国奴！”这时期有日本人开的“观光局”派人来“请”他，也有“伪商会”差人来“接”他，梦璋皆以自己年老体衰为由通通拒绝，此时只能月月靠典当过活，幸而有不少外国朋友接济，常常在信封里就夹着三十五十，赶上过圣诞节一次就是上百元美金。那时只要有邮差拍门，梦璋就跟我爸说：“猜猜今儿个的信封里，能有多少钱？”如果猜出来了，梦璋就塞给他“几大枚”，出去买零嘴儿。

20世纪40年代初，梦璋变卖了大、小中府胡同的两处房产，给两个宝贝女儿办了出嫁，最后在西长安街边上的一条胡同买了处宅子，作为养老传子的所在。

1945年日本人投降后，导游业有过一段小小的“复兴期”，但是梦璋此时真正是日薄西山了，他强打精神出的最后一场彩儿，是在1946年的秋天，给军调部的美方代表吉伦、华德等人做导游，又一次得到中外朋友们的赞誉，此后梦璋就再也没有出过山。

白家门儿自从梦璋干不动了以后，就开始在家财上发生矛盾，以白三奶奶为首的搅屎棍子，把白家门儿弄的是乌烟瘴气。梦璋晚年整日郁郁寡欢，无所事事。他终因患肠疾不治，于1949年溘然长逝，享年七十有一。

据说梦璋下葬的时候，有数百人相送，队伍拉开了比一里地还长，只是在这众多的送葬人之中，却没有看到他的长子白继圆。个中原委，容下文再叙。

梦璋死后，除了留下个用英文缩写的“M. C. Pai—No. one”的美名之外，还留下了相当多的笔记资料和谁都说不清楚的文玩收藏。梦璋当年最好古玉，可到了我懂事儿的时候，只知道我们家存有少部分的瓷器、字画，一件玉器我也没见着过。是日本侵华时期给“坐吃山空”了，还是家族内部争财时被人瓜分了？我不敢瞎说。但有一点却是不争的事实，就是这些个宝贝通通都不知了去向。

至于梦璋当年如何这般爱玉？现在我只能凭着自己对先人的崇敬之心，做出如下判断：

祖父的名字叫白梦璋，其“璋”者“玉”也。

另又号玉三，玉器行里的人都说玉有“三节”。一曰高贵，二曰不阿，三曰纯正。

因此我方才明白，爷爷为什么自号“玉三”了……

# 第九章丨寻根问祖到山东

## 北京来的“小爷爷”

老天爷有情有义地编排这么多的“白家传奇”，不仅教育了白家后代，也为我的人生经历埋下了许多伏笔，真可谓阴德不浅。



我是北京白家门儿这哨人马中唯一回过山东老家寻根问祖的人，那是1989年秋天的事。领导派我到曲阜参加“第二届孔子文化节”，前脚刚拜完万世师表，后脚我就下济南、走德州认祖归宗去了。

可这“认祖”的事儿也没那么容易，村子里一堆老者挨着个儿盘问你，你非得说出个子丑寅卯来。有点儿像杨子荣上威虎山得说“天王盖地虎”一样，要不然把你不是当“流子”就是当“空子”给打出去。

我就把白松岭“爷儿俩京城赢官司，拾金不昧交库银”以及白梦璋“留洋海外图破壁，衣锦还乡创导游”这几节说了，没想到这光辉事迹在老家也是家喻户晓。没等我讲完，乡亲们热情的巴掌就拍在我肩膀上了。

这时候有人问我：“在北京的白家，你排在哪一辈？”我说我爷爷是“梦”字辈儿，我爸是“纪”字辈儿，我是“林”字辈儿（其实我本应该叫“白末林”，是“林”字辈最末一位。只是赶上生在“大跃进”年代，压根儿就没这么起名）。

听了我的话人们炸开了，“敢情您是位爷爷呀？”村里村外地奔走相告：“北京来了一个小爷爷……”同时又搀出来一位颤颤巍巍的老者，说他是咱们这儿“林”字辈为数不多的健在者之一。那老者抱着我，呼天抢地地说道：“兄弟呀，一百多年啦，第一次看见从京城来的宗亲。”我这才发现我岁数虽然不大，但是“萝卜长在背（辈）上”。

在老家我居然成长辈啦？我就是“爷爷”啦？想到这儿，鼻子一酸，我自己竟然把我自己给感动了。

老哥哥带着我走村串户，给我讲这里原来生活很苦，如今党的政策好，乡亲们的主要营生是畜养牛羊，就连北京很多清真市场上的牛羊肉都是从这里送出去的。于是我就装了一回长者，学着领导干部的口气，对“晚辈”们讲了不少鼓励的话。

最后乡亲们把我带到村口，指着一片辽阔的棉花地说：“我们的祖宗就葬在这里。”这才是我们家真正意义上的祖坟，它可以上溯到六百多年前的元代。



据说我们的祖先最早是从阿拉伯过来的商人，元朝时被称作色目人。忽必烈又把他们编成“打探赤军”而镇守黄河，以后就留在了这里一代代地繁衍，就有了这远近闻名的白家集，后来又有了白松岭爷儿俩勇闯京城，有了号称“No. one”的白梦璋，再后来就又有了我——这个爱出“幺蛾子”的三孙子……

这些事儿我曾跟我一位搞历史的朋友讲过，他说这都是有史料可以佐证的，相当真实可靠。

我乐着说：“您别瞧不起我白明，跟他妈个穷光蛋似的。没想到我们家原来跟‘中东’那边儿还有一水……其实我们祖宗也够傻的，干吗非跟着丫忽必烈瞎转悠呀，要是一直留在阿拉伯，没准就是个石油大亨呢。”

我这次寻根最大的收获是从我们家最古老的祖坟上抓了几把土带回北京，算是在我爸生前我给他出的最后一次“幺蛾子”，居然他就乐呵了好几天，夸我是大大的孝顺。嘱咐我他死后一定要把这些带着盐碱味儿的“老娘土”，和他一起入葬。

有同事问我，老家之行都有什么感想？我叹了口气说：“哎！感想颇多呀，倒不是小瞧了老家的父老乡亲，主要是从心眼儿里感激白松岭爷儿俩当年怎么就那么英明？要不然我现在还得留在山东，充其量是个剔肉的……”

## “印子白”

老北京的老门老户，尤其是做买卖的，总爱在姓氏的前边或者后边加上一个缀儿。比如都姓王，就有“什么什么”王或者王“什么什么”。这一来是作为同姓之间的区别；二是表明自己所从事的行业和身份，这简直成为了一种独特的北京文化。



像“烤肉季”、“烤肉宛”、“爆肚王”、“馄饨侯”等，这些都是勤行的腕儿。还有像“金镯子马”、“铁百万”、“韭菜杨”、“玉器梁家”，都知道这是做珠宝古玩生意的。还有更牛×的呢，比如北京有名的大户“草张家”。您还别拿豆包不当干粮，以为这草就不值钱。人家那是给皇宫里御马监供草料的，沾着“御”字儿，比曹雪芹笔下的江南织造也差不了太多。

再说说白家门儿，北京姓白的多了去啦，有“切糕白”、“豆腐脑儿白”，颐和园附近还有个以村庄命名的“大有庄白家”，这些都跟我们家没太多的关系。我一直不知道，我们家到底是个什么白。

“文化大革命”期间，我爸在学习毛主席著作的“讲用稿”里常这样写：“我们家是从山东逃荒来到北京的，祖上是靠赶大车为生……”以表明我们家是“彻头彻尾的劳动人民”。于是我就想我们家应该是“赶大车白”，可方圆百里的北京城没听说过有这么一号呀。

一直到了改革开放，有一次过春节，我爸他们老哥儿几个吃年夜饭时兴许是酒喝高兴了，这才把“谜底”给亮出来，从白松岭那儿说起，我们家是“印子白”。——哎哟喂，敢情是放印子的！这不就是放高利贷的吗？

我不知道老祖宗白松岭是怎么从赶大车的“服务业”挂鞭之后，一下子就改行儿到放高利贷的“金融业”的，这悬殊也忒大啦。从“彻头彻尾的劳动人民”，一下变成“吃人肉喝人血的剥削阶级”，真有点儿让人接受不了，难怪白家门儿里从来没人敢提这一出儿呢。

但经过了这么多年，现在我也算想明白了，其实这有什么呀？三百六十行里既然有这行儿，就自然有它存在的道理，用现在的话说也叫一种生存能力。山西的晋商开了那么多的票号，哪家儿没放过印子呀？“印子白”的出现，应该说是白松岭在封建社会里其经营理念、诚信为人和家族实力的集大成，这也不失为我们白家“辉煌”的一页。

经过考证，有一点我可以确定地说：白松岭放印子的钱，与当年他捡的那箱子有人用屁眼儿“偷”出来的“库银”毫不相干。

第二部

# 我的父亲

# 第一章丨棍下打出来的倔小子

## “犯太岁”的倒霉蛋儿

1926年，正是梦璋的“北平义导员事务所”创办伊始，是年的腊月白家门儿张灯结彩、红绸高挂，这一天，年逾四十的白梦璋喜得贵子。

论辈分这个孩子排在“继”字儿，因此取名叫白继圆，他就是我的生父。

梦璋与继增父子三人



此时有门生点燃了院外一千头的长挂鞭，在噼里啪啦的喜爆声中，一家儿接一家儿的亲朋好友前来向白三爷道贺弄璋之喜。爷们儿都说，这正应了他的名字“梦璋”二字。女眷们就围住了白三奶奶，对着襁褓中的那个白白净净的小小子净说些吉祥话儿。

这小小子不哭不闹地瞪着俩大眼睛来回张望，原来是某表舅妈嘴里的那颗金牙，把他给晃着了。您大概不知道，那时候的人要是一咧嘴能露出个把大金牙来，跟现代人一捋胳膊亮出块劳力士手表差不多，深沉大啦。

那个年代，父亲继圆的出生对梦璋来说，称得上是老来得子，乃白家门里的一件大喜事。

梦璋对儿子的爱是爱在骨子里，一天到晚就盘算着自己是香火得传、业绩有承了。而白三奶奶对儿子的疼则是“疼”在一根鸡毛掸子上，不知道她是听了哪个算命先生说：“这孩子犯太岁，恐有夭折之虞！”便被吓得魂飞天外，花了一块光洋买回来这么个“偏方”。

这个偏方可是缺大德了，说：“这孩子从懂事之日起就不能再对他好喽，没事儿就得打，一直得打到10岁为止，方能躲过此劫。您放心，越打越结实！”并且给白三奶奶送上这根鸡毛掸子，甭问就是刑具了。于是这个倒霉孩子，一三五着打，二四六挨揍，一年三百六十五天没几天是消停的。

梦璋是个学问人，哪里信这些乌七八糟的东西，但是却拗不过三奶



奶，为了护着孩子，梦璋的大褂儿经常被三奶奶扯破，实在是没辙，梦璋就躲出去了。

好不容易平平安安地熬过了10岁，可继圆的打还是没少挨，梦璋就跺着脚求三奶奶说：“您是我们全家的祖奶奶！这还有完没完了？”三奶奶把手一揣说道：“咳！我也真是的，打顺手儿了……”

## 打死不跪

继圆上边有两个姐姐，继珍和继兰。

继珍是老大，不仅事事爱拔尖儿，仗着三奶奶宠着她，专喜欢从弟弟继圆身上揩油。我在前边说过，梦璋带着儿子常去拜访太监，其实拜访所有的亲朋好友都是继圆跟着，那时候女孩子是根本上不了台面儿的，所以

他才有了这么一点儿“实惠”。

赶上个逢年过节的，继圆可就发了大财，梦璋带着他甭管进了哪家的高台阶儿，只要是这小子一磕头拜年，长辈们就立刻“看赏”，回来的时候，继圆的口袋里经常是鼓鼓囊囊的，走道都费劲。

俩姐姐瞅着这叫馋，可梦璋有言在先，继圆的压岁钱谁也不许惦记，任凭他自己支配。两位姐姐就变着法子想从他手里蒙过几个钱来，继圆是一个子儿都不给！倒不是自己抠门儿，是心里边憋着口气。想起来平时挨母亲的打，有一半是这俩姐姐给撺掇的，这会想起来跟我“分浮财”了，门儿也没有哇！

大姐一计不成又生一计，跟二姐一嘀咕就编排出了一场好戏来。

她们把炕上的褥子一撤当戏台，床单子一挂当幕布，演员是继珍，拉幕的是继兰，观众自然就只有继圆了。

继珍用胭脂把自己抹了个红脸蛋儿，站在炕上扭动着腰身，嘴里唱道：“正月里呀——正月里呀——什么花儿开……”

二姐继兰就用筷子敲着个针线笸箩，来到继圆面前一鞠躬说：“少爷，您该给钱喽！”

“凭什么呀？”继圆就问。

继兰则说：“哟！您打听打听去，天底下有白看戏的吗？”

继圆一想人家说得对，是得给钱。就学着父亲梦璋的派头，用俩手指头夹着一枚银圆抛向继兰手里的针线笸箩。

继兰喊道：“白府大少爷赏光洋一块！”

继圆跷起小二郎腿，那派头可牛大发了。

不一会儿幕布又拉开，继珍接着唱：“二月里呀——二月里呀——蜡梅花儿开……”

“您该给钱喽，——白府大少爷再赏光洋一块！”继兰又过来吆喝。

继珍再唱：“三月里呀——三月里呀……”

就这样，姐俩从正月一直唱到腊月，十二个月就是十二块钱，到了人家该“谢幕”的时候继圆方才发觉上了当，哭着非把钱要回来不可。

俩姐姐说：“这钱又不是我们抢的，是你自愿给的呀。男子汉大丈夫，哭个什么劲儿？”

要不怎么说继圆是个聪明人儿呢，眼泪还挂在脸蛋上就又乐出声来了，说：“我逗你们玩儿呢，这点儿钱算什么？我还有的是大子儿！”

“真的？没骗我们？”俩姐姐瞪着四只杏眼问他。

继圆就说：“爱信不信！请你们到东安市场下馆子，去不去？”

姐姐们说：“当然去啦，——走！”

到了东安市场的起士林西餐馆，姐仨坐下来要了一大桌子的菜。继圆是什么贵就点什么，把大姐二姐给乐的，直给他道“万福”。

那时候西餐比中餐贵得多，即便是有钱人家也不是能够经常光顾的。继圆把肚子吃了个滚瓜溜圆，末了对姐姐们说：“坐着别动，我付账去！”他哪儿是付账去了，出了门撒腿就跑，一直跑回了家。



结果他那两个姐姐被饭馆给扣下了，人家一算账差点把这姐俩给吓哭喽。没辙，俩人凑钱算是把账给付了，大姐继珍就跟摘了心肝儿似的，眼睛都气红啦！

回家后，这姐俩向白三奶奶狠狠地把继圆给告了个刁状，三奶奶不问青红皂白，插上西屋的门就是一顿鸡毛掸子。继圆梗着脖子一口一个“不服！”，俩姐姐在门儿外添油加醋，叫着：“打他，活该！活该！”

可打了一会儿，就让人觉着不对劲了，听三奶奶的叫骂声已经岔了音儿，知道是当妈的真急了。

于是这姐俩就害怕起来，一边拍打屋门一边央求道：“继圆，快给妈跪下！”

继圆仰着脸说：“就不！”气得白三奶奶把头上的纂儿都弄散了。

大姐继珍就先后了悔，哭着喊：“继圆哪，求求你，给妈跪下吧！你想被打死呀？”

“继圆呀，快给妈跪下！我们把你的钱都还给你还不成？”紧接着二姐继兰也哭了。

继圆跺着脚叫道：“不！就不！”

三奶奶一下子就“背过气”去了，躺在地上翻白眼儿，跟抽了羊角风似的。

这还了得，姐儿俩赶紧到别的屋里把大人们找来，砸开门把白三奶奶给抱了起来，又掐人中又拍打后背，三奶奶这才慢慢儿地醒了过来。

人们用手指头戳着继圆的脑门儿说：“快跪下吧，小祖宗！”继圆说：“好，我跪下！”说着话他扑通一下就跪在了屋子中间的花砖地上。

三奶奶一看继圆跪下来，立刻就没事儿了，谁也不知道刚才那“羊角风”她是真抽还是假抽来着。

掌灯时分，做了一天导游的梦璋回到家，进了门洗漱干净之后先喝了两碗酽茶，然后上桌就餐。饭吃到一半了，梦璋发现自己这么半天还没看见儿子呢，就知道不定又怎么啦。 

老爷子一问不要紧，大家伙这才想起来继圆还在西屋里头跪着呢！

来到西屋一看果不其然，大伙叫继圆起来，继圆说：“不起来！”梦璋走过去把手伸向儿子，继圆这才服了软儿。可是他怎么使劲也没能站起来，“哇”的一下子就哭出声来了，他是又害怕又委屈。

梦璋的火就大了，冲着三奶奶吼道：“你赔我儿子！”

得，好好的一顿晚饭就这么被搅和了。

有人请来了这条胡同里的一位正骨郎中，大夫看了看说：“没大碍，是蹲筋了，让人架着走走，一会儿就好。”

梦璋令继圆的两个姐姐搀着他，围着院子里那口明代的大鱼缸转圈儿，姐儿俩自然是不敢怠慢，搀着继圆一圈儿接一圈儿地“转腰子”。

走了足有百十来圈儿，看继圆还没有要停下来的意思，姐姐们就小声嘀咕道：“行了吧？别得了便宜卖乖，我们俩都还没吃饭呢！”

继圆就朝屋里喊：“爸呗，我这两条腿还是不听使唤呀！”

梦璋在里边回答：“儿子别着急，接着溜达！”

其实继圆的腿早就没事儿了，这会儿都走开台步啦，可是还没折腾够，非得抓着俩姐姐陪绑。大姐继珍气得忿儿忿儿的，在继圆的屁股上拧了一把说：“小兔崽子，刚才就应该让妈打死你！”

## 大闹“警钟台”

继圆也的确是个淘得出圈儿的孩子，属于“三天不打，上房揭瓦”的那一类。爬大树掏鸟窝，下野河沟游泳，今儿把王家少爷给开了瓢儿，明儿又被李家小姐抓个满脸花。三奶奶的鸡毛掸子都换了好几根，真就应了算命人说的话，越打越结实！

颇有点儿“少林”意思的小哥儿俩——继圆和继增

20世纪30年代，北京城有一种消防机构叫“水会”的，在京城的四周建了七八处“警钟台”，是专门瞭望火情和报警之用的。在当时看来，这警钟台就跟摩天大楼差不多，底层是值班室，顺着铁旋梯往上直通楼顶，颤颤巍巍的一般人还真不敢爬上去，可到了上边就豁然开朗了，远近街区尽收眼底，着实挺刺激的。

继圆偷着把北京城里的警钟台都爬遍了，这还不够，他还和人家打赌看谁胆儿大，居然把警钟台上的警钟给鼓捣响了，害得“水会”里的老少爷们儿顶盔挂甲，举着长铁钩子、提着水桶就往外跑，以为哪儿又“走水”（着火）了呢。

继圆在楼顶上看着好玩，掏出小鸡鸡儿就冲下边撒了一泡童子尿，嘴里还喊着：“快来瞅呀，这儿走水啦……”

他被抓下来以后让人提溜着耳朵找到了家里，来人冲三奶奶嚷：“我说这位老姐姐，您家里的少爷也忒淘了！那紫禁城要是没把门儿的，这小子准敢在皇上的炕上撒尿……”



三奶奶一边给人家作揖道辛苦，一边说：“待会儿我非把他的皮扒了不可！”

来人就说：“您扒不扒少爷的皮我们不管，反正哥儿几个不能白演练一回呀，这可跟真的‘走水’是一个价儿！”

得——让人家给讹上了不是？三奶奶花了两块现大洋才把水会的给打发走。

那时候，一袋“兵船”牌的洋面粉也就两块钱，够一家子吃三十天的。这回三奶奶没打继圆，只是咬牙切齿地骂：“小王八蛋，这个月没你的白面吃！”

## 在坟地里逮蛐蛐儿

继圆小的时候喜欢玩蛐蛐儿，他对这种秋虫儿的底细非常门儿清，什么“黑锅底”、“愣头青”、“大红袍”都玩着不过瘾了，据说最厉害的一种叫“棺材板儿”，属于上上品，战无不胜。

但是这玩意不好逮，一般是生长在乱葬岗子里，所以才得了这么个美名。于是，继圆纠集三五个伙伴，晚上偷着跑到城外的三里河一带，在坟地里憋宝。

继圆的手里举着个小蜡烛头，忽忽悠悠地像一团“鬼火”。哥儿几个就循着蛐蛐儿的叫声，往坟地里越走越深，走着走着竟忘记了害怕。

伙伴中有个叫“四胖子”的，兴许是因为这家伙长得重，一脚就踩塌了个老坟窟窿，四胖子叫道：“不好，我让鬼给抓住啦！”说着话就咧开嘴号啕大哭，哭得都跑了调。



继圆撑大胆儿，过来说：“我瞧瞧！我瞧瞧！是什么鬼敢这么放肆？”

借着手里的那一团“鬼火”往里边一照，妈呀！这坟窟窿深不见底，一股子一股子地往外冒寒气。

大伙就抓着四胖子的肥腿往外拽，可怎么也拽不出来，四胖子就“爹”一声“妈”一声地惨叫。继圆也害了怕，喊声：“真有鬼嘿！”撒腿就跑。本来继圆是挑头的，他这一跑不要紧，就树倒猢狲散，哥儿个像一群没头苍蝇似的跟着跑，跑出去半里路才停下来。

天空月明星稀，地上树影斑驳，什么“孤坟鬼影”啦，什么“僵尸翻身”啦，所有的鬼故事这会儿全想起来了，哥几个抱成一团，吓得屁都放不出来。

老远的听见四胖子“呜——呜”地还在哭，继圆说：“得去救他呀，要不然没法跟他们家大人交代。”

于是大家就壮着胆子又跑了回去。

大伙来到四胖子跟前一瞧，这主儿的德行样大了，眼泪挂在腮帮子上，鼻涕流进了嘴里，哈喇子粘满前襟儿。

继圆说：“胖子，你别吓唬我们，我们好救你！”

这会儿四胖子“咿哩呜噜”的，连句整话都说不出来了。大伙再一次抓住他的腿往外拽，就觉着湿乎乎、臭烘烘的，咳！四胖子被吓出“恭”来啦。

继圆他们又拉又拽，总算把他从“骷髅鬼”的手里给抢了出来。其实哪有鬼呀，四胖子不过是脚被卡住了，大伙轮流背着他，总算平安回到家。

第二天四胖子他妈，一个浑不讲理的胖女人就打上门来了，跟三奶奶说：“你们少爷带着我们家胖宝贝昨天夜里钻坟窠子，现在他的魂儿丢啦，您可得赔呀……”

白家只得给人家花钱看病，请客送礼，好话说尽才算了事。三奶奶怎么打继圆就不必细说，她一怒之下把继圆的蛐蛐儿大军全塞进炉膛子里给“火化”了。



其实我奶奶白金氏，是一个非常能干的女人，不管是洗衣服做饭，还是理财治家，屋里屋外都是难得的一把好手。只是这个女人的脾气忒暴躁了，用现代医学的观点来看，有点儿像“偏执狂”。

在我4岁那年，我奶奶去世了，据说是死于脑溢血，我想这跟她的暴躁恐怕有些关系。

然而，这“暴脾气”可是遗传的，虽然我没接触过我奶奶，但从我爸身上却能感觉出来。另外，我爸从小挨打，结果给打出个好斗的性格，用他自己的话说，他从来都是“丁字步”站着，为什么呀？总觉着有人说不定什么时候就会“捅自己一拳”。

说实话，这性格颇具两面性，既成就了他在事业上的坚韧不拔，也凸显了他动不动就爱得罪人的弊病。

唉！可怜我爸他一辈子，也没能跳出这个“怪圈”。

## “倒卧”就躺在咱家门口儿

继圆刚满10岁，就开始帮助父亲梦璋做事了。

首先是逢年过节替梦璋到亲朋好友家去送礼，今儿个是两瓶酒、一包酱牛肉，明儿个是俩点心匣子。出门的时候，三奶奶照例要嘱咐他两件事：一不许偷着喝酒，二是别踩着“倒卧”。对继圆来讲，这本来是件兴高采烈的事儿，一听当妈的这么说，就有点儿战战兢兢的了。

倒卧又叫“路倒儿”，即因冻饿而死在路上的人，多为要饭的、人力车夫或孤老病残。那时候，到了年根儿一场狂飙过后，便是倒卧载道的季节了。所以，凡是冬天的夜晚，孩子们都不太敢出门。



这事儿还真不禁念叨，有一回继圆替梦璋送礼，那是个大雪纷飞的晚上，街市四处一片白茫茫。他左手举着个纱灯，右手提溜着一大包“元长厚”的茶叶，刚一下白家门的高台阶儿，脚底下就觉着踩了个软绵绵的东西，就着纱灯低头一瞧，雪地里露出来一只人胳膊，手里还攥着半块烤白薯。

甭问，准是踩上倒卧啦，继圆“妈呀！”一声，纱灯就扔了，茶叶包也散了，扭头就往回跑。所幸是在家门口，要不然也非得吓得拉一裤兜子不可！

家里的大人们赶紧出来，把这个倒卧给搬到了台阶上，一摸心口还有点儿热乎气儿，就把他抱进了正屋。凭经验人们给他灌了两碗热豆汁，慢慢儿地这个人就哼哼唧唧地缓过来了，两只没了神的眼睛里含着泪，非要跪下来磕头“谢救命之恩”不可，结果让梦璋给按住了。

大伙仔细一瞧，这主儿生得五大三粗的，都说要不是仗着他这身

“膘儿”，早就没了命。一听口音还是个山东老乡，就把他暂且留在了宅子里，先是干一些杂活，后来又介绍给四王府的白四爷，他便自谋生路去了。

## 差点被撑死的二哥

这个人姓什么叫什么？早记不住了，只知道继圆小时候管他叫“二哥”。

这位二哥自打去了白四爷的府上以后，便没什么音信往来，只是隐隐约约地听说此人好赌，倒也不是什么大错，最多赌只鸡或一口袋棒子面之类的玩意。某一年的正月，这位二哥突然露面儿了。

那天继圆在胡同口的一块空地上和小伙伴们玩弹球儿，老远看见二哥过来了，他腆着个大肚子，叉巴着腿一步一步地往前挪，到了跟前一把就将继圆给拽住了，叫道：“小六子！（在白家门的大排行中，继圆行六）快去叫三老爷来，救救俺吧……”吓得继圆赶忙回去叫人。等大人们出来了，这位二哥已然是走不动道儿了，一屁股就瘫在了地上，人们又一次把他给架进了正屋。



那时候白家门的正屋相当气派，讲究是“满堂红”：联三的紫檀案子，案前是红木八仙桌，桌边是一对靠背上镶着大理石芯儿的红木太师椅。

在平时这椅子除了白三爷和三奶奶之外没人敢坐，这会也顾不得这些个规矩了，二哥被人扶着，在太师椅上慢慢儿坐下来，已经快说不出话了。

人们急赤白脸地问他：“这是怎么话儿说的呀？”

二哥一边哭一边断断续续地讲：“三老爷子……救救俺吧，俺要活不成啦……”说着话就往椅子下边出溜。

“你别着急，慢慢儿讲！”人们赶紧扶住他。

二哥撩起衣襟擦了擦眼角的泪水继续说：“俺……对不起三老爷子，

俺在乡下做了个小买卖儿……赔了本钱，没钱还账了，就和一个财主打赌……让驴日的们给坑惨啦！”

大家就问他：“你打的是什么赌呀？”

“俺……俺实在是没出息！人家说要是赌赢了……就……”二哥狠狠抽了自个儿一个嘴巴。

大家都急了：“快说！你赌什么啦？”

“我赌……赌吃一百个元宵！”二哥说。

大伙忙问：“你全都给吃啦？”

“吃了八十六个，再也下不去了……我……快不成了……难受……”二哥张着大嘴喘息。

听完了二哥的话，可把大家伙给气着了，您说他这不是活该找死吗？想想看，人的肚子能有多大，八十多个元宵吃进去了，往哪儿搁呀？

眼瞧着二哥真的就快不成了，耳朵边儿发干，抬头纹开散，眼角儿都耷拉了。脸上就更甭瞅啦，工夫不大已经变了三回色儿，越变就越往死人那儿靠。



看得出来，这快要被撑死的人，大概比饿死鬼还要难受。

那也得救他呀！据说梦璋当时请来了京城里的某位名医，先生看了以后说，这主儿八成是不行了，只能是死马当活马医。先生的方子是，赶紧找一个陈年的老倭瓜，把瓤子掏出来熬水，趁热给他灌下去，如果能排泄就还有救，排不出来就“吹灯拔蜡”了。

人们只好照方抓药，熬了一锅的老倭瓜水，变着法子给他灌了下去。然后，大家伙连搀带抱地将他安置在继圆的床上。二哥被脱了个精光，后背上垫了几个荞麦皮枕头，叉着两条腿，在继圆的床上“哼呀咳呀”地叫唤。

您说这事儿巧不巧？该着他白继圆倒霉，不早不晚非得这时候回自己的屋里取弹球儿，这弹球儿偏偏又放在床铺底下的一个雪茄盒子里。

就在继圆伸手到床底下够弹球儿的工夫，只听见二哥的腹内“鼓声大作”，紧接着是一串屁连着另一串屁，震得床屉子直颤悠，把继圆都给震傻啦，抱着那盒子弹球儿就愣住了。

再往后二哥是上吐下崩，甭管是“吐”出来的还是“崩”出来的，不是元宵皮儿就是元宵馅儿！吓得继圆撒手就把盒子给扔了，弹球儿撒了一地，和那满世界的元宵渣滓粘在了一起。后来继圆说，当时他的感觉是，“都快恶心死啦！”

然而，这个可人疼的二哥却得救了，为了感谢白家的两次救命之恩，他从此金盆洗手，不再提半个赌字儿而且说死说活非要改姓“白”不可，以后就一直跟着梦璋做事。

梦璋死的时候，据说有个人哭得特别伤心，扯着个大嗓门儿，拉着山东腔，这主儿就是二哥。

当年二哥获了救的时候，只有继圆一看见他就偷着咧嘴，因为这事儿之后继圆落下了两个毛病：



第一是从此不能再和人家玩弹球儿了，一玩准输！

第二是最怕过正月十五，再好的元宵说出大天去也就尝一两个，稍微多一点儿就反胃。

谁都知道，这位二哥其实跟我们白家没有血缘关系，但他是要饭的出身，并且“当过”倒卧，属于真正受苦受难的劳动人民。

“文化大革命”之中不知怎么着这茬儿又被我爸给想起来了，因此，他的名字在当时就写进了我们家所有人的履历之中。

说起来我爸也忒损了点儿，这故事就是在饭桌上吃元宵的时候他讲给我听的。好在没太影响我对元宵的胃口，倒是永生难忘——我曾有过一个八竿子打不着的穷二大爷，在万恶的旧社会里，因为打赌，被地主老财用一百个元宵给“剥削”了一回。

## 谁往夜壶里放了蝎子

日伪时期，因为梦璋拒绝做事，生活上就断了生计来源，从此家道中落，只能是坐吃山空。好在二姐继兰嫁给了当时的东北军阀马占山之“王牌旅”旅长吴松林（字鹤年）的儿子，也算是大户人家，多少能给娘家一点儿接济，白家也只是勉强度日。

于是，继圆就从一个“受气”的少爷，变成了一个彻底的穷小子，和贫民子弟一起，在一所叫“司法部街小学”的学校里读书。这学校里有个日本教习，据说还是个女人，整天教他们学日语，继圆和几个要好的同学特别讨厌说东洋话，就变着法子耍弄她。



那时候规定学生见了日本教习要鞠个大躬，同时用日语喊：“先生，您好！”

继圆就喊：“孙子哎，我哈腰狗砸你妈死！”

日本女教习把继圆叫过去说：“白桑，你地发音地不对，先生应该是‘森塞’，不是‘孙子哎’。回去地好好地练习！”

第二天一见面，继圆仍旧冲她喊：“孙子哎，我哈腰狗砸你妈死！”

这女人可能是听着不太顺耳了，就找来个中国老教员偷听，当继圆再喊“孙子哎——”的时候，那中国教员上来就给了继圆一个大嘴巴，说他是“存心犯坏”，末了还罚他站了一堂课。

这位中国教员本来是一个迂腐不堪的清末贡生，小辫儿还没剪利索，就忙着巴结日本人，继圆就给他起了个外号叫“老杂毛儿”，并且恨他胜过了恨那位日本教习，于是就把目标对准了他。

这位老杂毛儿没有家室，老光棍一根儿。他有一把灰陶烧制的夜壶，摆在屋子里边嫌臊，所以白天总是放在窗台儿上“晒太阳”，晚上为了用着方便，就再把它“请”到被窝旁边。

继圆找来了一颗钉子，费了好大的工夫把夜壶的底给钻了个眼儿，然后弄出一点儿尿来，和了一点儿泥，再把那个小钉子眼儿给堵上。

继圆就跟同学们打赌说：“老杂毛今天夜里准得尿炕，你们信不信？”第二天，老杂毛儿果然把褥子给晾出来了，上边是一大块湿乎乎的“地图”。

原来那夜壶底上的钉子眼儿白天被冻上，晚上热尿一灌进去就化了，连汤带水儿地顺着小窟窿眼儿往外渗，不一会儿就是一大片。

继圆把谜底抖搂出来之后，都快把大伙给乐疯啦！惹得老杂毛儿提溜着教鞭前来算账，叫喊着：“你们说！是谁在先生我的溺器上做了手脚？”

大伙谁都不承认，于是就排成了一行都得把屁股撅起来，每人打十下。



到了继圆的身后，他抡圆了胳膊打了二十下，继圆便质问他：“你凭什么多打我十下？”

“臭小子哎，你屁股上都长牙啦，数你最坏！不打你打谁呀？”那老杂毛儿盯着继圆屁股上的补丁冷笑道。

其实他心里明白，这事儿就是继圆干的，只是没抓着证据，不好从重发落。

挨完打之后，继圆拍拍屁股走了，跟没事人儿似的。同学们都过来就合他，问他疼不疼？继圆心想：“这算个屁呀！我从小挨打挨惯啦，什么样的家伙什儿没挨过？可有一样，我妈打我成，他打我？姥姥哇！咱们走着瞧吧！”

没过多久，那老杂毛儿又换了个搪瓷做的新夜壶，绿了吧唧的王八色儿，口上还加了个木头塞儿，虽然没人能够再给这样的夜壶钻眼儿了，可不知道是谁，悄悄地在里边“养”了一窝蝎子。

据说某天的半夜三更，在他撒尿的时候，蝎子们一点儿都不留情就把老人家的“买卖”给蜇了。

您就不用追问这事儿是谁干的，反正几天之后，继圆便被学校开除了。

往老师的夜壶里放蝎子的小学生——白继圆



## 日本时期的“献铜”“献铁”

继圆一天天地长大，五官长相颇似其父梦璋，可脾气却越来越往白三奶奶那儿靠拢，点火就着，而且是天不怕地不怕。

继圆的中学时期

北平沦陷时期，日本汉奸到处搞“献铜”、“献铁”运动，不论贫富，家家户户都得参加。于是老百姓家里从铜脸盆儿到铁饭铲儿，一拨儿接一拨儿都被“贡献”出去了，用于“支持”日本人的“大东亚圣战”。

白家刚交出去一只黄铜的涮锅子，就又进来几位伪警察要账，三奶奶忙说：“我们家献过了，实在是没的再献啦。”

来人就指着屋子里硬木家具上的铜活儿骂道：“老梆子，这些玩意儿是不是铜的？”

继圆的火“腾”的一下子就撞到脑门上了，指着那个人的鼻子说：“你妈嘴里的牙还是金的呢，你怎么不献？”

这还得了，用老北京的话说叫“欺了祖”啦！

几位抓着继圆的脖领子就往外拽，说：“走！到煤渣儿胡同的宪兵队，给这小子灌点儿凉水儿，让他清醒清醒！”

白三爷和三奶奶老两口双双给人家下跪，哭着求他们放过继圆。被继圆骂过的那个伪警察坏笑着说：“放过他不是不成，只是我妈的嘴里还真缺颗大金牙，您瞧这事怎么办呀？”

三奶奶赶紧把手指头上的镏子给褪下来，两手捧着送了上去。那家伙接过来放嘴里咬了一下，知道是“九九金”的，才骂骂咧咧地走了，临走前还丢下句话：“限三天之内，交纯铜五十斤！”

就这样，白家老家具上的铜活儿，大部分都陆续被卸光了。现在我手里还保留着一对我爷爷奶奶时候的樟木箱子，从合页到提手全都没有了，据说就是那个时期的历史见证！

## 混合面儿

日本时期，继圆印象最深的就是吃“混合面儿”。

那时候日本的侵华战争战线越拉越长，日本国内物资不足，粮食匮乏，于是就转嫁危机，拼命掠夺中国的粮食和工业物资从而迫使北平的老百姓以混合面儿充饥。

这混合面儿就是用豆饼、高粱、黑豆、红薯干等混合而成，豆饼本来是喂大牲口的，人吃起来难以下咽。就这还不好买呢，每天继圆半夜就得起来到粮店排队，警察用粉笔在每个人的后背上写“号”，这号要是被蹭掉了，今儿这队就算是白排，一家子就得饿着。

和当时北平许多老百姓一样，因为吃混合面儿把继圆给吃出了严重的痔疮病，整日拉血，拉得他小脸灰白。这些故事打我上幼儿园起就听过，所以我一直对《地道战》《地雷战》之类的电影特别喜欢。



记得是“文化大革命”后期，在当时的“苏联展览馆”里不知是办了场什么“国际”性的展览，我爸说在诸多的国旗当中，他一眼就看见了日本的太阳旗，怎么看就怎么觉着别扭！

多少年之后，在整理我爸的遗物时我找到了一个日记本，里边有一篇记述，讲到了当年他因为吃混合面儿而得病的情况，还生动地做了一番新旧社会的对比，读来的确是发人深思：

### 永远记住这一天！

记得十五年前的今天，由于吃混合面儿使我得了严重的肛肠疾病，当时家里人非常着急，因为没钱去医院治病就找了个游医。手术是在家里进行的，我当时痛得满床打滚，记得开刀时是在晚上，我那年老的父亲用颤巍巍的手给医生举着电灯，我的弟弟当医生的助手，帮医生拿着脓血盘子。这样动完了手术，我由于又受了凉就抽起了风，急得全家团团转。母亲刚刚拿着父亲的衣服（皮猴）卖了钱给的手术费，马上又找医生。医生说要治好你儿子的病，得把房子卖了才行，母亲曾为此哭了好几天。过了几个星期，病还没好我就勉强又出去找活做了。

十五年后的今天，在党领导下我翻了身，我做了国家干部。日本时期给我留下的病又犯了，我今天在第二医院割治了，现在我享受的是公费医疗，手术费就十五元。组织上，同志们都关心我，目前我的病完全好了。虽然我怕同志们知道我的病来看我，但他们还是不断地来看我，工资又是局里（派人）给送上（到）家中的。现在治病是在医院，医疗费不用自己花，家里生活也很好，在养病中又能吃些有营养的，领导都非常关心我。这些不能不使我回忆过去，不能不使我感到党的伟大。从我自己亲身经历的事，说明我们的社会是人类最有前途、最美好的社会，不在党领导的国家我能这样吗？同是病，十五年对比，很清楚两个社会本质不同，过去就是“死”，现在就是“活”。我今天的回想（让我）从内心里感受（激）。党啊！我不是没有良心的！我永远跟着你走！（让）我能够为党的光荣事业献身自己。今天写下这个实际经历，作为今后鞭策自己（的动力），我决不能忘本。

1958年1月21日于病中



继圆写这则日记的时候，我尚未出世。如今将近半个世纪过去了，这些文字即便有着浓厚的时代色彩，可能让今天的年轻人不堪卒读，但我仍旧觉着它感人至深，我相信每一个字都是我爸发自肺腑写就的，绝不是现代人流行的“脱口秀”。

## 在“哈尔飞”门前抖机灵儿

日本人投降以后，白家的家境一时仍旧没什么起色，继圆就琢磨着自己得出去做点儿事情，以便补贴家用。

他首先看准了西单牌楼附近的“哈尔飞”戏院，这里曾经是旧北京西城最繁华和热闹的地界儿，于是他就在“哈尔飞”的门前，变着法儿施展自己的才华。

“哈尔飞”戏院就是后来北京的西单剧场，这里原本是清末盛京（沈阳）将军增祺的府邸，增祺因收编张作霖，算得上是对他有过知遇之恩。清朝灭亡以后，张作霖感念旧情，以十万银圆相送，增祺便回报了这座府邸，张家将这里改成了“奉天会馆”。张作霖死后，奉系势力退回东北，这奉天会馆则日渐式微。1930年，时任“剧场同业公会”会长的郝锦川承租并改建这里，取名“哈尔飞”戏院。说起来，当年的梅、尚、程、荀以及各路的名角大师，都在这里走马灯似的争妍斗奇过。



继圆在“哈尔飞”曾帮着戏院抄广告、画海报，凭借着他的聪明伶俐和细致劲儿，也算是有两把刷子。

然而好景不长，没过多久这活计就被北平艺专的几个穷学生给顶了，继圆干不过人家，臊不搭眼地给人让位。其中有个学生，岁数跟继圆差不多，面皮黢黑，腮帮子挺大，说话带着点儿东北味，继圆一直怀疑，这主儿就是后来我们家文玩旧物的“大买主”，香港某著名的电影大导演。

在“哈尔飞”里边干不了，继圆就跑到门外边折腾，不知道他是从哪儿找了把破提琴，在“哈尔飞”的门口卖上艺了。有人爱听李香兰的歌，他就拉上一段儿《夜来香》，有人爱听周璇的歌，他就再来一段《五月的

纪圆参军之前的落魄时期

风》。吱吱嘎嘎地没等他拉完一支曲子，人就都跑光了。

“哈尔飞”里的伙计笑话他说，这么多名角的戏人家还看不过来呢，谁没事吃饱了撑的听你在这儿拉“洋胡琴儿”？继圆一个大子儿也没挣着不说，倒让人把自尊给伤了。



他不甘心，又接着在“哈尔飞”的门前卖烟卷，什么“老刀牌”啦“红锡包”啦，照样是没赚着钱，可自己的烟瘾却渐长，回家一算计，这卖的还没有抽的多呢。

最后，他请人帮着打了个木头匣子，揣上几盒鞋油，在“哈尔飞”的旁边给人擦皮鞋。有一次继圆给人擦了一半，里边的戏就开锣了，继圆本来就手潮，再一着急便给人家的白袜子上了色儿。那主儿挺横，抬脚就把木头匣子踢翻了，继圆也不是省油的灯，跳起来和他抡胳膊根子，俩人在“哈尔飞”的门口就斗开了“美国拳”，招来一大群的人围着这俩活宝看热闹。结果警察来了，举着警棍追得他们满大街跑，人没逮着，木头匣子则被没收了，继圆又一次赔本儿赚吆喝。从此以后，他再也不敢打“哈尔飞”的主意了。

我小的时候，家里的亲朋好友常聚在一起到西单剧场去看节目，我爸从来就没对此感过兴趣，还是我那俩姑姑讲话一针见血，指着剧场的大门口说：“你们谁都不知道吧，这里是他白继圆当年走麦城的地方！”

## 半途而废的“导游”

从“哈尔飞”败下阵来以后，继圆一直闲荡在家，20世纪40年代后期，梦璋想重振自己的导游业，希望儿子能和他一起干，继圆勉强同意了。

这差事说着容易，做起来可就难了，首先是继圆的外语不过关，老爷子的忙他一点儿也帮不上。另外，一天走下来，脚脖子都肿了，可第二天还得一切照旧，继圆就先累得斜腰拉胯了，方知父亲梦璋挣下白家的这份产业，是何等辛苦和不容易！



然而，决定继圆日后没有从事导游这行儿的原因，不是因为他怕苦，而是有一次他的自尊心受到了极大的伤害，用继圆自己的话说：“把咱中国人的脸都丢到姥姥家去了！”

那是继圆有一次带着几个英国游人逛天坛，才逛了半圈儿，就在他的眼前发生这样一幕闹剧。

某英国“麻大吗”（女士）掉了一块折叠得整整齐齐的“白手帕”，一个中国小脚女人捡起来就追过去，挺有礼貌地把捡到的“白手帕”还给她。那“麻大吗”笑微微地连说带比画，意思是：“送给你了！”

小脚女人就高了兴，可打开一看，结果是一张“漂亮”的擤鼻涕纸，粘了那小脚女人满手指头的鼻涕。这情景惹得一帮洋人哈哈大笑，有人还举了个手持式摄影机对着女人的小脚开拍。

继圆顿时气得七窍生烟，一个箭步上前，张开双臂就把摄影机给挡住了，那英国人放下摄影机冲着继圆叫嚷：“Go away！（滚开）”

“你他妈才狗阿胃呢！”继圆一晃膀子骂道。

于是，双方发生了争执。

继圆跺着脚说：“大爷今儿个还不伺候啦！”说完就撂挑子回了家。从此以后谁也不能跟他再提“导游”俩字儿，谁提他就跟谁急。

别看继圆干导游没几天，可却在旧北京的相关档案里挂了号。20世纪80年代初，北京召开“国际旅游年会”，有人顺着白梦璋的线索找到了白继圆，邀请他讲课并提供相关文字资料。

是年，我爸得“润笔费”三百元，全部资助给正在上大学的我，作为我当年“赴东北满族地区考察”的盘缠了。

## 我爸“相中”了我妈



北京解放前夕，在国民党政府的黑暗统治之下，全国出现了前所未有的“经济大萧条”，同样的钱，早上起来能买半袋子洋白面，到了晚上就只能买俩烧饼了。

这个时期，梦璋已然是羸病残阳，实在是干不动导游这体力活儿了，白家的日子便每况愈下。

因为没了进项，所以三奶奶的脾气就出奇地暴躁，在家里逮着谁骂谁。梦璋就堵起耳朵，偶尔用英文反击一两句，三奶奶虽然听不懂他说的是什么，但也知道不是好话，就气得摔家里的摆设，梦璋颤颤巍巍地说：“您就摔吧！摔碎的这个瓷瓶子全世界再找不出第二件。”

三奶奶又后悔了，心想多少次劝梦璋把这些个瓶瓶罐罐拿出去卖，可老家伙把它们当命根儿守着，宁愿抱病出去挣儿顿窝头钱，也不舍得卖一件两件的换个把月的肉吃。这会儿让我给摔啦，这不是自个儿跟自个儿过不去吗？

于是，这老太太就坐在地上撒起泼来，不说自己摔错了东西，反倒是骂梦璋不早点儿把它们给卖喽！您说这世界上除了帝国主义之外，还有比我奶奶更不讲理的吗？

日后在我哥和我相继成年之时，父亲曾多次以奶奶为例子来“告诫”我们，说这娶媳妇一定要讲究门当户对，至少女方得知书达理，否则必定是一场“秀才遇上兵，有理说不清”的家庭悲剧。

想来，我那“秀才”爷爷，的确是碰上了个头发长见识短的“女兵”！当年，父亲一定是从爷爷的婚姻悲剧之中得到了点儿什么启示，方才选中了我们的母亲。

话说我爸——“白府”里的这位大少爷，虽然是穷得叮当儿乱响，可却是远近闻名并且被公认的帅哥。说媒拉纤的踩烂了门槛儿，可继圆心里早就有了谱儿，最后相中了北京“玉器刘家”的闺女，这闺女就是我妈。



有白三奶奶的“这碗酒垫底儿”，继圆下决心一定要娶一位懂得温良恭俭让的好媳妇，功夫不负有心人，我妈则正是这方面的典范。自打她和继圆认识的那天起，就一辈子都围着他转，夫唱妇随，唯唯诺诺，继圆要是说这东西是圆的，她准回答说这玩意没什么棱角儿。

“白府”里的帅哥

我母亲的花季时期

我妈参加革命五十多年，一点儿不夸张地说，从来没有和任何人红过脸。嘿！您瞧瞧这女人有多好的脾气，我父亲以后在家里从来说一不二，八成都是她给惯出来的。可末了继圆对她的评价也不怎么样，说她老实得都没了自己的个性，属于“矫枉过正”。

于是在我当年谈恋爱的时候，父亲又以母亲为例来“告诫”我说：“这姑娘要是太老实了也不成，为什么呀？窝囊废呗！你妈倒是真老实，可啥都不会，当了一辈子甩手掌柜的。所以，女方如果太老实了，爷们儿就得是受累的命！”

其实，我父亲他始终没闹明白一个道理：这鱼和熊掌向来是不可以兼得的，世界上的事物永远都是具有两面性的。

## 草绳工厂



父亲和母亲认识的时候，正是他最潦倒的时期，不要说成家立业了，就是这俩小情人一起逛趟公园继圆都掏不出几个子儿来，男子汉的责任心无时无刻不在撞击着他的胸膛。于是经人介绍，继圆来到海淀镇外的一家叫“合业草绳工厂”的地方干活谋生。

“昔日工厂当牛马”——继圆在海淀合业草绳工厂（左一为继圆）

这是一个不起眼的破厂子，老板顶多算是个小资本家，但却是个六亲不认、唯利是图的浑蛋玩意儿。

继圆在这里白天和工人一起打草绳、修理机器，晚上还要帮着厂子写写算算的当记账员，称得上是尽心尽力了。他吃住在这里，一干就是半年多，家都顾不上回去，外边发生了什么，他也不十分清楚。

1948年临近中秋之时，继圆打算回趟家，和老板商量结账。老板挺“大方”，一笔就给了他五万块钱，继圆高高兴兴以为发了笔小财，出了门就先到海淀镇的一家理发馆里推头，推完了头一算账，好吗，五万块！继圆当时就愣住了。

那推头的师傅说：“小子啊，你让人给蒙了。五万块跟擦屁股纸差不多，你干的这半年，该给你的纸票子你搬都搬不动，得用车拉，这叫金圆券懂吗？你得跟掌柜的要硬通货才成呢。”

继圆顿时怒发冲冠，抄起一块砖头就返回草绳工厂，找老板算账去了。



那老板好像就知道继圆得返回来似的，他不动声色地坐在椅子上看着继圆。

继圆举着砖头指着他的鼻子骂道：“孙子哎！你也忒欺负人啦，重新给我结账，我要硬通货。不然的话我拿砖头花了你丫挺的！”

老板冷笑着慢慢儿地从抽屉里拿出来一支“勃朗宁”牌的小手枪，枪口就对着继圆的嗓子眼儿，慢条斯理地说：“这个就是‘硬通货’，小子哎，你敢要吗？”

举着砖头的手臂就僵在了半空中，继圆暗想自己不敢用砖头砸对方，他知道在这兵荒马乱的时候，那浑蛋老板是真敢开枪的。

继圆不光是一块钱也没要回来，还憋进去了一口恶气，好悬没吐了血。他指天发誓：有朝一日我也得弄把手枪来，算账的时候非把你个王八蛋打成筛子不可！

# 第五章｜走向光明

## 宅门“出走”

我们家住的这条胡同，西口儿上有一家煤铺，这家煤铺的“二掌柜的”是中共地下党员，平时就和继圆的关系不错，这时候俩人更是“多亲多近”。继圆受到他进步思想的影响非常大，经常参加一些革命活动，什么撒传单、贴标语的事儿他都干过，当时这叫“党的外围组织”。

一段时间之后，“二掌柜的”决定带着继圆奔河北正定，进入当时的华北革命大学，简称“华大”，正式投身革命。

继圆做好了一切思想准备和物质准备，剩下的时间就是想多陪父亲梦璋待一会儿，他知道此一别离必定成为永诀，心里很不是滋味，但是又不便表露出来。只等待着某天的夜里，以墙外的一声口哨为号，继圆便要“远走高飞”了。 

是夜，继圆和衣而卧，全无一丝睡意，墙外的口哨声准时传来，继圆一个吊毛儿从床上蹦起来，找张纸写了个便条，大意是：我去参加革命，请不用惦记。望家人平平安安，等着我回来！

继圆蹑手蹑脚地来到正屋，却不禁大吃一惊！

半夜三更父亲白梦璋居然端坐于太师椅上，瘦削的面庞上飘着一缕白髯。

继圆赶紧问道：“爸，这么晚了您老怎么还没睡呢？”

“儿啊！知子莫若父。我早就知道你要走，这个家也实在是没办法待了，你走吧，只要是正道儿，爸爸日后就能闭眼了。”梦璋老泪纵横，抓住继圆的手说。

继圆扑通一下跪在父亲脚下，泣不成声：“爸呗，是儿子不孝，平时老听您唱戏，如今这戏文就唱到咱爷儿俩头上来了！忠孝不能两全，我没法儿再伺候您左右，您可一定得硬硬朗朗的，等着我回来！”

梦璋搀起儿子道：“别说傻话啦，你得活着回来，到时候去趟坟地，给爸爸的坟头拍拍土……”

继圆扑到父亲的怀里失声痛哭。

“别哭啦孩子，要是把你妈她们吵醒了，不光是你走不了，这房都得给闹塌喽！”梦璋连忙用手捂住继圆的嘴。

这时候，墙外又传来几声口哨，继圆起身刚要走，又被梦璋拉住。

梦璋从怀里掏出一个白玉坠儿，是地道的和阗仔儿料，刻的是“和合二仙”，乃明季宫中旧物。

“这小玩意儿还值些钱，路上卖了它可以救急。”梦璋硬要把它塞进儿子的手里。

继圆说：“我去参加革命，那里什么都不缺！这物件您留着吧……”



梦璋就又把贴身的皮坎肩脱下来逼着继圆穿上，这才放他走。继圆给老父亲磕了三个头，便洒泪离去，真有点儿像朱自清先生的散文《背影》中的情景。

出了家门，他最后看了一眼这风雨飘摇的“老宅门”，就随着“二掌柜的”一起消失在夜幕之中。

天亮时分，一驾马车颠簸在乡间崎岖的小路上，车上的几位热血青年心情激荡，畅谈着革命理想，唯有继圆略显心事，看来他还没完全从父亲的“影子”中摆脱出来。

忽然，继圆觉着皮坎肩里有东西硌了他一下，用手一摸就明白了八九，待撕开衣角一看，里边露出来一根蒜条金，这是梦璋事先为儿子“藏”进去的。

继圆的眼泪“哗”的一下子就又流了下来。

“二掌柜的”拍着继圆的肩膀说：“小六子，你怎么了？刚出门就想家啦？”

继圆狠狠地擦了擦眼泪，咬着嘴唇摇了摇头，把目光投向了遥远的天际……

有人说，我父亲白继圆从参加革命的第一天起就颇具“小资感”，缺乏“坚定的革命信念”。也不知怎么着，这一笔居然还被记进了他的个人档案，成了他日后入党问题上的“第一道门槛”。

## 凤凰涅槃

继圆来到了位于河北正定的“华大”，将自己整个身心都投入到了革命的熔炉之中。

他参加革命后的第一件事儿，就是把自己的名字给改了，将原来的“继圆”二字改成了“纪元”，以表明和旧观念一刀两断。他在心里发誓：自己将跟定共产党，迎接新中国的新纪元！

这举动，颇有些凤凰涅槃的味道。

接下来在“华大”的学习和工作中，他一日三省地在灵魂深处闹革命，不遗余力地将自己所有的“秘密”袒露给衷心爱戴的党组织，但唯独把梦璋给他的那条金子，悄悄藏在了一个谁都找不着的地方。

# 第六章 | 我爸我妈的“豆汁儿情结”

## 一个小“贫丫头”

说到这儿，该讲讲我妈了，我妈叫刘文英，是“宝昌隆”玉器行老掌柜刘永宽的掌上明珠。

刘永宽就是我的姥爷，您别看老头儿这名字听起来像赶大车的，做的却是京城里数一数二的玉器买卖。他的“宝昌隆”也开在廊房二条，当时是一家三间门脸的老铺。

刘永宽的“路子”跟别人不一样，专做“梨园行”，什么王瑶卿、杨小楼等这些当年的名伶，都曾是他的好朋友，后来他还和小生泰斗姜妙香先生过从甚密。



姜妙香字惠州，不仅戏唱得好，有“铁嗓子”之称，而且善丹青。当年他为刘永宽画过一幅斗方的《牡丹图》，堪称妙笔生花，多少人想花钱买过来，我姥爷即便是揭不开锅了也不舍得拿出去。然而“文化大革命”期间，在某个旭日东升的早晨，我姥姥却把它当“四旧”卷巴卷巴给笼火啦，害得我现在一想起这事儿来就心痒难挠、五脊六兽的。

文英家和纪元家非常相似，即都是家道中落。文英是刘永宽最小的孩子，所以没赶上他们家的红火日子。到了该上学的时候了，我姥姥为了省钱，给女儿找了个特不起眼的学校，至于能学到点儿什么，她就不管了。

有一回刘永宽请几位京城名伶吃饭，席间把女儿叫出来，让她给叔叔大爷们背几段学校里的“文章”，于是文英站在桌前大声念诵：“吃面不吃蒜，不如来碗饭………”“饱剃头饿洗澡，身上的虱子跑不了……”让在座的人把嘴里的酒，一下子都给喷了出来！

人们就问她，这是谁教你的？文英回答说：“是我们学校的女先生，姓孙，外号叫孙大金牙。”大家又差点把吃进去的饭给吐出来。这上的是哪家的学校呀？还是王瑶卿先生“面儿大”，对刘永宽说：“孩子的学习非同小可，咱们这儿是京城不是乡下，不要重男轻女。”

刘永宽这才开始靠变卖家财，供文英上了几年好学校。小学上的是西北小学，即后来的“回民学校”，中学是慕贞女校。从小学到中学花了不少银子，刘永宽的那些本可以传世的玉器，就都这样被一块块地“消化”掉，可接下来便是捉襟见肘，再也供不起了，所以文英没能上大学。

## 进步青年

然而，文英后来走上了革命的道路，并不是因为家庭所迫，却是和纪元有关。纪元走了以后，文英又继续受到她的一位同班同学的影响。

说起文英的这位同学，也是个颇具传奇的人物，她就是我国著名音乐指挥家李德伦先生的妹妹，名字叫李滨，后来成了“北京人艺”的演员，

和人艺著名表演艺术家李滨阿姨在北京电视台聊我母亲的岁月往事

直到现在还老当益壮地活跃在演艺圈儿。

因为李德伦先生很早就去了延安，所以我的这位李阿姨也很早就接触到了革命，是当时有名的进步青年。她是文英的同窗好友，便潜移默化地影响文英，鼓励她向纪元学习，并最终把她也拉进了“党的外围组织”。

她们曾策划共同偷越“封锁线”前往张家口，去投奔解放区，可是我姥姥抓着文英的衣襟死活不让她去，那手指头紧得拿钳子都掰不开。用纪元的话说，文英是个老实巴交的“窝囊废”，就知道她得妥协！

好在后来文英加入了位于北京西苑一带的华北人民革命大学（简称“革大”），也就是后来的中国人民大学。在迈向革命的道路上，我妈总算是亡羊补牢了。

1949年10月1日的凌晨，我母亲刘文英和众多的革命青年一起，穿着列宁装，排好整齐的队伍，唱着嘹亮的歌曲大踏步地向天安门进发，去参加新中国庄严的“开国大典”。



他们当时的位置是在旧大清门的前边，抬眼望去可以清楚地看到毛主席和其他中央人民政府领导人的身影，当毛主席高声宣布：“中华人民共和国，中央人民政府今天成立了！”文英他们欢呼雀跃，将自己的军帽抛向空中，据说嗓子都喊哑了。

我的“革干”父母

在此我敢骄傲地说，我妈是目前参加过开国大典中为数不多的健在者之一，而这个时候我爸正在解放军“南下”的征途中。因此说来，我的确有着一双革命的父亲和母亲，是出身于地道的“革干”家庭。

“革大”里的“五朵金花”



在返校的路上，大概是走到了海淀一带，村子里的农民送给这些可爱的姑娘每人一盘向日葵，文英她们就一边嗑着生葵花子一边唱着歌往回走，那心情就像天边的晚霞，甭提有多绚丽、多惬意了。

回到“革大”后，文英在校刊《熔炉》上发表了一篇散文，写得颇有些文采，我上小学时我妈还曾用它做“范文”辅导过我，后来就不知到哪儿去了。

如今在我写这一段“历史”的时候，我那77岁高龄的母亲，慷慨地将她保存了56年的“革大”毕业证书送给了我。这个在我小的时候险些让我给玩丢了的物件，现在说起来不知该怎么形容它的珍贵，我们家这位塌肩驼背、满脸皱纹的老妈，当年那个稳重端庄、飒爽英姿的“小鸽子”真的就是您吗？

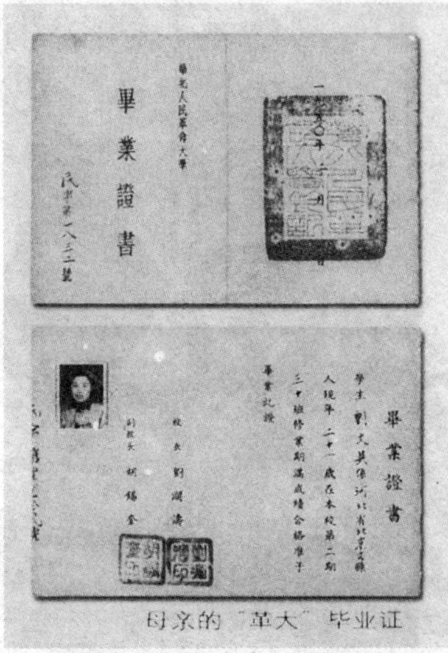


母亲的"革大"毕业证

翻开文英的"毕业证书"，真给人一种"穿越时空"的感觉，这张已经发了黄的硬纸上清晰地记录着：

华北人民革命大学　毕业证书　民字第一八三二号

学生　刘文英　系河北省北京县人　现年二十一岁

在本校第二期三十班修业期满

成绩合格　准予毕业　此证

校　长　刘澜涛

副校长　胡锡奎

一九五〇年二月

# 豆汁儿情结

纪元和文英当年认识的时候，俩人都是穷学生，没有参加革命之前他们之间有过一个“豆汁儿情结”。

我的漂亮妈妈



在恋爱的花季里，我爸穷得叮当乱响，没钱请我妈吃大餐，就拿豆汁儿糊弄人家。老北京的豆汁儿讲究又酸又臭，外加一盘泼上辣椒油的咸菜，几碗豆汁儿摆上来之后，就是一股子臭烘烘的热气。文英就低着头搓衣服角儿，腼腆得要死，于是纪元的脸上可挂不住了。

这豆汁儿毕竟没有咖啡高雅，他就对文英说：“算了吧，咱不喝它了！改日我请你去前门外的‘新世界’，先下馆子后看魔术，怎么样？”

那“新世界”的门票最便宜的也得三十个铜子儿，还甭提吃饭了，这改日到底改到什么时候，连我爸他自己都不知道，反正是过一天算一天，先糊弄糊弄傻丫头呗。

就在纪元尴尬无助的时候，文英把脸抬起来说：“怎么能这样糟践东西呢？你不喝我喝！”

“郎才女貌”的一对新人

说着话儿四碗豆汁儿就着四碟子辣成菜，她自己就全给“吸溜儿”进去啦，糊了一嘴唇的辣椒油，跟抹了口红似的，辣得这位小姐直用手往嘴里扇风。

纪元被感动得呀，就差掉眼泪了，心说她知道我没钱，给毒药都敢喝！这样的姑娘太通情达理啦！太难得啦！于是乎暗下决心非她莫娶。

可后来慢慢地却发现有些不对劲儿了，敢情这丫头是个“豆汁儿脑袋”，属于见了豆汁儿就走不动道的主儿，用我爸的话说文英只要一上桌，就是喝一看二眼观三，在豆汁儿面前全无了姑娘家的端庄妩媚。

纪元就不干了，说：“我瞎感动什么呀？原来您是这份德行样儿！”

他是个挑剔人，于是俩人的恋情一度烟消云散。纪元跺脚去了“华大”之后，俩人就此劳燕分飞了，害得文英整日泪水涟涟，人比黄花瘦。

## “彩云追月”

然而，当文英去了“革大”之后，情况似乎又出现了转机。

某日她接到了纪元从河北正定寄来的一封信，信中除了给予一些工作学习的鼓励之外，末了加了句话：“再见面的时候我还请你喝豆汁儿。”

得！纪元后悔了，又开始招猫儿递狗儿地往回找补。文英自然是芳心大悦，赶紧地投桃报李。

于是这对进步青年，一个在“华大”，一个在“革大”，从此重修于好，在革命的道路上志同道合、琴瑟和鸣了。

文英“革大”毕业后被组织上派到了唐山医院工作，纪元则邀请她到“华大”来和自己一起继续进修，就在文英不顾一切地准备“彩云追月”的时候，纪元突然又来信不叫她去了，说自己被分配到中国人民解放军第四野战军，不日即将南下，为解放全中国而浴血奋战！

最后，他特别地关照了文英一句：“请你把豆汁儿熬好了，等着我回来！”

我爸在四野渡江之前

# 第七章丨参军南下

## 发枪

在嘹亮的军号声中，纪元穿着军装背起行囊，大踏步地随部队向祖国的江南挺进。

来到汉口的时候，据说正赶上毛主席发表《中国人民解放军占领南京》这首著名诗词，纪元便在汉口的某码头和战友一起照了张相，同时抄录了毛主席这首气势磅礴的“七律”一并寄给了文英。

照片上的纪元英姿勃发，一身土布军装显得特别合体，怎么看怎么像个年轻的“指挥官”，其实，在部队里他只不过是个文书而已。

南下到了汉口码头

这照片传到北京白家的时候，梦璋已经进入弥留之际，朦胧中看了一眼儿子的照片便含着笑溘然长逝了。然而，纪元的这张戎装照，在白家却是一石激起千层浪，上上下下都说纪元在解放军里当了“官”，这是件非同小可的事儿！有个别曾经算计过梦璋财产的主儿，这时候暗地里就冒了汗啦，还真有提溜着茶叶来巴结三奶奶的，为什么呀？害怕白家当年的这个小六子，说不准什么时候会杀他们个回马枪！

部队继续前进，纪元就来到了广西，被分配到“桂林市军管会”工作，这会儿他可是真的发枪了。那是一把匣壳枪，因为枪筒有两个拳头长短，所以俗称“二把盒子”，据说是射程远，跟长枪有一拼。

我小的时候，父亲常用废纸给我们叠枪玩，给我叠的枪总是用两个纸筒接在一起，比我哥的枪筒长一倍。可哥儿俩一“开仗”这枪筒子就耷拉了，等于是打了败仗。于是我这个哭哇，哭得大鼻涕都过了“河”，怨父亲把枪筒给做坏啦。

父亲就哄我：“这叫‘二把盒子’，你老子我当年耍的就是这种枪……”

可以想见，当时发枪的时候纪元是怎样的心情。他端着这把真家伙，在桂林市的某照相馆里又来了个威风凛凛的“亮相”，照片冲出来以后，纪元用漂亮的钢笔字在背面题诗一首： 

二把盒子手中拿，眼瞪敌人咬钢牙。文武全才英雄汗（汉），打死老蒋再回家。

诗写得马马虎虎，但正可谓革命的豪情高万丈！

他“眼瞪敌人咬钢牙”的时候，是想起了当年逼着白家“献铜”、“献铁”的伪警察，还是想起了草绳工厂里那个对着他“玩枪”的浑蛋老板？也许都想起来了。

这一天纪元在笔记本中写道：“革命导师马克思说：‘无产阶级只有解放全人类，才能最后解放无产阶级自己。’那些万恶的资本家们等着瞧

纪元的戎装照

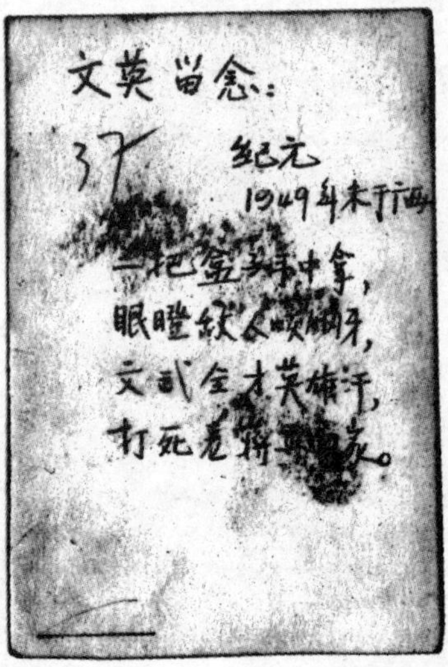


照片背面的自题诗

吧，白纪元报仇雪恨的日子就要到啦……”部队毕竟是部队，纪元已经从一个落魄青年成长为一名革命军人。

然而复仇的火焰在他的胸中一刻也未曾熄灭，且越烧越旺。手枪——这原本用来杀敌的武器，谁也不曾料到日后却变成了一块沉重的顽石，压在了纪元的身上，而且至死他都未能把它搬开。

## 那把油布雨伞

在部队里纪元主要做的是宣传和文书工作，轮不上他去冲锋陷阵，所以在“南下”的过程中他没有参加过任何大规模的战斗，这就让纪元十分沮丧。他的“二把盒子”天天擦，擦得油光锃亮就是派不上用场。

在部队演出（右一为纪元）



于是他和战友们一起偷着跑到林子里练打枪，子弹没了，就用钢笔跟首长的警卫员换，一换就是一兜子，可劲儿地造。他们把树上的椰子摘下来摆成一排，椰子上画了鼻子眼儿，拿它们当反动派的脑袋练枪。南宁一带椰子有的是，再加上子弹“充裕”，慢慢儿地这枪法便大有长进。

据我爸说，后来哥儿几个最神气的时候是玩“甩枪”，就是一手叉腰一手拔手枪甩起来射击，子弹要打在椰子的中心。比赛时纪元虽说不上百发百中，但也总能获胜，于是七个不服八个不忿儿，就恨没有实战的机会。

四野南下到广西的时候，白崇禧指挥的国民党军队已是兵败如山倒。这一带除了被打散了的国民党小股残兵之外，主要的威胁是地方土匪。尤其这里靠近十万大山的地界，地形复杂，更是匪患频繁，所以上级要求所有后方的机关工作人员要特别防范当地土匪势力的骚扰。令人头疼的是这些土匪可不比那些被打散了的国民党兵，他们个个身手矫健、枪法一流，有的人家是世代为匪，神出鬼没，给部队带来了不小的麻烦。

这里的土匪还善打黑枪，所以上级又要求机关工作人员不得单独行动，外出办事必须是三人以上。纪元仗着年轻气盛，偏不信这个“邪”，常一个人偷着往外溜达，结果还真就挨了一次黑枪。

那是个下雨天的中午，纪元打着把油布雨伞偷着出来给我妈寄“情书”，半道上只见林子里的树叶一抖擞，枪子儿就打过来了，油布雨伞被打了个洞，纪元拔枪还击，来了一个漂亮的“甩枪”之后，撒腿就往回跑。



回来一查验，那油布雨伞上的枪眼儿距离脑袋的位置就差一寸多，军管会的主任对纪元说：“小同志啊，要不是这把油布雨伞遮着，你的脑袋就开花啦！”

纪元这才有些后怕，结果被部队当了“典型”，挨了好一顿批评。而那把油布雨伞自然成了纪元的“救命恩人”，不管走到哪里他都得带着它，一直带回了北京。

大难不死的纪元，用这把“救命伞”当炫耀的资本，曾给无数人讲过无数次他的这个“战斗故事”。小时候在我哥和我的心目中，父亲就是个英雄！于是我哥蔫不出溜地偷着把这个“革命文物”拿出去向同学炫耀，一来二去地给弄丢了，这还得了哇！白家顿时翻了天，父亲扇了我哥多少个耳贴子，数都数不清，反正我哥的脸快成猪屁股了。

行军途中，中间操琴者为纪元

# 第八章丨难忘的战斗与“革命到底”



## 难忘的战斗

要是说纪元在南下的过程中，一次战斗都没参加过，这也未免欠公允，还真就冤枉了这位杀敌心切的热血青年。纪元不仅参加过真枪实弹的战斗，而且是抱定视死如归的态度，以大无畏的革命精神，差一点儿就为建立新中国而“光荣”了！

这次战斗，就像所有的革命故事一样，有惊险、有曲折、有浪漫、有结果。这题材挺适合教育年轻人，要是再把纪元当时的真实表现和感受加上，人们保准更喜欢听，用眼下时髦的话说这叫“人性化的表现手法”。

说的是纪元随所在的单位一次外出执行任务，七八个人分乘着两辆叫

在桂林市军管会



“嘎斯六九”的老式吉普车，半道上有一辆车出了毛病，就在司机修车的工夫却发生了情况。不远处的山包上有人头晃动，时放冷枪，同志们迅速下车，以“嘎斯六九”做掩体准备还击。

当时带队的是一位姓张的科长，是个参加过攻打四平、有着丰富战斗经验的东北老战士，他要求大伙儿节省子弹，不要轻易地暴露自己的实力。敌我双方暂时就这么对峙着，偶尔你打一枪我还两枪，正应了那句老话叫“麻秆儿打狼——两头怕”。

纪元心里先是一阵狂跳，终于有实战的机会了，但也不免有些紧张。他深吸了几口气，定了定神儿心想：“我虽然不是什么神枪手，但也是十拿九稳，敌人来一个我揍一个，来两个我打一双，反正有的是子弹！”

想到这里，他把手就伸进口袋里去摸子弹，手一伸进兜里纪元的脑袋“嗡”的一下子，汗就下来了。

他把自己所有的口袋翻了个遍，总共摸出来不到十发子弹，这才想起来，他的子弹前两天全在树林子里“喂”了椰子。

纪元捅了捅左边的人说：“小李儿，借我十发子弹，回去还你二十发！”人家瞪了他一眼没说话。

纪元又碰了碰右边的人说：“小王儿，借我五发子弹，就五发！回去还你十发，不，还你二十发成不？”这主儿更绝，根本不搭理他。

纪元就待不住了，他左顾右盼，感到浑身燥热，一会儿擦擦汗，一会儿又用枪管捅捅帽檐。纪元在这边的动静稍微一大，对面“啪”的就是一枪，子弹贴着头皮，吓得纪元赶紧缩颈藏头，大气都不敢喘。张科长迅速一枪点射，就听身边有人激动地小声说：“打中啦！”双方又暂时沉寂了下来。

张科长冲纪元骂道：“姓白的，你可真是个书生，都什么时候了你还在这疙瘩瞎忽悠。借子弹？咱们能不能活着回去还另说呢，到时候您拿什么还人家呀……”

纪元不再吭声了，把仅有的几颗子弹全给压进了枪膛。他屏住呼吸向对面瞄准，手却不受控制地在发抖，他想狠狠地掐自己的大腿镇静一下，就听见旁边有人嚷：“哎哟！你他妈掐我干吗？”咳，原来还掐错地方了！



纪元自知乱了方寸，自己骂了自己一句：“真操蛋！”然后用两只手握着枪向对面瞄准，这才感觉好一点儿。对面一阵密射之后，敌人开始往下冲了，就在能看清楚人影的时候，张科长大吼一声“打！”同志们开枪射击。

纪元打了一枪，眼见不远处冒了股尘土，就知道是子弹打偏了，心想：这不是我的长项，我的长项是“甩枪”！于是他跪在地上一枪甩了过去，妈的！还是没打中。

这会儿他可红了眼啦，得找到在树林子里“甩枪”打椰子的感觉才行！纪元猛然站起来，摔掉帽子一手叉腰一手甩枪，嘴里骂着：“你奶奶的！你奶奶的……”枪倒是打得挺痛快，可子弹却不听使唤，不是打在土坡上就是奔了树梢儿，一个敌人也没撂倒。

利用射击的间歇，张科长爬过来朝纪元的腿肚子上狠狠地踹了一脚，纪元扑通就倒在了地上。张科长咬着牙说：“干啥呀，你想给人家当靶子？”

抱着自己这支心爱的“二把盒子”，纪元差点儿就哭了出来。为什么？没子弹了呗。他这才明白过来，敢情自己在树林子里练就的都是他妈的花架子，中看不中用！

## “革命到底”

敌人暂时被击退，双方继续僵持着。

这时候太阳就快要落山了，大伙清点子弹，一算计坚持不了多久。于是张科长建议派一个人突围出去，来得及就“搬兵”，来不及就“收尸”！同志们有什么要向组织上或家里托付的赶紧说。有人拿出身上所有的钱表示“交最后一次党费”，有人取出钢笔说“留给爱人做个纪念”。



纪元琢磨着，自己还不是党员，用交党费的方式向祖国和亲人诀别肯定是不成。也把钢笔留给爱人吧，一来是学别人，没什么新意，忒俗！二来这钢笔早都换子弹了。

想着想着他不禁心潮澎湃、热血沸腾，把自己的食指放进嘴里“咯吱”一下咬破了，血滴滴答答就流了下来，纪元撕了张纸庄严地写下四个字：“革命到底！”把这血书叠起来之后交给准备突围的同志。

这时候张科长爬过来拍拍纪元的肩膀说：“小白子，好样的！我借你几发子弹，别忘了日后还给我。”

“我就借一发子弹，是给我自己的。”说着话纪元用枪对着自己的脑袋一比画。

张科长朝他的脸上“呸”了一口说：“你个熊玩意儿想得美，我不借啦！”

说来也怪，纪元知道就快死到临头了，反而一点儿都不紧张，他举定那支“饿着肚子”的匣壳枪朝对面的山坡上瞄准，嘴里“啪——啪！”地给这个已经派不上用场的家伙什儿配音。

忽然，远处有一串车灯闪亮，接着马达声由远而近，仅听声音张科长就知道是自己人。人们激动得不禁欢呼起来，纪元也第一次亲眼见到我们的野战部队，是怎样像猛虎扑食般地消灭残敌的。事后有人说他们赶上了过路的野战部队，又有人说是遇上了运送物资的车队，甭管是什么“队”，反正都是“四野”的雄兵猛将，让纪元他们绝地逢生、化险为夷。

回到驻地机关召开总结会，上级领导非常满意，说这次战斗我们的同志不仅没有任何死伤，就连一个挂彩的都没有哇！所以别看不起我们的机关兵，同样是了不起的战士！

这时候那位张科长说话了：“报告，谁说没有挂彩的？白纪元同志就挂啦，没被枪子儿打着，倒是自己把手指头给啃破了，这算不算挂彩呀？”



还有一个人也站出来说：“报告，我也挂彩了，我的大腿被白纪元给掐紫啦！不信你们瞧瞧……”说着就要解裤子。

您说这是夸他还是损他呢？纪元的脸红一阵白一阵的，心里好不是滋味。

最后的结论是：白纪元同志第一次参加战斗，还算勇敢，应当表扬。但是战斗到了最关键的时刻，他却只想留一颗子弹“解决”自己，这同样是懦弱的表现，也必须批评。

得！纪元在他的革命生涯中再一次不经意地流露出“小资产阶级的情调”。和“还算勇敢”比起来，过大于功，自然就记录在案了。

张科长掏出纪元的血书还给他，同时拍着自己腰间的“盒子炮”把眉毛一挑说：“白同志，往后咱练点儿真格的，别整这些没用的东西，到了

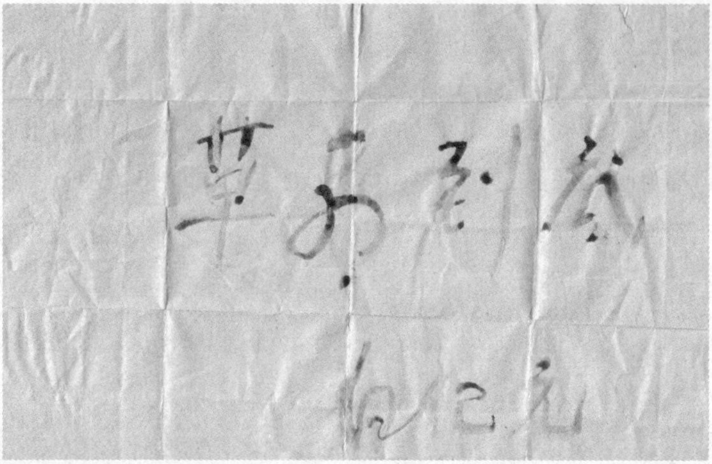

在战场上纪元的血书

战场上不好使！”

纪元的眼珠子都快冒出来了，这“没用的东西”是指他的血书还是指他的枪法？他对组织有意见，可又不便多说。那张血书他一直留着，别看只不过是几毫升的血，但他坚持认为这是自己为革命流的！



父亲去世后，这张带血的“革命遗物”我们家没人敢要，说是谁看了谁心酸，于是这份“心酸”就传给了我。起先我把它夹在一本书里，差点儿弄丢了，后来我把它镶在了镜框里，家里没人不骂我是精神病的。然而，我的确是看着这张血书才回忆起并写出了一些关于他老人家的“动人故事”。

每当夜深人静我在电脑前思绪万端，但又无从下笔之时，都会觉着父亲就坐在旁边。

# 第九章｜疟疾与“红豆生南国”的故事

## 恶性疟疾

纪元是个穷书生出身，虽然受过不少的苦，但却没有劳苦大众的体格，用现在的词形容是典型的奶油小生，给人的感觉总是病病歪歪的。这长相似乎也影响了他的进步，即便他付出的不比别人少。

有一次，纪元和几位同志外出执行任务，没地方住宿便来到了一座很小的破庙里，大家当时都已经累到了极点，所以找个地方就想睡觉。纪元出去撒泡尿的工夫，回来就没地方下脚了。同志们有的睡在供桌上，有的睡在桌子底下，连台阶都让人给占上了。

可还真不含糊，人们给纪元留出来个“单人床”的位置，这破庙里停着一口红漆棺材，也不知道里边有没有“内容”，反正够吓人的，甭问，就是给他留的下榻之处。



纪元嘿嘿一乐，把背包往上一撂，纵身跳到棺材上，伸开四肢感觉还挺舒服的。他拍了拍棺材帮子开玩笑地说：“里边的这位仁兄，得罪啦！”于是便和衣而卧，一会儿就呼呼大睡。

半夜时分，纪元突然感到浑身发冷，而且是越来越冷，冷得不由自主地打哆嗦，这棺材就发出了“吱吱”的响声。

睡在供桌上的人跳起来拔出手枪叫道：“快听，棺材里有情况！”

大家一下子就全惊醒了，打开手电筒一看，是纪元正在棺材板上折腾呢。

有人就问：“小白，你撒呓挣啦？”

纪元没吭声，人们就感觉到不对劲了，一摸他的脑门，坏啦，滚烫得都能摊鸡蛋！

一会儿纪元醒过来了，不再发冷又开始燥热，恨不得把浑身的衣服都扒开。

就这样他一会儿冷一会儿热的，一直折腾到天亮，大伙谁也没睡好。白天纪元还算没事，可到了第二天的半夜，他又重来一遍，跟中了邪似的。

经验告诉他们，纪元并非是因为在棺材上睡觉“中邪”了，而是得了当时南下部队中北方战士最害怕的一种疾病——恶性疟疾！

广西的蚊子特别厉害，而且还大得出奇，当地有个玩笑形容说：这里是“三个蚊子一盘儿菜，俩蚊子大腿还耷拉在盘子外”。纪元本来体质就差，可谓黄鼠狼专咬病鸭子，自然是他打起摆子来比别人的水平都高。

南下时的纪元（左一）

于是纪元被送进了野战医院，用医生的话说：“白纪元同志就跟孙悟空钻进了老君炉里似的，疟疾都快把他给炼熟啦。”

这病还特别不好治，医生们对他一边治疗一边调养，总算是从死亡线上把他给拽了回来。病是治好了，可人却从此元气大伤，以后纪元历经

“大跃进”、“文化大革命”等时期，都未能有条件得到很好的调养和治疗，使得他从年轻的时候起就病病歪歪，而且健康是每况愈下。了解他的人都知道，纪元最后的去世，恐怕就是他在南下时期这个恶性疟疾埋下的祸根。

## 调养“生情”

纪元在医院里一住就是几个月，先治疗后调养，把他给憋闷得是百无聊赖。尤其是“调养期”，跟病友除了下棋就是聊大天儿，可也别说，真叫他长了不少的“见识”。

有个山东同志说，刚打下南宁的时候，有几个当地乡绅想“害”他，请他吃饭时用大碗盛肉大碗筛酒，以为他不是把肚子撑破就是回去得闹胃

纪元（右一）在部队医院养病

病，结果这主儿“造”了一碗酒两碗肉三碗米饭，说是只吃了个半饱。乡绅们惊得是目瞪口呆，再也不敢请他的客了。因为当地人吃饭一般只是米饭少许、小鱼儿一条，吃罢碗里不剩半个米粒，鱼刺摘得干干净净地摆在盘子里。这哪是吃饭呀，简直跟绣花儿似的。

另有一位河北同志说：这算什么呀，你们谁吃过这里的“三叫菜”？大伙还真不知道这是道什么佳肴。

原来所谓“三叫菜”就是把刚生下来的小耗子码放在盘子里，中间摆着作料，当你用筷子一夹，那小耗子就“吱”地叫了一声。你再把小耗子往作料里一蘸，“吱”地又叫了一声。最后把小耗子塞进嘴里，用牙嘁里喀喳地一嚼，“吱——吱”，小耗子再叫一声就被您给消灭了，如此称为“三叫”也！

把大家给恶心得就别提了，问他：“您吃了吗？”

他回答说：“我当然吃啦，咱不能给部队丢脸呢！”



虽然这“三叫菜”是吃下去了，可回去一照镜子，瞧见自己的嘴角上还挂着耗子血呢，他“哇”的一下子就吐了，一吐就是三天三夜，连胆汁都给吐出来了，结果“三叫”酿成“三吐”。这不，实在没辙就搬到医院里住来啦！把病友们给逗得是前仰后合，腮帮子都要脱臼了。

纪元则给人们讲了一个“墨猴”的故事。

说的是广西有一种叫“猴脑”的菜肴，就是将活猴开瓢，生喝其脑浆子。这种残忍而又野蛮的吃法，叫纪元实在是接受不了。有一回他便将宴会上的某“猴头”给救了下来，带回驻地喂养。这个充满灵性的小家伙，似乎知道纪元是救命恩人，于是乖巧得不得了。纪元“教”了它不少的本事，最可人疼的是，它居然学会了在砚台里研墨，所以纪元给它起了个名字叫“墨猴”。后来这小家伙没事偷着啃火柴玩，结果中毒死了，纪元为此难受了好多天……

就在纪元的故事多少叫大家有些黯然神伤的时候，有位女护士进来了，给纪元测体温然后又喂药，每个动作都特别细致入微。

女护士走后，大伙挺神秘地对纪元说："这位女同志长得可真漂亮，小白子，您够有福气的呀！"

"见鬼，她漂亮不漂亮跟我有什么关系？"纪元说。

"您就别装糊涂啦，人家相上你了，当我们没看出来？"大伙起着哄。

在同志们多少带着点儿"醋劲儿"的谈话中，纪元也觉出来问题有些"严重"了，于是日后就刻意躲着她。打针时死活不露屁股，非让人家在自己的胳臂上下家伙。没辙，那女护士就把院长给叫了来。

院长不知道是哪里的人，普通话讲得就跟"咬了舌头尖儿"似的，尽是些听着别扭的"尖、团"音。

他批评纪元说："小白同鸡[志]呀，雷[你]好没有良森[心]哟。雷[你]发高骚[烧]地[的]席[时]候系[是]昏没[迷]不醒，牙关紧闭。系[是]她撬开雷[你]地[的]牙起[齿]，用积极[自己]地[的]嘴巴含着药喂地[的]雷[你]。还有哇，雷[你]高骚[烧]昏没[迷]，找[早]被脱得精光啦，系[是]寅[人]家用酒精给雷[你]擦身鸡[子]降体温哟，雷[你]地[的]腊锅[那个]'前沿阵地'已经暴露啦！现寨[在]她给雷[你]巨泻[注射]，雷[你]不给屁股样[让]寅[人]家打，雷[你]也太封建啦……"

要是在往常，就院长的这番话，非让哥儿几个笑掉大牙不可。现在他们却都不敢笑了，因为那边的女护士已经被臊得面色绯红。纪元勉强抑制住脸上的笑容偷眼看去，却不禁怦然心动。哟，她还真是个打着灯笼都难找的漂亮姑娘！

这位差一点儿就"顶替"了我妈的姑娘，姓甚名谁我不知道，也不可能知道，据说她是个越南人和中国人的混血儿，她父亲早年参加抗法斗争，常在中越边境一带打游击，就娶了中国广西的姑娘为妻，后来就留在了中国内地。

朦胧之中，我似乎能想象出当年这位女护士的端庄和美丽，一定是比文英这位“玉器行”老掌柜在手心儿里惯大了的北京贫丫头强多了，要不然纪元怎么敢和她在广西南宁的某部队医院附近，有过一段刻骨铭心的“花前月下”呢？

人们就议论说：白纪元这个病病歪歪的漂亮小伙儿，战斗中没能获得奖章，可情场上却抢了头功。

没想到嘿，打摆子能把人打出个“花好月圆”来！

## 红豆生南国

医院的领导热心撮合，病友们又一个劲儿地起哄架秧子，纪元就在北京和南宁之间举棋不定了。



您信不信？婚姻这玩意儿是很讲缘分的，恰巧这个时期文英的来信就像南飞的大雁，一封封带着老北京豆汁儿的酸味儿，无声无息地飘落在纪元的枕边。纪元明白自己最终是故土难离，另外，他对文英伤害过一次不能再来第二回了，于是下决心舍南就北，忍痛割爱。

可是恋也恋了，爱也爱了，怎么向人家女护士开口呢？纪元在床上辗转反侧，夜不能寐，自言自语道：“咳！早知今日，何必当初呀……”

旁边的一位病友说：“这也不能怪你呀，知道尿炕还不如睡筛子呢。你真不想要她啦？”

“不是不想要她，是不能要她呀！”纪元回答。

这位同志就来了神儿，他给纪元出主意说：广西一带呀，流行麻风病，越漂亮的女人越容易得。据说一握手感觉到她的合谷上没肉，这就是麻风病的前兆。所以这里的女人最忌讳别人摸她的合谷，你这么一摸，就表明你嫌弃她了。

这一招儿还真灵，第二天纪元一见着女护士就先捧起她那纤细的小手，一个劲儿地掐人家的合谷穴，女护士果然是陡然变色，杏眼圆睁气哼哼地一甩手就走了。

您说纪元他是聪明还是犯傻，那病友出的这个馊主意可把他给坑苦喽。

这事情惊动了院方，最后反映到了部队，说纪元一来是“不尊重女同志”；二来是“家里本来有对象，还在外边招蜂引蝶，是严重的资产阶级作风”！差一点儿就背上处分。

不久之后纪元病愈出院，臊不搭眼地打道回府。

养病时期的纪元



就在他准备上车之前，那女护士来送行了，她把双手伸向纪元笑着说：“你摸吧，看我有没有麻风病。”

纪元恨不能找个地缝钻进去。

女护士又说：“别背包袱，回去好好工作，我根本就没记恨你，永远想着你……”

说着话从兜里掏出块手绢，不知道里边还包着什么东西。

“留做纪念吧！”女护士把它往纪元的手里一塞，就挥泪而别了。

在返回部队的汽车上，纪元悄悄地把这块带着独特芬芳的手绢一点儿一点儿地展开，猛然间一团红艳跃然眼前，不禁让人惊心动魄，原来这是一把红得像鲜血似的颗粒——红豆！

我小的时候清楚地记得，这些红豆就藏在一个老式的盘尼西林小药瓶里，时不时我爸就把他的“桂林市军管会”臂章和这一捧相思豆摆出来过过风，嘴里边还轻声念叨：“红豆生南国，春来发几枝。劝君多采撷，此物最相思。”

他看着它们发愣、出神儿……

那阵子我总惦记着把这些像红宝石似的东西拿在手里玩，可我爸连碰都不许我碰，就更让我觉着它们神秘。

有一天，我妈悄悄地把这个盘尼西林小药瓶塞给我说：“给你，拿去玩吧！”



我乐得鼻涕泡都出来了，到了幼儿园就向小朋友们炫耀。这些玩意儿也太神奇啦，男孩子不喜欢，可专招惹女孩儿，于是在玩“过家家”的时候，我便把它们分别“赐”给我的“三宫六院”了。

父亲纪元发现之后一下子就翻脸了，用一本杂志卷起来追着文英打，一边打一边骂她，“太狭隘！”吓得我躲在桌子底下不敢言语也不敢出来。

我不明白我爸为了这把破豆儿就竟然跟我妈“动手”，至于吗？就暗地里恨上了他。

后来有一回姐姐带着我到粮店里买东西，我偷着抓了人家一把红小豆，想冒充相思豆去“还债”，可怎么看怎么觉得这红小豆的颜色儿不正，就拿红水彩给染了，晾干了之后用脏兮兮的小手捧到我爸的面前。

我爸瞥了我一眼之后冷笑着对我妈说：“看看你儿子干的好事儿！”怎么我就跟不是他儿子似的？

这时候母亲正小心翼翼地给父亲炸花生米，一句话也不说。看着她老实巴交的样子，我就更讨厌那个揣着把破红豆、从南国跑回来的“病秧子”了……

光阴荏苒，日月如梭。

父亲晚年病重的时候，整日卧床不起，周身疼痛难耐，每天就盼着我这个当儿子的回到家里给他按摩按摩，才能勉强感觉舒服一会儿。按摩时为了给他解闷，我就没话找话地扯闲篇儿，不知怎么着就扯到了这把红豆上。

伴着我上下揉搓的熟练指法，父亲似睡非睡地又回忆起了他的这段浪漫故事。说到经典之处，他居然坐了起来，那原本充满倦怠的两眼竟闪现出一丝的光芒，仿佛又回到了青春激荡的年代。

然而这丝“光芒”稍纵即逝，实在是太短暂了，我拼命想帮他拉住这段记忆，可我无能为力。

看着他渐渐黯淡下去的目光，我清楚地意识到父亲这团生命的烛光就快要燃尽了，心中止不住一阵阵地刺痛和酸楚，眼泪夺眶而出，好在和脸上的汗水搅到了一块儿，才没被人看出来。

那一刻我彻底原谅了我爹，原谅他当年有过的这么一段“红豆生南国”的故事。

# 第十章｜一支“勃朗宁”手枪

## 买枪

由于染过恶性疟疾之后，纪元表现出对南方严重的水土不服，经常小病不断。再加上文英在北边“扯后腿”，于是在1950年年初，纪元就离开了他热爱的部队，复员回到了北京。

北归的行囊非常简单，他把“桂林市军管会”的臂章取下来，和当年“华大”的校徽放在一起作为永生的纪念。然后就是那把“救命”雨伞和部队送给他的一把德国小提琴，再别无他物了。

然而，就在纪元离开部队之前，却做了一件“惊天动地”、也是让他抱憾终生的事情。



他秘密地将当年梦璋为他藏在皮坎肩里的那条金子化掉，除了打出了一对结婚戒指之外，还用余下的黄金不知从哪里换了一把手枪——同样是一把“勃朗宁”牌的精致手枪！

是他还在惦记着“复仇”二字吗？也许是吧，但炫耀的成分恐怕更多一些。

或许他想着：自己要雄赳赳气昂昂地回到海淀的“合业草绳工厂”，找到那个该被枪毙的小资本家算算账，到时候我会把手枪掏出来，在你小子的面前尽情地比画，看着你跪在地上求饶，看着你被吓得屁滚尿流……

据说纪元回京后还真去过那家草绳工厂，然而却物是人非，他的那个仇人已经永远地不知了去向。纪元抚摩着那些他曾为之流过汗的机器，感慨万端。

于是他脱掉外衣，又“操练”了一回，自己打出来一骨节草绳，并和几位过去认识的工友照了张相，与日后和妻子儿女们在一起照的“全家福”做对比，照例题诗二句：“昔日工厂当牛马，今朝当家做主人”。值得庆幸的是，这张珍贵的照片我至今还保留着。

记得“文化大革命”时期，纪元在“挨整”的时候，他曾捧着这段草绳和照片向造反派哭辩：“你们不能这样对待我！我是受过资本家剥削的，有草绳为证！”

## 弃枪

然而当时的纪元，思想实在是太简单幼稚，感情实在是太冲动了。他丝毫没有意识到，自己犯了作为一个革命军人的大忌——“私藏枪支”。

新婚燕尔的小两口，被枪的问题搅得惶惶不可终日

当他认识到问题的严重性时，已为时晚矣。“肃反”时期传闻卖他枪的那个人“东窗事发”，不用多想，这事儿很快就会顺藤摸瓜地查到纪元头上。新婚燕尔的小两口，没有享受多少蜜月的幸福，就让这把手枪给闹得惶惶不可终日。

怎么办？上缴吧？不成！这等于是自投罗网。不上缴吧？身边总藏着颗“定时炸弹”，也不成！

思前想后，权衡再三，纪元一跺脚，做出了这个他一生之中最为错误的决定：将这支精巧的手枪连同自己近来的心病一起销毁，把它扔进河里或者湖里，让它永远沉匿水底，就当什么事情也没发生过。

那是一个星期天的上午，和煦的春风吹皱了北海公园太液池的一湖静水，远近是一只只的游船，少先队员们正在过队日，唱着优美的歌曲从他们的身边划过。纪元不自然地冲着他们微笑，在他看来，那些稚嫩的面庞和天真的目光，似乎都能识破自己，不由得产生了少许的“罪恶感”，心里翻江倒海，有些不知所措。



终于四周清静了，纪元掏出那把用红布包着的手枪，最后又看了一眼，说声“永别了！”就把它轻轻放入水中，手枪很快就沉了下去。

看着水面上泛起的涟漪，纪元一个劲儿地发呆，他并未感觉到轻松多少。这事儿能就此了结了吗？扔掉这把手枪他就清白了吗？他觉得自己仿佛丢掉了什么。

是丢掉了父亲当年留给自己的蒜条金？不是！金子在这个时候已经毫无价值。是丢掉了随四野南下作战的“骄傲”？也不是！南下生涯中毕竟还有些可圈可点的地方。

那是把什么给丢了呢？纪元始终没有明白，他是把勇气和自信丢了，其实他骨子里是个非常胆小怕事的人，即便遗传了三奶奶的暴躁和固执，却都掩盖不了他的这个致命弱点。

但是，在杂乱无章的思绪之中，纪元的分析只有一点是正确的：那就是这件事情远远没有了结，沉入湖底的“勃朗宁”手枪，日后却变成了一把“达摩克利斯之剑”，而且是用发丝系着，就高悬在自己的头顶之上，这一悬就是三十多年。

可无论如何，纪元对党可以说是无限忠诚的。

他一次次地向党组织递交入党申请书，一次次地向党组织倾诉自己的内心世界，一次次地寻求党员同志们的帮助，同时也一次次地在灵魂深处发出忏悔。

在这个漫长而又熬人的过程中，纪元几乎变得有些神经质了，一度曾到了“崩溃的边缘”。但他很快就清醒了，坚信党组织一定能原谅他，一定能够吸纳他，同时也一定能证明自己的清白。

于是纪元没有任何抱怨，反而更加坚定了对党忠诚的信念，即便眼前尚有一些“未解释清楚的问题”，但对党的爱戴之情，就像甘雨滋润焦渴的禾苗，渗透了他的每一个细胞。



## “结论”

1958年的5月，纪元终于得到了一个模棱两可的“结论”，据说当时他激动得热泪盈眶。

细致的纪元，将这个“结论”一字不落地记录下来，才给了我今天能够讲述这段“传奇”的机会。

### 关于枪的问题结论

（1958年5月17日）

××谈：关于枪的问题，局里现已了解清楚，现做出结论，请你看一下，没问题就签字。

结论内容：

1．白纪元出身于自由职业者，现年31岁，1949年参加工作。

2．1955年肃反时，白交代曾在南下时购买手枪一支，回京后怕招来麻烦未向政府交代，曾在1951年同其爱人刘文英将枪扔在北海。

3．根据我们的调查，据广西南宁市公安局材料讲，白纪元买枪是从一司机常某人处买的，属实。并与爱人刘文英一起扔掉，亦属实。

根据上述情况，我们调查结果是：白所交代的问题基本属实，今后关于这方面的问题，如有新情况由白负责。

1958年5月7日



同意上述处理

白纪元

1958年5月17日

得到此“结论”的一个多月后，我——这个纪元最小的儿子便出生了。

纪元来不及高兴，或者说根本就不高兴，他已经没有以往那种含饴弄子的心情了。强烈的进取心，驱使着他拖着病弱之躯，不顾一切地投入到当时“大跃进”年代那火热的工作当中，继续向组织表明自己要求入党的迫切心情。

纪元认为有了上述“结论”，自己如释重负，从此可以清清白白地做人了。

遗憾的是他又想错了，事情仍旧没有这么简单，那把“达摩克利斯之剑”并没有被人摘下来，一到关键的时刻，它就又忽忽悠悠地悬在了他的头顶上。这是个不争的事实，在20世纪60年代中期纪元的几则“日记”当中，得到了充分的印证：

1965年11月3日（与×处长谈话）

关于我的入党问题：

×处长谈，不少同志都有（入党）要求，前些时候支委都研究过，你也准备研究。但我的问题主要还是枪的问题，和老×一样，需要找证明人，他是什么情况下脱党？我的情况也是一样，也要找证明人，证明枪是从谁手里买的，证明扔在何处。

我谈，这个问题不是早解决了吗，怎么又不清楚了？我一定协助组织弄清，关于从何人手里买的，我的结论是有根据的，可找李××了解。×处长谈，研究研究吧，需要补充再来找你。

通过谈话，我深深明白若干年来，还是枪的问题，看来过去没有认真、全面了解和研究过我的问题。我一定努力争取和领导把这个问题弄清楚。



1965年11月4日　大事记（与×处长谈话的第二天）

昨日和×处长谈后，回家思索，觉得领导还不太了解我过去的“结论”情况，我找到了1958年5月的日记，把结论记录都叫×处长看了，×处长说，这样就好办了。我表示一定协助组织把这个问题弄清楚！（奇怪！怎么领导过去不看我的材料呢？）

1966年2月19日　大事记

×处长找我谈：我的枪的问题经研究后和我所谈的一样，历史已搞清楚并说不久支委将讨论我的申请。我准备把近一年来的日记都交给组织看看，把我的心交给党，以便党更加了解我的一切！

……

纪元在这几则日记当中，凡是提到“枪”字，都是用一个“×”符号代替，可见对此事的讳莫如深。

这些日记今天读起来，怎么能不让我感伤复感慨？



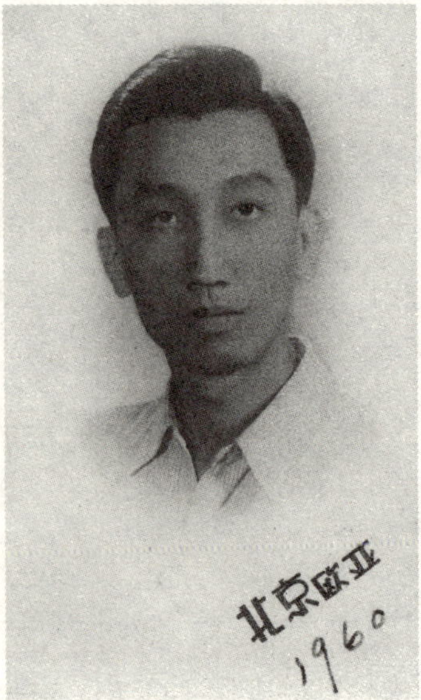


积极要求进步时期的纪元

我为自己父亲多舛的命运而感伤，更为他对党的忠诚而感动。在20世纪的60年代里，或许像纪元这样的人太多太多了，正是他们用自己平凡的人生和各自不平凡的经历，谱写了我们这个民族在那个时期的悲怆乐章。

夜深人静，万籁俱寂。

我质问自己究竟在干着什么勾当，是在写作吗？不是！我是在“解剖”自己的父亲，并不无残忍地将父亲天生就脆弱的神经一根一根地“剥离”出来，哪怕那上边是血迹斑斑，任凭它疼痛得在我这字里行间战栗……

唉——如果仅仅是为了写这本书，就把父亲原本完整的人生“撕碎了给人看”，那我可就太不是东西了！

# 第十一章丨在独门独院里“破四旧”

## 古玩与家训

梦璋当年做“义导员事务所”的时候，跟古玩界多有交往，早年跟着登莱普的屁股后面转，多少也“练”出了一些眼力。那个时期，在古玩界里虽然“蒙事行”的勾当屡见不鲜，但“行里人”大多还是比较讲诚信，况且梦璋是导游里的“头牌”人物，古玩行里求他的人扯了去啦。因此，他那经年累月的收藏中，确有不少的珍品和“俏货”。



20世纪40年代，梦璋为两个宝贝女儿办出嫁的时候，宁可卖掉大、小中府胡同的两处老宅，也不忍心碰他这些跟心肝一样的古董文玩。他一遍遍地教导儿子纪元：“房子卖了不算什么，卖了可以再买。古玩则不然，它们是卖一件少一件。但凡到了变卖古玩的地步，那可就真正是败家败到曲终人散的光景了……”谁都知道，古玩行里有一批人是专门“吃败家”的，黑着呢！

据说这时候，纪元正用鸡毛掸子帮着父亲梦璋轻轻地掸拂这些文玩上的尘土，并且两只眼睛里炯炯放光。

他几乎是用发狠的口吻一字一句地说：“爸呗，您就放心吧，我一准儿是当命一样地守着它们！咱家不能败在我的手里，等我有了儿子，儿子再有儿子，我要让您的这些个玩意儿一代代地传下去，这样，白家就永远都不会败啦！”

老天爷才知道，这些个深藏在我们家那“鬼屋”般的西厢房里的古董文玩，真的能像它的继承人白纪元所发誓赌咒的那样“代代相传”吗？

## “鬼屋”藏珍

记不得是一九六八年的几月，从上边传来了“最新指示”，号召人们要“破四旧，立四新”。具体是哪“四旧”哪“四新”现在说不清楚了，反正当时人们都说天坛里的祈年殿是“最大的四旧”，于是就把有天坛图案的印刷品全给撕了或烧了。

再后来则是值钱的东西都得砸，尤其古董文玩。于是，在我们那条胡同里，到处可以听到噼里啪啦瓷器的破碎声。人们不惜销毁手里传世的文玩精品，去求得个“岁岁（碎碎）平安”。



胡同里有个长得愣头愣脑、外号叫“土鳖”的小孩，见了我就追着问：“嘿！独门独院儿里的，你们家有四旧吧？”

我说：“操你个大爷的！我有大舅、二舅，就是他妈没四舅。”说着话就打起来了，我哥也从院儿里冲出来，俩人合伙把土鳖给臭揍一顿。

那土鳖就爬起来一边跑一边喊：“孙子哎！俩打一个，老子跟你们丫没完。你们家里有四旧我知道，回头我告诉红卫兵去！快来看呀——白林、白明家里有四旧……”

我们家里果真有“四旧”吗？太有啦！

俗话说：“船破了有底，底破了有帮，帮破了还有钉。”白家是老宅门的底子，即便现在只剩下“残帮锈钉”了，但在这独门小院儿里，仍旧到处闻得着“封建气息”。

白林、白明哥俩



直到这个时候我才明白，那挂着爷爷奶奶照片的、昏暗潮湿的西厢房“鬼屋”，原来正是白家的“老铺底子”，难怪它整日门窗紧闭，在这如火如荼的年代里，见不得“社会主义的灿烂阳光”呢！

记得小时候我姥姥一到天黑就跟我讲，你爷爷奶奶虽然早死了，可他们的“魂儿”还留在西厢房里，替你们白家看家守院！所以，西厢房的窗户永远都不能打开，一见着阳光你爷爷奶奶可就走了，那多不孝顺呀！记住喽，别进西厢房也别和人说西厢房里的秘密……

姥姥的！这时候我已经被吓得面无人色了，哪还敢钻西厢房或者跟胡同里的伙伴说我们家有一间“鬼屋”？就算是为了保守白家的秘密，大人们也不该串通一气，拿死去的祖宗吓唬我这个毛孩子！

一直到了“破四旧”的“火红年代”，我才如噩梦初醒。敢情我爷爷奶奶并不怕“光”，真正怕见光的，是那满屋子的文玩古物……

## “破四旧”

在白家的老宅里，那满堂的古旧家具自不必说，连屁股底下坐的都是红木“钱柜”。独板儿的黄花梨架几案上，端摆着带有伊斯兰文字图案的明代正德年间铜制“炉瓶三式”。除了梦璋和白三奶奶那令我从来不敢正视的照片之外，还挂着“清初四王”之一王原祁的“山水画轴”。

在爷爷奶奶这两尊“门神”深邃目光的看护下，从“一百件儿”（指瓷器规格）的凤尾尊到“五百件儿”的大赏瓶，从竹、木、牙、角的文玩清供到清三代以来的名人字画，错落有致地摆放在深红色的多宝桶里或者是几架上。

昏暗与静雅之中散发出一股股腐朽的幽香。



我们哥儿俩无意中跟土鳖打的那场架，却给我爸提了个大醒儿，这些“四旧”藏是藏不住的，就像纸里包不住火一样。今儿个您自己不“破”，等着明儿个让人家来给你“破”，那麻烦可就大啦！到时候叫什么您知道不？叫“抄家”！

于是在思考了一天一夜之后，我爸终于咬着后槽牙，从牙缝儿里挤出来一个字儿：“——砸！”

想起以前我哥在这西厢房里，不知道偷着搞什么见不得人的勾当，曾不小心把一只半大的花瓶给碰碎了。那天，正巧我爸和我姑父一起进来，看着一地的碎片，我那姑父好像很是在行，啧啧地叨唠着：“完喽！雍——正——粉——彩。”我爸就一个耳贴子接一个耳贴子地扇我哥，然后让他给爷爷的照片下跪，连晚饭都没给吃。现在好了，我爸他居然下令让我们砸，这不是报仇雪恨吗？

我寻思着，当时我哥不定是怎样儿地偷着乐呢。

那些大大小小的瓷瓶子、瓷罐子被摆在了当院儿里，平时轻拿轻放，跟眼珠子一样金贵的东西，现在要肆无忌惮地去砸碎它们，这简直是给人一种“摧枯拉朽”的快感！我们哥俩举起砖头，恶狠狠地朝这些个“残渣余孽”拍去，随着一阵叽里哐啷！乒乒乓乓！美轮美奂的传世佳品，顷刻间变成了永远都无法再生的文明碎片。

突然，我爸跺着脚，拍着大腿高声地冲我们吼道：“轻点儿！你们不会轻一点儿！难道就这么恨你们的祖宗？”大家就全愣住了。愣了片刻之后，父亲便摆了摆手，脸色惨白地转身回屋去了。

我妈出了个主意，用破布单子把那些瓷器包起来再砸，说一来是免得你们的父亲听着“闹心”；二来不让邻居感觉到这独门独院里的“动静”太大。

据我妈说，那天夜里父亲他失眠了，半夜三更起来“扑通”一下跪在了我爷爷的相片下，一把鼻涕一把泪，哭得好不伤心，然后又喝了小半瓶的闷酒，方才勉强睡下。那一夜他净说一些含含糊糊的梦话。



由此可以看得出来，我爸的神经系统，远比西厢房里那件最薄的青花瓷器，还要脆弱！

接着是往外“扔”老家具，能卖钱的就卖个仨瓜俩枣儿，实在卖不了的就当“劈柴”了。而后，我爸还得在各类场合表态：

“同志们呀！你们说这些封建社会留下的破烂有什么用处？拿它笼火都点不着！”

至于那王原祁的“山水画轴”，是纸本的还是绢本的，已经无关紧要了，反正最后是付之一炬，落得了个灰飞烟灭。只是那根挺粗挺粗的紫檀画轴被派上了用场，嘿！非是一般“聪明人”能想出来的主意。我爸感叹他长年的病病歪歪，希望我们哥儿俩别像他这样，应该加强锻炼，于是就把这画轴锯成两半，一头镶进墙里，一头固定在外边，居然做成了一架简易的“双杠”。

小学毕业前后，我那瘦骨嶙峋的躯干上，竟隆起了两块“小荷才露尖尖角”的胸大肌，看上去即便比少女的乳房还小，但毕竟是在那“画轴双杠”上练就的。

得嘞！在我爷爷留下的众多家当里，这张画儿也算是“物尽其用”了。



**阳光照进了西厢房**

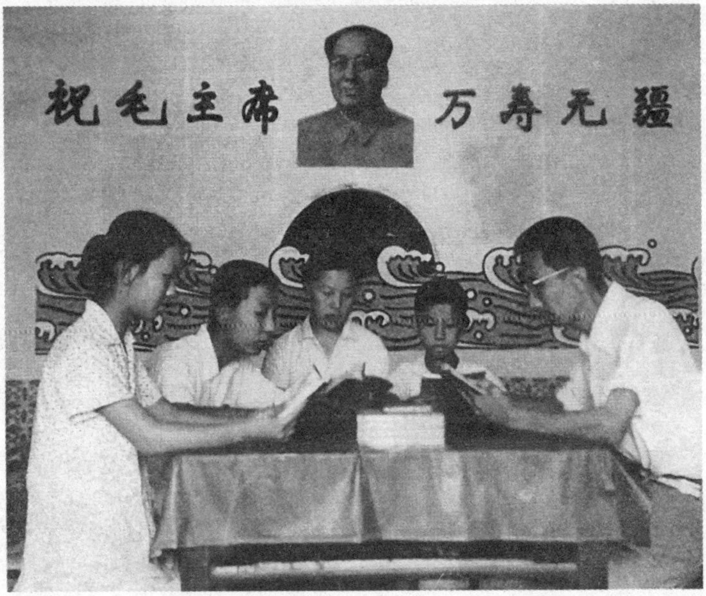


阳光照进了西厢房——“文革”当中，父亲精心设计的一张全家学“毛著”的自拍照

一段时间以后，我们家的“四旧”破得已很是“彻底”了，转眼之间西厢房的小屋就被拾掇“干净”。挂爷爷奶奶照片的那面墙，挂上了一幅毛主席诗词的印刷品：“红军不怕远征难，万水千山只等闲……”父亲和

我的两位姑父都喜好书法，但凡聚会的时候他们就在这小屋里“切磋”老人家的字体。

“主席的字一看就知道是仿王羲之的，但老人家写得比那个封建‘书圣’强得多，每一笔都凝聚着革命家的气魄！太难得了！”我爸充满激情地说。

二姑父是“旧军阀”出身，又是个教书匠，就说：“总的来讲纪元说得对，但老人家个别的字和王羲之比起来，写得有点儿……”他本想说“有点儿幼稚”，但没敢说出来，却改口小声调侃道：“……有点儿像你们家白小三儿的笔体。”

大姑夫是个“有历史问题”的秃瓢儿，说话还略有点儿结巴。听了二姑夫的话汗就冒出来了，他一边用手摩挲着光秃秃的脑袋一边大声道：“不……不许瞎说！毛主席的诗词是放……放之四海而皆准的真理！他老人家的书法，更……更是上下五千年以来的神……神来之笔！”

我忽然发现，昏暗的西厢房自从门窗被打开以后，这里原来也是可以“阳光明媚”的。



# 第十二章｜悬而未决的入党问题

## 矢志不渝

在谈论到纪元的时候，人们都说“他真是个典型的文人”。但凡此时我就十分感谢朋友们对父亲的溢美之词，他的确有着文人的气质和性格，单是那娟秀的钢笔字就让我这个有着近二十年编龄的“老”编辑永远都望尘莫及。

虽然纪元没有从事过文学创作，然而他用那娟秀的字体，仔仔细细、密密麻麻地记录着自己的人生轨迹，以他真实的经历和感受，用生命写就了一部耐人寻味的“作品”。

十五年前，我在整理父亲的遗物时，于众目睽睽之下打开了他生前最为机密的皮箱，里边没有发现按照白家“老宅门”的传统，应该留给后人的蒜条金或者翡翠、玉石之类让我们眼花缭乱的物品，甚至连一张存折也没有。

在几件结婚时穿过的旧衣服下面，藏着一个小小的笔记本和一支英雄牌钢笔，那笔记本深褐色的硬皮封面上有两行烫金字：“纪念手册——中央人民政府民族事务委员会制赠”。这应该是1950年或者1951年国庆节的纪念品，看得出是母亲送给父亲的。

本子的第一页是五星红旗，第二页是20世纪50年代初天安门广场的照片，第三页是毛主席像，第四页是朱总司令像，第五页是毛泽东题词“中华人民共和国各民族团结起来”。接下来是朱德、宋庆龄、李济深、张澜、周恩来关于民族团结方面的题词语录，后边就是供人记日记用的厚厚白页。可以想见，在新中国成立之初这种“纪念册”和英雄牌钢笔，都是当年时髦而又珍贵的文化用品。



我曾为这些遗物大惑不解，父亲生前一文不名，死后寸金也无。他的生命价值在哪里？这个笔记本里到底有着怎样的秘密？当我将它们全部阅读之后方才恍然大悟，继而感慨万端。这里边没有藏金匿银的密码，却是通篇记录着一个真心向往革命的普通人，一生对党的爱戴和对共产主义的追求。

我父亲并非忽视金钱的重要，但他知道世界上还有比金钱更为宝贵的东西，对他来说就是两个字——入党！

党就是父亲的灵魂，他把自己的“灵魂”用那支英雄牌钢笔镌刻进这本日记之中，藏在了我们家里无人敢问津的秘处。

纪念手册封面和扉页

父亲是个自尊心极强的人，如果他能够光荣地加入中国共产党，那么这本日记就绝不再是“秘密”了，他会把它拿出来当作教科书教育子女，甚至带着几分得意，向人们炫耀他的“进步历程”。然而遗憾的是，这本日记始终被“藏匿”着，直到纪元与世长辞的那一天。



如今这个遗物属于我，有点儿像李铁梅继承了李玉和留下的红灯那样，我必须无比小心地保护和珍视它，历次搬家都未曾让它有丝毫闪失。毫无疑问，这本日记就是父亲的“中枢神经”。

冥冥之中我有一种强烈的感觉：尽量不要让人去碰这个小册子，因为无论怎样小心翼翼地翻阅它，都会惊动一个不安的灵魂。

## 父亲的日记

在写父亲“入党问题”的这一章节，我曾搜肠刮肚地想找出些华美的辞藻，来粉饰自己的父亲，甚至想为他鸣一些不平。但是最终都删除了，因为这些描述是那样庸俗不堪，是那样苍白无力。和父亲的“日记”比起来，我的任何言语都是多余的。

于是一个“不孝之子”，在没有征得父亲同意的情况下，在他去世后的第十五个年头，居然将他的“日记”公布于众，让人肆无忌惮地对他评头论足，甚至无事生非地去搅扰他十五年的长睡。

想起来我实在是罪莫大焉！

然而，我太想让人们知道，在入党问题上父亲到底是个什么样的角色；太想能有人和我一起，缅怀这么一位平凡而又伟大的父亲；太想让这本原已尘封土掩的“日记”，在墨香中重新闪烁出人性的光芒……

1953年7月1日

七一誓言！

在目前的日子里，如果说我没有什么苦恼了，那才是不真实的呢。每当工作有些进展的时候，心里总是感到空虚，尤其发现新的事物呈现及参加党的会议时，一个最严肃的问题，就是入党问题马上就摆在我的面前。



在我们的（这个）时代里，有什么还能比共产党员更高贵的呢？因为他是正直、无私、光明和伟大的。我想人活着不是为了生儿育女，不是为了狭隘的个人打算，生活总应该有自己的目的。

我不愿意做个“行尸走肉”，活着死了都一样，我愿意和×××同志，和许多党员同志一样，要做一个有远大理想的共产主义战士。

我经常地心问口，口问心。我没有什么丢不开的东西。党教育和培养我的四年来，我对党和自己有了初步的认识，一旦党需要我的时候，我会比什么都坚强的，因为我晓得了什么是庸俗，什么是伟大。

尤其是在今天的日子里，置身在伟大的建设行列之中，这些思想时刻在牵动着我，不能再站在门外了，我要入党！我迫切地需要入党！我意识到没有它就不能生存。

当然，目前自己的条件还差得多，但是不管如何，争取入党我是不会松懈的……今天是党的生日，我就更有所触，我向党表示决心，努力争取！

附录：在市府大楼听党课记录

四条重点：

1. 考察成分——为了防止剥削阶级的人混入党内，影响党的纯洁和质量。

2. 考察历史——政治面目是否清楚？为了保持党的纯洁，只有政治可靠、历史清楚的人才吸收。

3. 考察阶级觉悟如何——是否真正认识了无产阶级，认识到了我们的社会一定能够到达共产主义社会。

4. 考察思想——是否一生有为社会主义和共产主义奋斗到底的决心。



1953年11月23日

日益惦记的终身大事“入党”问题，在今天终于和×××同志谈了，起初先谈了我个人的历史，以后又把我的个人的打算和决心向他谈了。在这次谈话中，他给我的鼓励很大，他非常诚恳地给我提出了几点意见，对我来讲真是很宝贵的。他说：

1. 我在工作中表现得不坏。

2. 同志间也不错。

3. 说我很直爽，不计较小的得失。

缺点方面，自己要求提高理论学习不太积极。

对处理个人问题（家庭事务太多）还需注意。

具体建议：

1．每星期拿出几个小时在办公室学习。

2．多参加各种的社会活动。

3．争取做个积极分子。

×××同志的谈话对我的帮助很大，并且教会我如何地去做，我想除自己努力争取以外没有别法来感激他了。“入党”是决心了，虽然有缺点我想是可以克服的。这次谈话更增加了我的信心，我想今后从这几个方面努力：

a）加强理论学习，除每日在家学习外，每星期的二、四在办公室学习两个小时。

b）继续搞好（和）同志们的关系，多参加社会活动。

c）抓紧时间学习主席著作。

d）多和××、老×、××谈谈，及时反映自己的思想情况。



1954年

（在市府大楼出版管理组时）

老×入党转正时主要优缺点（供我参考）：

1．靠近组织，依靠组织。

2．工作中表现出主人翁态度。

3．有些地方仍存在着个人主义（如对待爱人的问题上）。与大楼里的同志接触少。

4．学习刻苦钻研少。

1954年5月21日

（在市府大楼）

和××同志谈入党问题的纪要：

因为身体不好，组织上批准我为半日工作，因为具体的时间多了因而考虑问题也多了。我唯一的问题还是“入党”，今天和老×谈了，主要是叫他了解我的历史和要求。

他说：白要求入党是很好的，但是一个重要的问题就是动机，自己应该好好地检查一下自己要求入党的动机，首先要对它有清楚的认识以后，才能进步。老×的话对我帮助很大，我一定回去认认真真地检查自己要求入党的动机。

五十年代，纪元（第二排右一）和同事在北京市文化局



1956年5月25日

第二次入党申请书提纲如下：

一、前言：

二、家庭情况：

1．出身，成分（父母出身及父亲工作情况）。

2．社会关系。

三、个人情况：

1．学生时期（小学尚可，中学艰苦）。

2．在工厂时期（受苦，被压迫）。

3．参加革命后的情况：

（1）入华大的动机及学习时的思想情况。

（2）南下的动机及在广西的工作情况。

（3）对返京的认识。

（4）干校学习情况。

（5）从市府到文化局工作情况及个人的优缺点。

4．对党的认识：

在理论上、实际及思想上的转变过程。

5．入党动机。

154 1956年11月

×××（党小组长）找我谈话：

a）过去工作是一贯积极的，工作能力不低，在科里不是弱手，总之，优多于缺。

b）在思想方面是要求进步的，对过去的看法都比较清楚（对错误有警惕，过去有些错误也不是了不起的“如枪的问题”，问题的性质还不很严重）。

c）过去是有点儿小聪明，加上狭隘就吃了亏，现在要警惕狭隘的感情，看问题狭隘就容易钻进个人主义的圈子。

d）几年来靠近党组织，但在入党问题上别胡想，思想上不应背包袱，自己的患得患失要警惕。

e）自己应不断地克服缺点，提高政治觉悟，不要为入党而入党，目标应抱着提高觉悟，改进工作，不要总考虑自己是否够条件，应多考虑自己如何提高。

f）入党问题自己努力是可以解决的，快慢决定于自己。要有信心，有意识地提高自己。过去的问题（指枪的问题）不必背包袱，对自己的要求要严格。自己掌握自己的优点，只要有一种动力就容易进步。

g）今后在工作学习上，思想意识都要要求高，尤其是思想意识方面，入党迫切是好的，但亦不必急躁，努力说清“问题”，积极争取。

老×的谈话，是很诚恳和重要的。

1957年9月16日

离局下乡前全科同志对我的临别赠言：（科长老×首先发言）

一、优点方面：

1．最近一两年来进步很快很大。

2．在工作方面，工作做多了，一个人能管理全市的图书馆。

3．从政治态度和思想上看：

（1）反右斗争中表现很好，一直是积极的参加者，公认是积极分子，看来你对右派还是有仇恨的。

（2）日常上和党的联系是密切的，经常反映情况和谈自己的思想动态。

（3）这次响应下乡劳动就表现很好，决定下乡时态度很坚决，家里也动员好了，早准备好了，有病还积极参加下乡劳动，自己没有以身体不好、少数民族来向领导要价钱。

二、缺点方面：

1．对过去自己南下参加革命的动机和想法，应根据新的要求和看法正确地再认识一下。

2. 铲除和旧社会思想上有联系的东西。

3. 工作中还应耐心，不应急躁。

4. 自己个性强，在劳动中应注意身体。

5. 警惕思想上的狭隘和自满情绪。

1958年3月5日

第三次入党申请书提纲（在文化局下放时递交）：

一、序言：

二、对过去错误（主要是“枪”的问题）的新认识。

三、近几年来的工作学习情况：

（1）靠近组织，对党忠诚。

（2）加强理论学习。

（3）克服个人主义思想。



（4）努力为党工作。

（5）维护党的利益。

（6）做好党的积极分子。

四、反右斗争和农村下放锻炼的收获。

五、我向党的再次请求。

1958年3月7日

交第三次申请书时与×××科长的谈话：

1. 过去很积极，很直爽，肯干。

2. 对入党是迫切的，但应对过去的思想转变随时补充。

3. 继续严格地要求自己。

4. 警惕自满及“娇气”（有同志反映我在座谈会上向局长报告下放劳动中成绩太多）。

5．精神上做好准备，长期接受考验。

6．注意自己的小聪明，应努力改正。

7．多与党员同志接触，及时反映思想情况。

8．多帮助领导搞好生产。

1964年6月15日

第三次递交申请书后与老×的谈话纪要：

1．只有革命才是我的出路，想以最大的努力去工作。

2．进一步从阶级觉悟出发，光想报恩不提高是不行的。

3．有成绩不能沾沾自喜。

4．要把个人的苦和阶级苦联系起来。

5．提高思想，加强学习。

6．争取早日解决问题。

7．从工作上看，还不错。



8．注意身体，不一定非硬顶着。

9．对考验的时间长短要有信心。

10．今后需更加努力。

11．处内目前要解决老×和我的问题，不要急，只是时间的问题了。

12．要多交谈，多联系。（以上是×处长所谈纪要）

1965年7月25日（星期日）

与×××（党小组长）谈入党问题纪要：

1．自与老×处长关于我第三次申请入党的谈话后，又有一年多了，在这一年里曾不断地和老×谈我的思想和问题，自支部改选之后，老×选为党小组长后，还一次未与我谈过。

2．和老×曾约数次，因时间都未能谈成，这次谈话主要是请老×了解我的入党要求，请老同志今后对我严格监督，我更须努力争取。

3．首先由我介绍我参加革命前后的重大事件（在工厂受压迫，南下参军。大多与申请书上一致）。

4．然后谈了四个阶段：错误阶段、安于家庭生活阶段、报恩阶段和觉悟阶段。其次谈我的要求，并希望多帮助。

5．×总的意见如下：

（1）他以自身体会谈到，他的入党问题也是经过了很长时间才解决，主要还是自己主动争取差，过去长时期不解决，就不摸领导的底，有时情绪就受了影响，主动性就差了。1958年以后，自己明白了，就主动靠（求）助领导解决自己的历史问题，后来信心就足了，考虑自己就少了，知道解决入党问题只是个时间问题。



（2）要积极帮助组织了解和解决关于0（指手枪）的问题，主要是人证、物证的问题。

（3）要多看《人民日报》及《红旗》杂志。一般群众听不到党的报告，但要为了搞好工作，《人民日报》、《红旗》杂志上基本精神都有，只要自己在做工作时能围绕中心，准没错！这就可以弥补因为不是党员看不到文件和听不到报告之缺憾。这条经验，老×很肯定其效果，过去凡是他写的文件，领导大改的地方都少，证明他的工作原则都对，与此经验分不开。

（4）要时刻注意个人问题，现在革命与以前的要求不同了，凡按照个人的想法去搞集体工作就总会有问题。如果事事都把个人摆在集体之中，那么看社会、看工作、看同志就都会顺气，都是一个目标的关系，就没有理由闹矛盾了。

（5）个人既要有远大的革命理想，也要有眼前的工作积极性，要冷热结合，长短结合，远近结合，实事求是地一点儿一点儿地为党工作。

（6）小市民习气和作风是个可怕的东西，它能“左”倾也能右倾，它爱“左”也爱右，这是一个革命者容易产生的不良思想，这种小资思想与真正的革命者的世界观是不同的。

老×的谈话对我的启发太大了：我要继续争取，叫领导早日更清楚地了解自己；要抓紧学习，特别是要从《人民日报》和《红旗》杂志中吸取经验和养分，进一步搞好工作；要警惕自己思想中的“小市民意识”的残余，做好长期接受党组织考验的思想准备。

1969年7月1日

“九大”后在纪念党的生日的时候，我写下了我的第四次入党申请书，全文如下：



敬爱的党啊！

在这举国欢庆中国共产党第九次代表大会胜利闭幕之际，我再一次以万分激动的心情向敬爱的党组织提出我的申请，我坚决申请加入中国共产党！我坚决用毛主席他老人家给予我的第二次生命，为党的伟大事业而奋斗，为全人类的彻底解放而献身！

天大地大，不如党的恩情大。爹亲娘亲，不如毛主席亲！我的家庭出身是独立劳动者，旧社会里我的父亲一生都是在北京的各公园做游览向导工作，奔波终生，以劳动糊口。在黑暗的旧社会里，我只上了几年中学就失学到一家草绳工厂做修理机器的工作。在吃人的旧社会里，我受尽了资本家的压迫、剥削和迫害，是毛主席他老人家把我从火坑里救了出来。从1949年参加工作到今天已有二十年了，二十年来，在毛主席的教导和党的培养下，我努力地工作。1962年我得了重病，是毛主席他老人家给予了我第二次生命，从死亡线上挽救了我！回顾我的过去，如果没有毛主席和共产党，我早已不存在了，现在我每一分钟的生命都是毛主席他老人家和共产党给的。自解放以来，我早已下定决心，跟毛主席和共产党干一辈子革命，为全人类的彻底解放献出一切！特别是通过这次史无前例的“文化大革命”的教育之后，我更加热爱我的救命恩人毛主席和伟大、光荣、正确的中国共产党了，我立志把毛主席他老人家给予我的第二次生命，彻底地贡献给忠于毛泽东思想的伟大事业之中！为人类的解放流尽最后一滴血！

十几年来，我要求做一个忠于毛泽东思想的无产阶级先锋战士的愿望一直激励着自己，十几年来曾经申请入党有九次（口头五次，书面四次），可是一直没有被吸收。尽管我不是剥削阶级出身，我的历史清白，我曾受过旧社会资本家的迫害；尽管自己对万恶的旧社会有着无比的仇恨，对新社会有着无限的热爱。



毛主席教导我们：“党组织应是无产阶级先进分子所组成，应能领导无产阶级和革命群众对于阶级敌人进行战斗的朝气蓬勃的先锋队组织。”今后我一定按照毛主席的教导和“九大”通过的新党章的标准严格要求自己，不断改造自己的世界观，不断地加强自己的思想革命化。目前，我的条件还不够，但我一定努力争取。我的心，我的人，我的一切都是党和毛主席的！我坚决永远忠于毛主席！永远忠于毛主席的革命路线！永远忠于毛泽东思想！生为毛泽东思想而奋斗！死为毛泽东思想而献身！

伟大的、光荣的、正确的中国共产党万岁！

伟大的领袖毛主席万岁！万岁！万万岁！

白纪元1969年7月1日

1975年4月1日

今天我骑上新买的自行车了！我从心中感谢党和毛主席给予我的幸福！自行车对现在的年轻人来说都不算什么贵重东西，可是呀，在我的青年时代，是连做梦也想不到的哇！今天我骑着新自行车上了班，我的心情是万分激动的呀！这是我平生第一次骑新车，这是毛主席和共产党给的。回忆过去的青年时期，在海淀草绳工厂时，工资连理发都不够，回家的时候十几里路是从海淀走着回去的，那时候的公共汽车根本坐不起，一天一次而且是“煤炭车”，半路上停车还要下来推，从海淀到城里要推十几次，而且票价很高。三轮车更是坐不起了，从海淀到西直门要法币三万元，我每月工资是法币一万元，不够坐一次三轮车的。当时我是多么渴望能有一辆破自行车呀！哪怕是辆很破很破的呢！可是当时吃饭都成问题，怎能买得起自行车？看着工厂老板的车，我心想能让我骑一次我就心满意足了，但那老板从来没对我“开恩”。解放以后，是党和毛主席解救了我们，我再也不在工厂里当奴隶了，我当了国家的主人，生活水平日日提高。过去我在文化局上班时，买过机关处理的一辆旧自行车，“文化大革命”后，是党和毛主席又给了我一次新的生命，我又可以上班工作了，而且今天骑上了新车上班，党啊，亲爱的党！这一切都是您和毛主席给的，我现在已经快五十岁了，我从来没有享受到今天这样的幸福生活。新旧对比，我要永远革命，把自己的一切献给党和伟大领袖毛主席！

……

1953—1975年，我撷取了父亲二十二年之中几篇有代表性的日记，读起来很可能给人以隔世之感，然而它的确是真实的，也许正是因为真实才能令人感动。

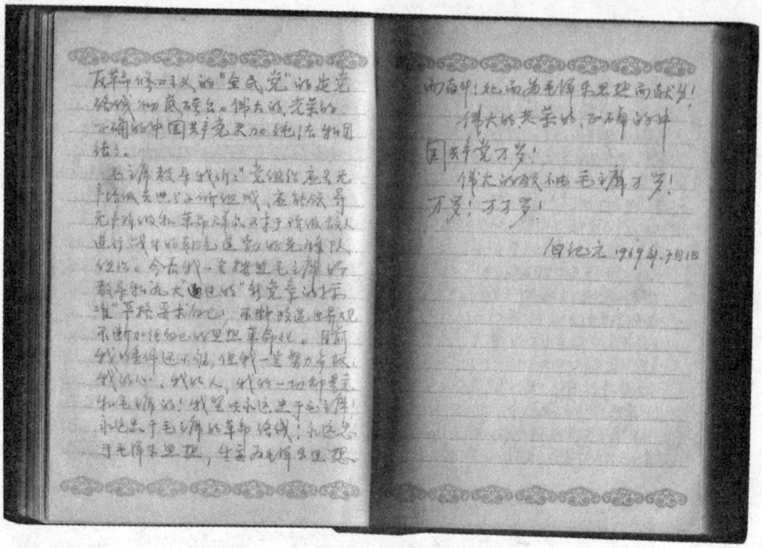

日记摘选



一个以毕生精力追求党但未来得及被党吸纳就去世的普通人，谁还会忍心讥讽他在政治上的“幼稚”？谁还会感叹他的人生活得没有价值？我从未像今天这样为我的父亲骄傲，因为他是带着追求而去的。

# 第十三章｜杜鹃啼血

## 第一次吐血

“哎哟，我累得都快吐血啦！”

生活中人们常用这样一句话来夸大自己的付出，但是真到了被累得大口大口往外吐鲜血的地步，我敢说没有多少人还能保持镇静。

我父亲就是真正被累得吐了血，而且始终保持着乐观，这一点儿都没有夸大。他第一次吐血，是在我出生前的两个月，他最后一次因吐血而死，我已经过了“而立之年”，刚好三十二个年头。

父亲得的病叫“支气管扩张”，是“大跃进”时期在农村下放劳动时累出来的，还是在他的那本珍贵的日记中，我找到了最初的线索：

纪元在1958年参加“大炼钢铁”。这一年，他开始吐血（后排右一为纪元）



## 难忘的考验

## 1958年4月28日

由于自己在劳动中没有掌握好分寸，在这一天（3月30日）我又垮了。事情是这样：这天小组长不在，村妇女队长叫我拉一个几百斤重的石头碾子压地，为了怕引起农民同志的误解，我硬着头皮干下去，结果第二天发现吐血了。

我曾因为这个不幸的事故而思想上波动了一个星期，现在回想起来，这是非常不对的，由于累得吐了一些血，自己的思想上就产生了很不健康的东西。我想到了自己的身体，想到了将来，甚至想到了死……但是很快我就又想通了，回到家里我想到了保尔·柯察金，我又坚强起来了，可是血一吐得多了，心情就又随之波动。总之，在这一个星期里，思想斗争是很激烈的，我想这也就是个人主义和集体主义的斗争。我陷入了个人主义的圈子里，险些就又糊涂起来，又放松了思想改造。虽然只是一个星期，但是也说明思想还是需要好好锻炼的，个人主义还在缠着我。



为什么我会转变过来？我自己也觉得奇怪。虽然表面上别的同志没有看出来，但我的确是想通了，我详细地分析了我的处境，我唯一的就是想到了党，我明白目前是对我的最大考验，不仅在劳动中要向自然界斗争，向非无产阶级的思想斗争，我还要向病魔作斗争。我真正从思想上搞通了，于是我对吐血就一点儿也不怕了，我在入党申请书上曾写过："为党的事业我要流尽最后一滴血！"现在我在农村劳动中因劳累而吐了一点点血，这又算得了什么呢？如果真是个共产主义战士，就应该想得开，就应该把党的利益放在第一位。我现在虽不是一名正式的布尔什维克，但我要求做一个真正的无产阶级战士，我在组织上虽然还不是党员，但在思想上要有伟大的共产主义理想，现在就是考验，要克服困难！我愿做一个无名英雄。我想，现在农业正在"大跃进"，我们在这里挖垄沟（水利化），虽然每天一个人铲不了多少土方，但是多一铲土就是向共产主义又近了一步，我不是天天地一点一滴地和全体同志在为党的事业而奋斗的吗？我不能因病而气馁，我要坚持下来，即便每天吐10毫升的血，那也得一年以后才能吐尽最后一滴。那时候我的家里人可能会很痛苦和不幸，但是为了我们的下一代，为了公社农民的子子代代的幸福，在建设农村水利化时我牺牲了，我想这是心安理得的。因为我明白了这些道理，所以我的心情就开朗了，医生叫我全天休息，我偏工作半天，医生叫我做一点儿轻微工作，我偏要参加抗旱工作。血现在到底吐了多少，我已不放在心上了。总之我现在不看它，也不怕它了，我觉得累时就稍微休息一下，我想这样奋斗就一定能战胜自己。一个月以来，我觉得情况很好，精神也很饱满，这一关又过来了，我想这是党给我的力量，我应该时刻警惕，继续改造，继续和病魔斗争，因为只有这样，才不愧为党的好儿女！

1957年整社，前排左一为纪元

## “八二五”事件

我从童年到青年时期的成长过程，实际上是在父亲的病程中度过的，是在他一次次吐血的恐慌之中度过的。

人说“久病床前无孝子”，我认为此老话儿实在是有失偏颇，我不仅自始至终是一个地道的孝子，而且“久病成医”，我知道他什么是“咯血”、什么是“吐血”、什么时候只需自我调养、什么时候必须去医院，甚至我还学会了一些简单的救护方法。

如怎样服用云南白药、怎样用凉毛巾给他敷胸口，或冲一杯浓盐水等等，至于紧急时该去哪家医院、该找哪位大夫，我更是烂熟在心，这也是后来我父亲不曾离开我半步的原因之一。

自打我懂事起，我就知道父亲有“吐血”的毛病，他这一吐就哩哩啦

纪元患肺疾准备手术之前与家人的合影，据说这天老舍先生送了他一篮鸡蛋

啦地吐了三十多年，吐了就“补”，情况好的时候炖只老母鸡，差的时候只有一个鸡蛋。

一位长年给父亲看病的大夫，后来成了我们家的好朋友，他曾跟我说：“你爸爸真是挺神的，这么多年来，他吐的血是他自身血液的好几倍！”

这个经过了三十二年方才印证了的事实，我一点儿也没有夸大的成分，可以说在父亲的身上，我看到了生命的顽强。

由于在这种特殊的生活环境里，我对血是极其敏感的，几十年来父亲的“小病儿小灾儿”从未间断过，因此不胜枚举，而危及生命的大出血亦不是什么稀罕事。

但凡父亲出现吐血的时候，总是和他或我们家发生的“重大事件”相关联，现在想起来仍旧历历在目，令人毛骨悚然！

在“八二五”事件中挨斗，左四为纪元（此照片取自当时的“海报”）

在我人生的记忆中，永远有着这么几页沉重不堪的片段：

大约是1967年，如火如荼的“文化大革命”之初，在当时的北京市文化局曾发生过一次所谓“八二五”事件，父亲被惨烈地推到了“主角”的位置。

那天他和几位“靠边站”的人一起布置文化局小礼堂的某次会场，突然一群由各戏校组成的红卫兵小将冲了进来，指着台上的钢琴问纪元：“这是什么？”

“这是一架钢琴。”父亲回答道。

小将们说：“你放屁！这是棺材，你们是在诅咒伟大领袖。”

说着话就“命令”父亲他们都得靠右边站好，交代自己“形左实右”的罪行。一位曾屡挨批斗的老者可能是吓坏了，央求红卫兵说：“我要去厕所。”

“不成！有屎拉裤子里，有尿撒裤子里，谁也不许出去！”红卫兵手持“红宝书”封锁了所有的出口。

当时的父亲别看身体弱，可脾气不弱，跟小将们辩论说：“请你们上去仔细看看，是钢琴还是棺材，如果是棺材我立刻就撞死在你们的面前！”



人们的注意力一下子就全都集中到他的身上了，有红卫兵叫道：“你是哪一派的？是什么阶级成分？”

父亲知道要坏事了，忙喊：“我受过资本家剥削，是革命……”他想说“我是革命‘左’派”，然而革命的“命”字还未喊出来，就听见人群中不知道是谁嚷嚷道：“他不是‘左’派，他私藏枪支，对组织上阳奉阴违！”

这块最痛的心病，居然让人在众目睽睽之下给抖搂出来，那还能有好？红卫兵连推带搡将这几个“反动分子”通通拉到了台上。

有人就逼问：“白纪元，你买枪干什么？说！枪藏在哪儿啦？！”

父亲咬紧牙关一字不发，浑身大汗淋漓，衣服都湿透了。质问他的人不想放过他，越逼越紧，父亲被逼得实在是走投无路，突然他就高呼口号：“毛主席万岁！……”

红卫兵说：“这小子真是反动透顶！”

话音未落，有人就用“武生”唱戏时耍的大片刀，抡圆了拍打到父亲的后背上，父亲两眼一黑，胸口发热，张开嘴“哇”的一口鲜血就喷在了台前，人就像被大风刮倒的一棵小树，一头就栽了下去……

谁会相信？这令人发指的一幕就发生在我的面前。

文化局的小礼堂，曾经是父亲带着我们看电影的地方，在我小的时候，有多少好看的影片，都是他带着我在这里“近水楼台先得月”，那时对这里太熟悉太向往了。

而“八二五”的这一天，我姐鬼使神差地又把我带到了这里，本来是闲得无聊想找点儿热闹看，结果万万没想到，在这里竟目睹了眼前这出自己父亲“血溅小礼堂”的惨剧！

这是我第一次看到父亲的大出血，曾有好几个夜晚我一闭上眼睛就做噩梦，幼小的心里像灌满了铅一样沉重，那时我比同龄的孩子话少多了。长大之后，有人说白明有点儿“话痨”之嫌，那是我得把小时候的“憋闷”给找补回来……



## 父女之间

20世纪60年代初期，在全国范围内掀起了一场轰轰烈烈的“知识青年上山下乡”运动，成批的城市青年学生打起背包奔赴祖国遥远的乡村或边疆，到广阔的天地里“大有作为”去了，这在当时被称作是一条知识青年“走与工农相结合”的金光大道。

我们家住的宿舍楼旁边有一所学校，叫“铁三中”，我天天就扒着窗台探着个小脑袋往下看，看这所学校里的大哥哥大姐姐们一批批地出发。既看到了红旗招展、锣鼓喧天那令人荡气回肠的激动场面，也偷窥到了母女、父子、兄弟姐妹间抱头痛哭的凄凄惨相。

趴在窗台上掰着手指头算计着，我姐我哥都还没有到“被派上用场”

的年龄，心里稍许轻松并感到庆幸。可回过头来一看，父亲却满脸阴云密布，愁眉不展，一个人不是低头喝闷酒就是躲在里屋抽闷烟。为什么？我不明白，也不敢多问。

“少年不识愁滋味”，我只能搬个小板凳凑到父亲的身边，陪着他长吁短叹，跟着他一块儿发呆。

我这个人从小算术就不好，直到现在连身边最要好朋友的电话号码都记不住。那时候即便是掰着手指头都没有算计出来，六八届接下来就是六九届了，那么我们家的宝贝女儿，父亲的掌上明珠，我那个特别爱拔尖儿的姐姐，恰好就是六九届的。难怪父亲一天到晚托着个腮帮子发愁，满脸“旧社会”呢。

或许父亲从年轻时候起就走南闯北，他知道个中的艰辛，绝不是我姐这个先天不足、体弱多病、比同龄女孩矮一大截的小丫头片子所能承受得了的。



而我姐则不这么想，她为自己能赶上六九届的上山下乡，而且还是“黑龙江生产建设兵团”而兴高采烈，以至于一提起这事儿，她就激动得眉飞色舞、不能自已。于是父女之间产生了摩擦，而且是不能公开、不能让外人来调和的“政治摩擦”。

父亲曾多次和她进行彻夜的长谈，一个苦口婆心，一个却嗤之以鼻，结果是不欢而散。

最后我姐斩钉截铁地撂给我爸几句话：“这是阶级立场问题！这是世界观问题！这是我的前途问题！因此，没有商量的余地！”

## 我姐——一个“无畏”的军垦战士

我姐叫白静，所在的学校是北京三十五中学。

父亲拗不过女儿，便偷偷来到了学校，找“军代表”谈话，力求能照顾照顾。

恰好“军宣队”里的一位领导也是四野出身，和父亲还真挺谈得来，对纪元所陈述的“家庭困难”表示理解，他把大腿一拍爽快地说：“老战友哇，你看这样好不好？想办法到医院去给她开一张证明，只要这批榜上没有她的名字，白静就可以留城了。”

父亲千恩万谢，两人除了紧紧握手之外，临别时彼此还行了个让纪元久违了的“军礼”。

他高高兴兴地回家，不动声色，就当什么都没有发生。然而到了“张榜”的时候，我姐一看居然没有自己的名字，于是便上蹿下跳，四处打听。同学们用轻蔑的口吻对她说：“白静呀，留下来伺候你的病爹吧……”

“咱们‘军代表’可说啦，白静跟别人不一样，她是先天不足。人还没有枪高呢，可别让革命的重担给压趴下……”

我那“飒爽英姿”的姐姐

这还了得吗？我姐“泪飞顿作倾盆雨”，红着眼睛疯子似的跟家里闹开了。那动静，大有要“炸平庐山，停止地球转动”之势，小嘴儿厉害得像一挺搂不住火的机关枪，将自己的父亲“批得体无完肤”！

这还不算完，我姐又向“军宣队”递交上血书一封，表示军垦她是非去不可，不惜与自己的家庭决裂！

我那未满十五周岁、乳臭未干的姐姐呀，终于用鲜血将自己的名字写进了军垦大军的“光荣榜”上。

嘿，您瞧瞧这两下子，甭用人教，跟她爸爸当年在战场上的冲动好有一比。

我姐姐胜利了，坚持走“上山下乡革命道路”的小将们胜利了，父亲沉默了，许多孩子的家长都沉默了，沉默到了一句话都不敢多说的地步，也许是因为寒了心，也许是被自己的孩子给“镇压”了。

我姐临走的前几天，我们家都快成了这些“准知青”的活动据点，几



个嘴上没毛儿的愣小子，跟几个梳着歪辫儿的黄毛丫头，一天到晚地嘻嘻哈哈、叽叽喳喳，整个是一群“乌鸦与麻雀”。

张三说：“这几天我们家在给我打行李，嘿，我奶奶那个老不死的，偷偷塞给我一块旧怀表。啥资产阶级的破玩意儿呀，我啪的一下子就当着她的面给摔烂了……”

李四说：“你们听说了吗？上一批×××临走的时候，躲到女厕所里偷偷地扎在她妈怀里哭，臭德行样吧！——我可有话在先啊，咱们出发的时候谁都不准哭！”

“对，谁都不准哭！谁哭就把谁批倒批臭，再踏上一万只脚，叫他永世不得翻身！”其他的人就迎合着。

“哈哈哈……哈哈哈……”

我就像个“跟屁虫”似的追着这群哥哥姐姐们，上上下下地为他们端茶倒水，被当个三孙子似的使唤，可心里还特乐意，那一刻我简直羡慕死

他们啦！

唯有父亲悄悄一个人坐在里屋的床头，默默地叹息：哎！这群小兔崽子，怎么就这么生分呢！真的就没爹没妈、没兄弟姐妹？难道都是从石头子儿里蹦出来的？

工夫不长，“乌鸦”和“麻雀”就一哄而散了，看着他们的背影，父亲咬着牙小声骂了一句：“不见棺材不落泪！”

要远行的孩子真的没哭，但是他们的家长哭了，我的父亲纪元哭了。

夜深人静的时候，父亲在灯下用他那比女人还要纤细的手，一针一线地为女儿缝补棉大衣。再没有类似蒜条金之类的宝贝可以往里边藏了，父亲就把当年梦璋曾逼着自己穿走的那件皮坎肩找了出来，一点儿一点儿地拆开，将柔软的皮毛悄悄垫进了我姐的棉大衣里，希望它能在北大荒的冰天雪地里，为女儿挡挡风寒。

父亲一边缝纫一边默默地掉眼泪，那是男人的眼泪，苦涩而又复杂。伴着眼泪的，是他大口大口咯出来的鲜血。 

## 来自北大荒的“呼救”

1969年的10月24日，我姐终于盼到了出发的哨音。

那一天偏偏是瑟瑟秋风，冷冷苦雨，父亲带着我，来到学校为女儿送行。

其实我姐是个挺矫情的女孩，从小就总跟我打架，而且永远是她“战无不胜”，我曾经恨她恨得牙根痒痒。于是暗地里想：她走就走吧，山中无老虎，猴子称大王！至少以后没人再欺负我了。

可我怎么也高兴不起来，而且不知道是从哪儿冒出来那么多的眼泪，尤其是在最后分手的那一刻，我姐快速地、偷偷地把一块钱塞到我手里，

“军垦战士”——白静



然后又使劲把我的手攥了两下，那意思是：“别声张！”

我觉得我姐是那样慈爱、那样疼人，于是就拽着她的衣角哭着嘟囔：“不要你的钱，你能不能别走？我再不跟你打架了……”

父亲一把将我拉开，把那一块钱重新放进我姐的衣袋里，然后又掏出来少许零钱，让她看着，将这把零钱都放在了我的手中，我姐就朝我们微微一笑，然后紧紧地咬住嘴唇。

队伍集合了，我姐因为个子矮就排在第一行的第一位，她手里举着红旗，小辫儿甩来甩去，胸脯挺得老高，标准的一个“红色娘子军”的造型，不禁让人想起那个时代任何人都能背得滚瓜烂熟的一首毛主席诗词：

“飒爽英姿五尺枪，曙光初照演兵场。中华儿女多奇志，不爱红装爱武装。”

只是那本该出现的灿灿曙光，不巧被眼前的冷冷秋雨所掩，因此给这激动人心、蔚为壮观的场景大打了折扣，以至于不少人的脸上罩着一层淡淡的灰色。

踩着欢送的锣鼓点，人们努力地露出近似呆板的笑容。

指挥员一声口令："报数！"知青们用碎步把各自的位置找准，向前边的人看齐，然后高声喊道："一——二——三——四……"报完数，他们就列队出发，爬上一辆辆敞着篷的解放牌大卡车。

我姐排列的那支队伍从我们身边走过的时候，父亲举起手臂，最后一次向女儿招了招，并把身体尽量向前倾过去，想凑得再近一些。他朝着我姐喊道："白静同志，好好干！争取早日入团！入党！"

一阵劲风掠过，呼啦啦地红旗漫卷。

那旗子呀，就像一块轻柔的红色纱巾，抚摩着我姐稚嫩的面庞，我惊愕地发现，贴在她脸上的那一角红旗，刹那间竟被沁湿了。

两个星期过去，我姐寄来她赴北大荒之后的第一封家信。信的开头，就十三不靠地甩出来两句豪言壮语：

"我愿做大兴安岭上的青松，不当城市温室中的花朵！"



并随信寄来了一张照片，照片上的她身穿棉制的军大衣，头戴军棉帽，只是没有领章帽徽罢了，要不然还真以为她是个女兵呢。

这张照片简直就像一针"兴奋剂"，一下子又把父亲的革命激情给调动起来了，他颤颤巍巍地从床上爬起来，照例小心翼翼地在女儿这张相片的背后题诗一首：

"革命小将胆气昂，英姿飒爽赴边疆。保卫祖国立壮志，忠于人民忠于党！"

诗句写好后，他用两个手指尖捏起照片，对着灯光轻轻地用嘴吹拂那上边的墨迹，悠然自得的神色之中还带着点儿骄傲。

然而，纪元为女儿"题诗"的墨迹尚未干透，女儿的第二封信就"追"过来了，在几张"充满革命激情"类似讲用稿的信札里，藏着一个小纸条，上边歪歪扭扭地写着："爸爸，快救救我吧！我错了……这里天寒地冻，根本就不是我们想象的那样。我的两个耳朵都冻坏了，脚上裂的都是大血口子，疼得都走不了路……我想回家，爸爸，您快帮帮我呀……”

对于父亲来说，这不啻于是女儿撕心裂肺的“呼救”声。我姐当时还不到15周岁，客观地讲，她的确“遭受”了现在15岁的花季少女根本想象不出来的“罪”。回家？谈何容易呀！

看着这张“不可告人”的小纸条，父亲的脸色先是铁青，接着又变得煞白，他想点燃一支香烟，但手却颤抖得厉害，怎么也点不着。突然，他发出一阵剧烈的咳嗽，然后就张大嘴“哇”的一下子，吐了满地的鲜血。

我清楚地记得，这是我目睹我父亲的第二次大出血。

那一年我妈在湖北干校，我姐在东北军垦，家里就再没有别的女人了。刚好剩下父亲、哥哥和我，这大、中、小三条光棍儿。

关于我姐后来知青生活的“下一回”，就用不着我去“分解”了，当他们历尽了北大荒的苍凉与寒冷，费了九牛二虎之力重返各自温暖家庭的

病中的父亲带着我们哥俩为奔赴“五七干校”的母亲送行

父与子

时候，已经是八年以后的事情。 177

那年我姐迈着疲惫的脚步走进家门时，面对眼前比实际年龄看上去要衰老许多的父亲，她并未表示出太多的忏悔，只是满脸无奈地、带着几分俏皮地说了革命样板戏《智取威虎山》中“猎户老常”的一句台词：“咳！八年了，别——提——它——啦！”

却不知八年之中，父亲为她吐了多少血……

## 强迫“退休”

从20世纪70年代起，父亲便拖着病弱之躯，艰难地支撑着我们这个支离破碎的“家”，并艰难地继续接受着组织上对他的种种考验。

因为他的身体时好时坏，必定不能像健康人那样，可以生龙活虎地投身到“反修防修”和“斗、批、改”的火热战斗之中。于是，他被安排在文化局系统，一个叫作“暂休连”的编制里。

这个不伦不类的部门，据说是专门安置那些已经“失去了战斗力”的老弱病残，他们被集中在一起进行“暂时休整”，这些人被看作是那个时期有点儿另类的“特殊群体”。

在这里，纪元被当成了名副其实的病号，他自认为是龙困浅滩，心有余而力不足，因此思想负担十分沉重，整日郁郁寡欢，并总觉得还要有更大的不幸发生。

然而，怕也没有用，该发生的终究还是发生了。

1971年8月的某一天，上级派来两位女同志到我们家，十分严肃地跟父亲“谈话”。二位姑奶奶趾高气扬，颐指气使，话题单刀直入，就是逼着父亲马上“退休”。她们将这把利刃一下子就捅进了纪元的心窝里，疼得他大汗淋漓、浑身筛糠。



父亲就捧出当年“华大”的校徽、南下时“桂林市军管会”的臂章、战场中那“革命到底”的血书，还有就是历年所写就的入党申请跪在地上痛哭失声。

他呼喊着：“求求你们不要这样，你们不能剥夺我继续革命的权利，我才43岁呀！党和毛主席是我的救命恩人，我把自己的青春和健康都献给了党的文化事业……我历史上没有问题，也不是五一六分子……你们可不能啊……”

来人中的一个说：“白纪元同志，请你站起来说话，别搞资产阶级下跪的那一套！”

另一个人则把父亲手里的东西拿过去，扒拉来扒拉去，然后用眼睛乜斜着跪在地上的纪元说：“白纪元，你的这些东西里好像还少了一件什么吧？”

“是少了什么？”

“别装糊涂，少一把手枪！”

这一刀又狠狠地从父亲的背后插入，父亲被捅了个透心凉！他顿时没话可说，一点儿辩解的余地都没有了。他那两片苍白的嘴唇上下抽搐着，想说些什么，但是怎么也发不出声音来，“哇！”又是半腔子的热血喷涌而出，便倒在地上不省人事了。

两位来人也被吓坏了，她们可能从来没见过这么多的血，而且是从一个活生生的人的嘴里吐出来的，居然就愣住了。

我赶紧将父亲扶起来放到床上，找出云南白药，抠出里边的“保险子”塞进他的嘴里，然后用我那红红的小眼睛狠狠地瞪着那两个操蛋娘儿们。

那俩人也发懵了，战战兢兢地说：“白纪元同志呀，你冷静点儿，这可不是我们的意思，这是组织上的建议，你先养病，再好好地考虑考虑，我们过几天再来……”话没说完撒腿就往外跑。

跑到了门口，俩人似乎又觉得不太对劲，其中一个把我叫过去悻悻地说：“你——给我听好喽！回去给你爸好好读读‘八一社论’，让他看清楚形势。别动不动就拿吐血吓唬人！”



那时我还不足13岁，望着那两个女人远去的背影，我拿把菜刀砍了她们的心都有。

对着黑乎乎、空荡荡的楼道，我扯着嗓子带着哭腔地喊了一句：“操你们个姥姥！”

这一次对纪元的打击太大了，也是他吐血最多的一次，在医院里住了半个多月才抢救过来。

在这一年的9月13日发生了“九一三林彪事件”，晴空里一声霹雳，人们天天祝福“永远健康”的副统帅，竟然是谋害伟大领袖的罪魁！就好像天使大声地向众生宣布：如来佛祖最忠诚的弟子，一夜之间变成了“刺杀佛陀的元凶”！

人们被惊得目瞪口呆，不要说平民百姓，就是久经沙场的将军们恐怕也难以接受这残酷的现实，据说曾有人闻此当场惊疯，更有人一下便长病不起。

接下来是“全国共诛之，全党共讨之”。新一轮的政治运动疾风暴雨般地袭来，于是没人顾得上再为逼着纪元“退休”的事情光顾我们家了，老天爷“开恩”，又给了父亲生命中一次喘息的机会。

但是父亲的脑子也彻底混乱了，他感到了一阵阵的迷茫。血还是哩哩啦啦地吐着，从这个时候起，十多年的时间他再也没能正经地工作上班，没人去关照他，也听不到组织上的任何“召唤”，完全蜗居在一个被人们遗忘的角落里，直到有一天他正式办理了“离休”手续。

他仰天长叹：自己的政治生命被自己耽误了，是被这恼人的吐血给耽误了……

我不禁想问：在父亲经历的那些个“杜鹃啼血”的岁月里，我们家为什么总是忧郁？总是不安？总是分离？总是身不由己？

40岁以后我认识到，父亲作为家庭的顶梁柱，在当时他方方面面都是弱者。健康状况像一根枯萎的小草，政治面貌似一张揉皱的白纸，生命之中充满了无奈和孤寂。

但无论如何我都会大声地向人夸耀，夸耀我那羸弱不堪的父亲。不知人们是否认同这样一个观点：弱者才是值得夸耀的，因为他们有着异乎寻常的坚忍和执着。

# 第十四章丨今日得闲
## —— 最“不待见”我的那个人走了

### 最后的遗言——关于党旗

久病的人，就像一只熟透了的瓜果，总有一天是要从枝蔓上跌落下来，被摔得七零八落，最后化为一撮净土，回归大地。这是自然规律，这是不以人们意志为转移的事情。

欢庆20世纪90年代的钟声刚刚敲过，父亲的大限之日就快要到了。

元宵节的那天，也就是五十多年前那位“二大爷”和人打赌险些被元宵撑死的日子，父亲用筷子夹着半个元宵，本想给我们再讲一遍这个让人发笑的故事，以缓和一下家里因为他久病而长年过于压抑的气氛。突然，他沉疴骤犯，大口地吐血不止，他忙用手捂住嘴，血就从他的指缝间淌了出来。他异常镇静地看了我一眼，我就什么都明白了。



在医院的急救室里，父亲一直是昏睡不醒，我片刻不离地守在他的身边。

子夜时分他醒过来了，欠起身子，精神头挺好，血也不吐了，让人看了不禁感到高兴，认为这一关他可能又闯过去了。

父亲饶有兴致地跟大夫搭话，指着我说：“这是我的小儿子，在出版社里当编辑……我还有个大儿子，是党员呢。对，还有女儿，他们都很孝顺。”

那大夫就乐呵呵地说：“老白，您好福气！把病养好喽，回家享清福去吧……”

父亲面色红润，眼睛笑得眯成了一条线，他抱拳给大夫作揖说：“谢谢您啦，让您费心了。”

说完了他就躺下身来，对我说有点儿冷，于是我就将被子给他往上拉了拉。

父亲抓着我的手说：“这回病好了以后，你到我的单位去报销的时候，我有个信封你替我交给××，是这些年来在家里学习的‘心得体会’，人离休了，思想不能落后。人家顾不上我，还不兴咱们主动点儿？”

“老爷子，快歇着吧您哪，为这点儿屁事儿您这辈子的苦还少受啦？”我狠狠地说。

父亲伸出一根手指头杵着我的脑门儿说：“浑小子！现在是打不动你了，净胡说八道。你爸爸这辈子最大的心愿，就是在死的时候能盖上面党旗……”然后他又苦笑着说：“盖上党旗，我就不怕死了。”

我打趣地说：“盖着党旗您可就死不了啦，为什么呀？暖和呗！”

父亲就笑了，在微笑中他又睡着了……



## 父亲之死

和以往一样，“大难”即将过去的时候，带来的是无限轻松。我常常想：只要爸爸活着，自己便无欲无求。在医院的楼道里，我来回地踱步，使劲儿伸了个懒腰，算计着哥哥是不是该来换班了。

忽然大夫把我叫过去，轻声地说：“目前不太乐观，你爸爸的情况可不好啊。他现在不吐血了，是因为他已经没有力气吐了，血都憋在胸腔里，看来我们是回天无力了，你得做好思想准备，凌晨可是个鬼门关呀……”

那刚才呢？是回光返照？！

我不禁悲从中来，抱住大夫号啕大哭，记不住说了多少哀求他的话。但我也知道这已经是无济于事了，所以必须冷静，必须临危不乱，这是父亲教给我的。

家人都到齐了，看着昏睡中的父亲，默默流泪，束手无策。那个大夫的话真不是耸人听闻，的确是医学上的经验，凌晨四点左右，父亲的血压和心电图都开始出现异常，大夫们准备做最后的抢救。这时候我成了“一家之主”，便吩咐家人再最后看一眼父亲，就“命令”哥哥、姐姐将母亲搀了出去，余下来的事情我要一个人打点。

不久，父亲的心电图就完全变成了一条直线——他的呼吸停止了。

大夫把一种叫“心率三联”的强心针给他打进去，父亲的心脏在心电图上“抖动”几下，很快就又没有了任何动静。接下来是最后一招，大夫们给他做人工呼吸，我忽然觉得这样做不好，既然父亲的胸腔里都是瘀血，这种“程序”还有什么意义？这不是给他平添痛苦吗？如果他还能有知觉的话。

我把大夫的手拦住了，深深地向他们鞠了个躬，泪流满面地说：“谢谢诸位了，你们已经尽到了职责。请让我父亲安静地走吧……”

主治医生似乎为这种通情达理而感动，他摘下口罩，擦了一把额头上的汗水，然后拍了拍我的肩膀说：“你父亲和你都很坚强，节哀顺变吧，伙计！”



## 今日得闲

按照回族的习俗，父亲是要土葬的。

他被停放在朝阳门外南下坡的“回族殡葬所”里，那入葬前的最后一夜，仍旧是由我来陪伴着他。

说来也奇怪，1990年的初春，有那么几天是大雪纷飞，雪片大得像纸钱似的漫空飞舞，落到地上就迅速化掉了。望着窗外的雪花，我不大相信会有“天人感应”，但确实体验到了“悲天悯人”。

父亲就这么走了？永远不再搭理我了？再也听不到他的声音，哪怕是骂我一句或者是一声让人揪心的咳嗽。父亲生于腊月而卒于正月，才60岁出头，刚好走完了一个人生的甲子。

雪白的布单罩住了他的躯体，按照习俗我要一根一根地为父亲点香，望着袅袅上升的烟柱，我不可遏止地产生了一种“宿命”感，爷儿俩昨天关于“党旗”的谈话，竟然就是父亲留给我的最后遗言，可终究也没能享受到这份他盼望了一生的“殊荣”，想来现实竟是如此残酷，这大概就是“命”吧。



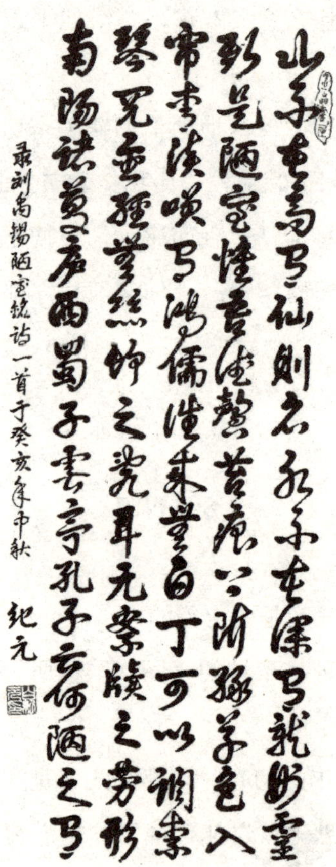


父亲的书法作品

忽然间，我看见灵房里有一块墨绿色的帷帐，那是用来罩在逝者灵柩上的，上边赫然绣着四个金黄色的大字：“今日得闲！”

这四个字让我惊骇不已，这分明是淳朴而又勇敢的穆斯林民众对死亡的豁达见解，甚至是一种赞美，有点儿像藏族同胞在天葬的时候赞美那“应召而来的天的神鹰”一样……

我这时乖命蹇的父亲，您的一生不能说是活得没有价值，但实在太累太累了，今日方才真正落得清闲。

我被这四个大字感动了。

父亲“入土为安”的时候，来了不少的亲戚朋友，墓地周围黑压压一片。

我根本数不清到底有多少人头，只是和哥哥、姐姐一起，不停地向前来为父亲“送行”的人们鞠躬，替我们的父亲向人们道谢。

按照习俗，亡者下葬的时候亲人们是不能哭泣的，人们就轮流着，将一锹一锹纯净的黄土撒向深深的墓穴，呼唤着父亲那已经远去了的灵魂。

就在墓穴即将被填平的时候，大家终于忍不住了，像开闸放水，亲朋好友们顿时哭声四起。这哭声告诉我：从此以后，父亲将永远和我们阴阳两界，天人永诀。



这时在我的脑海里，反反复复地浮现出墨绿色灵帷上的四个大字：“今——日——得——闲”！

# 第三部

# 一切都在不经意之间

## ——关于我自己

# 第一章｜蓝天白云下的七彩童年

## 记忆西山

就在纪元咳着鲜血、拖着病躯、日夜奔波在北京旧宫公社的农村水利改造工程，就在文英挺着大肚子、坐在老式打字机前、为“大跃进”时代繁忙的机要工作汗流浃背的日子里，我出生了，那是1958年流火的7月。

火热的年代、火热的激情、火热的天气搅和在了一起。我妈说，一生下来我就长了满身的痱子。

有人问：应该给这孩子起个什么名字呢？

我爸妈可就费心思了。

按说应该叫“跃进”或“超英”、“赶美”什么的，偏偏姓白的不好这么起名，陈跃进、张超英、王赶美都好，可“白跃进”、“白……”不成，那不是把大家伙儿的功劳就全都给抹杀了吗？唉！这小东西刚生下来就跟“第二个五年计划”不合辙。



父亲纪元指着襁褓中的我说：看来这孩子没有在“大跃进”年代里争先进的福分，生就是块白丁的料儿，既然是天亮时分出生，就叫白明吧，这辈子他能活得明明白白就算不错。

另外，我生下来的时候又瘦又小，说不清像一种什么长着四肢的爬行动物。正好有人送给父亲一个偏方，用蛤蚧泡酒据说专治肺病。于是，我爸又给我起了个“别号”——蛤蚧！说完了，他看都不看“蛤蚧”就甩手走了。

据说这时候我睁开了一只粘满眵目糊的小眼睛，偷着瞥了父亲一眼。

按说名字这玩意儿，不仅仅是个简单的符号，自打被书写进户口本儿里，从某种意义上讲就是这个人具有法律意义的“商标”了。在这“商标”上爹妈要是肯下点子功夫，保不齐日后就能给您家里创造出个品牌儿来呢。

可我爸我妈生活的那个时代，人们不可能有什么“品牌意识”，他们带着某种偏见给我“注册”了这么个平庸的“商标”，于是就注定让我大半辈子，活得是白不呲咧的，还谈得上什么品牌？

每天下午，我母亲这个“超龄团员”都偷着跑回家给我喂奶吃，久而久之就成了不能克服家庭困难的“落后”表现，在入党问题上轻而易举地让别人抢了先。我父亲不干了，两口子心一狠，就把我给扔进了一个街道幼儿园。

那时候的幼儿园可比不了现在，“大跃进”的年代里，一个阿姨带百十个孩子，跟放羊差不多。那个破幼儿园里有个倒霉阿姨，见天儿地把我给捆在床腿上，吃喝拉撒都在眼巴前屁大点儿的一块地界儿，我的俩眼睛哭得跟烂桃似的。幸亏我当时不懂人事儿，要不然，非告她虐待祖国的花骨朵儿不可！

还就仗着姥姥每天接送，看着我那“惨相”，老太太急了，跺着脚说：“没人看我看！”便把我打“虎口”里救了出来。

童年的记忆（左二为作者）

于是，本人这一生的记忆，就从拽着我姥姥的衣襟儿起，一步步地伸展开来……

我们家就住在长安街的边上，姥姥买菜、串门都要带着我。后来可能是因为不方便，不知道从哪儿弄来了一架竹编的破童车，把我往竹车里一搁，再把竹车往马路旁的树干上一绑，老人家就该干吗干吗去了。

嘿，我姥姥个纂儿的！她可真放心，就不怕我被“拍花子”的给拍走喽？

其实您不知道，20世纪50年代的北京，那可真称得上是“黄金时代”，夜不闭户，路不拾遗，人和人的亲和力还特强。我们伟大的党和政府在开国的头十年，用计划经济打造出了一个让所有经历过那段时期的人们“回味无穷”的和谐社会。但也有遗憾，就是家里头的早餐，永远是烤在炉台儿上的那几块红瓤白薯。

姥姥每天带我到长安街的边上玩，哄我看马路上的大汽车，她就一边择菜一边和小脚老太太们聊大天儿。



长安街上的那些刷着红蓝两色油漆、努着大鼻子、“突突”冒着青烟的柴油汽车，老半天才过去一辆，我就没了耐心，倒是趴在破竹车里，每每长街西望，但见蓝天如洗，群山延绵。那山近得，仿佛就在我们家的后院，最多是我住的这条胡同的西口儿。层峦叠嶂，郁郁葱葱，迈腿即往，举手可及。

那雄峰百仞、去天一握的西山，让我的小脑袋里浮想联翩：大汽车开到那儿该怎么走？飞过去？我特别想知道是不是“车到山前必有路”。

我于是就闹着要进山，我姥姥自然是不答应，于是祖孙俩面向西山“对”得楹联一副。

上联是：“姥姥带我去。”

下联是：“望山跑死马。”

正赶上父亲下班，又给了个横批：“歇菜！”

晚上，我钻进姥姥的被窝里，仍旧对“后院”的西山念念不忘，就没完没了地叨唠：“姥哇，您说那山上都有什么呀？”这个满腹经纶的老太太，出口便吟诗一首。

诗曰：“从前有座山，山里有个庙，庙里有个盆儿，盆儿里有个罐儿，罐儿里有个碗儿，碗儿里有个小孩儿讲故事。故事讲的是：从前有座山，山里有个庙，庙里有个盆儿，盆儿里有个罐儿，罐儿里有个碗儿……”于是，我就睡着了。

翘首长街览西山——这是我迄今为止能回忆起的，在我的人生中最久远、最深刻的记忆，它至少可以上溯到1960年以前。

我的记忆既然是从山开始，也算是有“山缘”了，一位朋友曾掰着手指头“算”，让我在一张白纸上随便画点儿什么，我就顺手画了座高山，于是他就撇着大嘴说我是“土命”。

我认了。土能生金，土养万物，咱何乐而不为？



我在成人后游历了不少名川大山，拜谒了许多古刹禅庙，尤其是在喜欢上了收藏古代陶瓷以后，没事儿就能想起我姥姥说的庙里那些“盆儿了罐儿的”，只是一件也没有“捞着”，却满眼是破塑料袋儿和垃圾，好不令人扫兴。

## 幼儿园里的“幺蛾子”

1960年以后，我被送进了“国家民委幼儿园”，境况就大大地改观了，那可是一个“五十多个民族五十多枝花”的欢乐大本营。20世纪60年代初，我们国家好像还没有最后确定是五十六个民族。幼儿园是一座灰色的二层小楼，和民族饭店一南一北地隔着长安街，斜么茬儿地打了个“照面儿”。

晚上趴在窗台上，能看见民族宫的霓虹灯，这西长安街在入夜前唯一的、短暂的缤纷，总是让我产生一种莫名的激动。每晚电报大楼的钟声还没敲完，孩子就都进入了各自的梦乡。在这里，我慢慢地就不想家了，甚至不想我姥姥了。

大约在上幼儿园中班的时候，我那爱出"幺蛾子"的禀性便开始显露出来，成了班里最淘气的"孩子头儿"。

有一天中午下大雨，我光着脚偷跑出去蹚水，蹚了两脚的稀泥，上床以后觉得这脏脚丫子没地儿放，一抬腿往墙上一踹，"吧唧"白墙上就是一个黑脚印。坏了！这黑脚印怎么擦也擦不掉，只好用手捂着。

午睡的时候管生活的阿姨要来查房，给小朋友盖被子。她看见我有一只胳臂露在外边，手还贴着墙，就命令："躺好喽！"我佯睡不语。阿姨过来把胳臂拽开，一眼看见墙上的黑脚印，就将我从被窝里提溜出来，这才发现那两脚的黑泥。阿姨的火可就大啦，抡开巴掌就在我的屁股上招呼。

她一边打一边骂："小白明呀，你可是坏死了！这脚脏了可以洗，墙 193
脏了怎么洗？你还挺聪明，知道用手捂着，捂得了今天捂得了明天吗？"

这会儿又进来了几位阿姨，一起查看"现场"，她们惊讶地看着我说："哎哟喂！你看这孩子坏得嘿，这不是掩耳盗铃吗？"说着话就肆无忌惮地打我的屁股。

"掩——耳——盗——铃"，在一顿结实的巴掌下，我牢牢地记住了这四个字。日后，我特爱拿这句成语"批判"别人，把别人给数落急了，人家就问："你丫干吗跟这四个字儿那么亲呀？"我心里说了：咳，这种事儿干过呗！

更有甚者，我在地上捡了个没头的破铅笔，发觉蘸着煤末子可以在台阶上画画儿，用煤末子当绘画的原料，那可是太便宜啦，锅炉房里有的是。于是我就号召小朋友们往裤兜里装煤末子，每人都装得满满当当的，再撅一节树棍儿，蘸着煤末子逮哪儿画哪儿。

到了晚上睡觉的时候，大家把这茬儿都忘了，脱了裤子就上床，照例管生活的阿姨要给我们叠衣服，提溜着裤脚一抖搂，“哗——哗——”天女不散花，改撒煤末子了，满屋子黑尘滚滚。气得阿姨扯着嗓子大叫：“都给我爬起来！这是谁教你们干的？”

小朋友们就异口同声：“白——明——白——明。”

我被“押解”到园长室，这回阿姨没抡巴掌，妈的改用手拧了。敢情这“拧”比“打”还厉害，疼得我吱哇乱叫，赶紧认错坦白。阿姨一边掐一边问：“还出不出‘幺蛾子’了？”

在幼儿园生活的那几年，我没少挨打，20世纪五六十年代，当阿姨的急眼了“呱嗒”孩子几下不算什么，没人特别在意。另外，严师出“高徒”，记得在幼儿园里学到的东西，让我的小学一年级上得就特别顺利。

专喜欢出“幺蛾子”的白家小三儿——作者的儿童时期

记得刚上小学的头一天，老师在黑板上画了十只小鸟，对下面的学生们说：“树上有十只小鸟，被猎人打下来三只，还剩几只？”说着话就用板擦擦掉三只小鸟。

一个撅着歪辫儿的女孩子举手起立说：“老师，还剩下七只。”

“好，你回答对了，你就做我们班上的学习委员！”老师高兴地说。

我扑哧一下子就乐了，老师问笑什么。我说：“她回答得不对，树上没有小鸟了，都给吓跑啦。”

老师也笑了，用教鞭敲打着我的课桌说：“大家在讲算术，没讲故事。你个小不点儿的，挺会出‘幺蛾子’！”

其实这算什么呀？幼儿园里学的玩意儿多了，随便抖搂抖搂都能混他个“师长”、“旅长”的干干，我只是不稀罕表现罢了。

可有一样我到今儿个也没整明白，四十年前在幼儿园里学到的那段低智商的关于“打鸟”的贫嘴笑话，怎么就成了今天这跨时代的，而且是特别时髦的“脑筋急转弯儿”了？看来历史还真有倒着走的时候。



## 老城墙与护城河

我的小学是在北京西城的一所小学上的，而那“一年级的小豆包儿，一打一蹦高儿”的日子，又是在这所学校的“分校”里度过的。

分校位于北京城西边的老城墙根儿，现在想起来，那应该是一个不大的“文昌庙”，主殿早已坍塌，东西配殿被用作教室，好像只有两个班的学生。这个分校里没有操场，教室的门外，靠着墙根儿放着一个“文昌君”的石头坐像。

每逢下课，学生们总跟这个石头祖宗过意不去，围着它上蹿下跳，不是“扒肩头拢二臂”举着树杈拿它当鬼打，就是顺着它的脖子往下出溜，当滑梯玩儿。应该说这是个有点儿年份的文物，只是我眼见着它在“文化大革命”初期就被砸毁了。

这“文昌君”被刻凿得面目呆板，鼻直口方，那“长相”酷似小学校里看门的老头儿。看门老头儿是大家喜欢又不喜欢的人，喜欢他是因为每隔四十五分钟他就举着个铃铛，围小庙摇上一圈儿，冲着两个教室喊：“下课啦！”不喜欢是因为还没等撒完一泡尿的工夫，他又摇起那破铃铛：“上课喽！”

天蓝蓝，水清清，我的童年是一幅画……

这种描述即便很落俗套，但我还是情不自禁地想这样去写。现在电视台上那漂亮的天气预报女主持人，偶尔满脸堆笑地说上一句：“今天的气象指数是优，我们可以享受蓝天白云带来的大自然的温馨……”每逢此时，我就总有些牵强之感，说实在的，20世纪80年代以后，我就没怎么见过老天爷正经“开眼”。即便赶上个雨过天晴什么的，那好像还算不上是真正的蓝天，和儿时见到的“天的色谱”比起来差距尚大。



因为记忆中的天，实在是太蓝太蓝了！

课堂上学生们大声地朗读：“一只乌鸦口渴了……”我就忍不住偷眼向外观望，透过小庙的破窗户，先看到的是一段高高的城墙，城墙上芳草萋萋，背后是无尽的蓝天。白得像丝绵一样的云彩从城墙的头顶上飘过，那残破的城墙就活了。

间或有一两个“野孩子”在墙头儿上走来走去，手里举着粘蜻蜓用的竹竿，一声口哨响过后就都不见了踪影……

我在想：什么时候我也能约上几个伙伴去爬城墙，痛痛快快地当他一回“野孩子”？在蓝天白云下大声地呼喊，粘蜻蜓、逮蚂蚱，然后凑到一起，冲着城墙角下的文昌小庙撒泡尿，给他们来个“东边日出西边雨”……

“乓”！突然有一个小粉笔头儿打中我的脑门，这是语文老师提醒不专心听讲学生的“绝招”。

“啪”！脸上又着实挨了一巴掌，这是看了老师在作业本上写的“精力不集中，上课时思想开小差”的批语后，我爸抡圆了给我的那一个耳贴子。

对于“水清清”的记忆就更深刻了。

那城墙的外边是什么？是护城河呀。每逢盛夏，清清的河水“哗啦啦”地一路向南流淌，两岸是依依垂柳，不时地将自己那碧绿的发丝沁入河中，任凭洗涤。

某年我造访古城西安的时候，有一位考古界的朋友拍着胸脯道：“我们这里曾经是‘八水绕长安’！”

“您见过吗？”我问他。

朋友挠着腮帮子无奈地说：“没有。”

“北京当年到底有几水我说不清，但至少我见到过‘一水走日下’。”

这年月，水是个特敏感的话题。我正经让咱北京城在那个位于中州的六朝古都面前牛×了一回。 

我所说的这“一水”，指的就是当年被我们这些野小子称为“大河”的京师护城河。

对护城河的记忆，不仅仅是因为它的美丽，更是因为它的惊险神奇和十足的“野趣”，这里是当年我们游泳的最好地界儿。那会儿的孩子哪有游泳裤什么的呀，脱光衣服往石头缝儿里一塞，一边拍着屁股向北跑一边唱自己“编”的歌谣：

“嘿！嘿！我是工人老大哥，挣钱挣得多，买了一辆摩托车，骑着满街跑。你是农民老大嫂，挣钱挣得少，买了一件破皮袄，没穿就坏了（liǎo）……”

“我是司令官，我捡了一块砖。你是司令部，你买了一块布。做了个小裤衩儿，露着个小屁眼儿……”

我们就这样跑上几百米，然后跳入河中，轻舒两臂，顺流而下。游到了先前藏衣服的地方，爬上岸来再向北跑，依次往复。整个是“裸奔”加“裸泳”，好不快哉。

有一天我和班上的几个淘小子，中午偷着跑到护城河里游泳，结果藏在石头缝儿里的衣服被放羊的孩子给偷了，哥儿几个一上岸就傻了眼，那是“叫天天不应，叫地地不灵”。没辙，光着屁股往回走吧！

倒还算是有主意，我们在附近的农家院里撅了几枝蓖麻叶，后面捂着腚沟子，前边遮住裆，一路哭哭咧咧地向学校走来，又在大家的指点和嬉笑中稀稀溜溜向各自的住家走去。

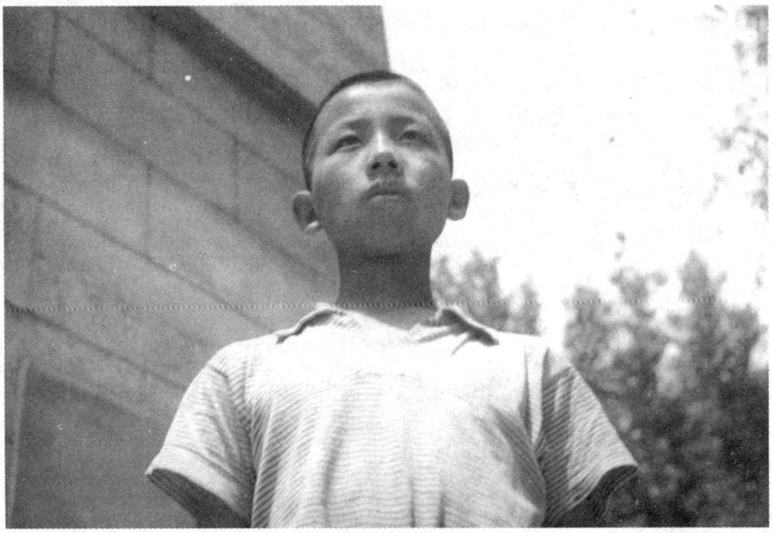

尕小子



这次倒霉的游戏，让我“受了极大刺激”。从小我就自尊心特强，结果这天竟在全校的男女师生面前光着屁股“游”了回“街”，把我给臊得呀，撞死的心都有！于是那护城河里的“野泳”我是不敢再游了，对碧绿的河水一时也憎而远之。

以至于几十年后的一次“再聚首”，有人举着酒杯冲我嚷嚷：“白明，甭在我们面前装大个儿的！忘了你们哥儿几个当年光着屁股从护城河里跑出来，给我们大家伙儿演了一回‘毛片儿’啦？”

在场的人们都：“！……？……！”

嘿，这事儿他们竟然比我记得还清楚。然而，谁能真正有意识地去想一想，在不经意之间，这条几百年来一直流淌在各个时代孩子们心中的爱河，竟然就“蒸发”了！思念它的时候，只能到最深的那一层梦境里去追忆。

可不是，年前我做了个“怪梦”，梦见三环路变成了一条宽宽的护城河，水流湍急，河边尽是些怪异的鹅卵石。我伸手想探探水流，忽见身后有位摆杂货摊儿的老者，操着四川口音说：“小伙子，不能下去，水可是很深呢！”

我一瞧：“哟！这不是我们编辑室的主任老李吗？怎么跑这儿卖烟卷儿来了？”

这梦看似荒唐，其实却并非偶然，定是我对儿时那条河水的遥远记忆在发送“生理电波”……我便把此梦告诉先前给我“算”过，说我是“土命”的那个哥们儿。



他便又撇着嘴说：“这就对啦，您不光是土命，而且还‘五行缺水’！必须在有水的地方才可以发达。”

真他妈扯淡！凭什么就我“五行缺水”？难道就我一个人喜欢对那流淌了好几百年的护城河“发古人之幽思”？

## 京华旧梦

小的时候常听老人讲“燕京八景”，知道那是乾隆皇帝钦定的，据说当时的老百姓嫌不过瘾，在民间又折腾出了个“外二景”来，为天子脚下的这座神圣都城添油加醋。

一曰“西便群羊”，一曰“银锭观山”。

那“西便群羊”则就又与护城河有关了。它说的是当年刘伯温修建北京城的时候，曾偷偷去请鲁班爷，鲁班爷就派他的俩徒弟帮忙。大徒弟运木料，二徒弟运石材，哥儿俩来了个比、学、赶、帮、超。二徒弟使的是“旱地移物法”，将石材变作羊群赶着走，可有一样，必须是昼伏夜行。眼看老二胜券在握了，那大徒弟就使了个坏，趴在西便门的城楼上“哏儿——哏儿——”学鸡叫。结果是“一唱雄鸡天下白”，远近的报晓鸡都跟着叫，老二的羊群顷刻间便现了原形，化作石头“定”在了西便门前护城河西岸的萋萋绿草之间，这就是“西便群羊”的故事。

No 10. Crowd of Camels in Peking. 北京城壁

老北京的城墙

我小的时候在这一带逮过蝈蝈，但见落日余晖之下，还真有点儿“风吹草低见牛羊”的味道。

后来西便门被拆了，护城河被填了，那些曾变作羊群的石头连同人们对这里的往日记忆，也都被花样不断翻新的岁月给抹平了。而今的这里，好像只留下了突兀在车水马龙之间的一段残墙，再寻下去大概就是“滨河路”那个带着点儿旧京记忆的上下车道。

不翻翻《天府广记》之类的古籍经典，您真就不知道，在这个专门爱堵车的交通要隘上，当年还有过一个类似“木鱼石传说”的动人故事。

至于所谓“银锭观山”就更甭提了，提起就让我生气。

那银锭桥本来是后海茫茫水畔的小桥一座，利索点儿的人三步并两步就迈过去了，可偏偏在此凭栏西顾，但见山色如黛，真乃一幅大写意，的确是个观山的好去处。古人造园很讲究“借景”，这“银锭观山”便是一个突出的范例。

还得感谢我那慈爱的姥姥，她曾在我儿时带着我到这里吃菱角、买莲子，并又一次给我讲起了西山的故事。 

趴在银锭桥的石栏上看西山，和以前趴在破竹车里看西山，我忽然发觉西山都是一样的清晰，方才认定那西山的确不在我们家的“后院儿”，或者是我们住的那条胡同的“西口儿”。姥姥说对了：“望山跑死马！”就在那一刻，我忽悠地一下子觉着自己长高了一骨节。

其实古人也是没事儿吃饱了撑的，哪儿观山不成呀？非得在这儿“银锭观山”，弄得现在一来到这儿就思念“我个姥姥的”！凭栏西望更是什么山也看不见了，于是就把气都撒在对面那个某某某医院的白色大楼上。

然而，拆了那座楼你就能看见山啦？再说救死扶伤远比闲情逸致重要得多！我必须对自己的狭隘不断地进行批判，否则，像我这样喜欢抱残守缺的人，怎么能够安稳地生活在今天，这令人眼花缭乱的IT时代？

仅仅用了几十年的光景，北京城已经不以人们的意志为转移地完成了从“平面”城市向“空间”城市的过渡。然而让人始料不及的是：自己从向往高楼大厦、霓虹闪烁，到怀念西山白云、胡同小巷竟如此之仓促，说不清哪一类空间才适合我的生活，在哪一类空间生活的我才是真正的“我”。

据传在旧时的戏园子里，凡上演《借东风》这类“说古”戏的时候，戏台的两厢常挂着这么一副对子：“想当年那段情由未必如此，看今日这般光景或者是真。”

这不就结啦，孰真孰假其实已经没什么意义了。

人们常说，40岁以上的人已经很少再有感动，但却颇多感慨。那么我所“感慨”的是：总遏止不了儿时的记忆，它们总是潜伏在黎明前最隐秘的梦境里并偷着跑出来作祟。醒了以后让人就有那么几分钟的恍恍惚惚、是我非我，就有那么一丁点儿“庄生梦蝶”的意思。

我中记忆的“毒”太深了，而且还打小儿一眼就看中了西山，于是就请来一位画家朋友喝酒，那酒喝到耳赤面红的时候我便耳提面命，令他为我作一幅意境为“胡同与远山”的油画，以期让人能随时徜徉在梦幻与现实之间。



朋友便欣然从命了。

可是，这位一向都觉着自己是“独孤求拜”的大画家，到了今儿个，丫他妈也没能给我画出来……

## 粉丝儿炒白菜

城墙的外边是护城河，护城河的外边是一片片的麦田、菜地。不知是在哪一块地界儿，竖着根电线杆子，上面绑着个高音喇叭，每到放学之时，那喇叭里就播放歌曲。歌声飘飘悠悠，忽远忽近，它从田野出发，飘过小河，翻越城墙，在“文昌小庙”里转悠了一圈，就停在我的耳畔，然后伴着我回家。

那首在当时被称作“第二届全运会团体操”的背景歌曲，歌中唱道：“麦浪滚滚——闪金光，棉田一片白茫茫。丰收的喜讯到处传，社员人人心欢畅——心欢畅……”记得这是个仲秋季节，头顶上是湛蓝如洗的天空，一抹日落前的余晖洒在胡同里，给家家户户的屋顶上都镀了层黄金，要不怎么经历过胡同生活的人都说，那是一段“流金岁月”呢。



进得家门，正赶上我妈端上来一盘粉丝儿炒白菜，香喷喷的让人胃口大开，特别下饭。于是四十年来我便落下个毛病，一看见炒白菜，就想起了老北京的小胡同和那首悠扬的歌。反过来说，一听到那首歌曲，就想起小胡同和炒白菜。有几回因为肚子里“油水太多”而胃口全无的时候，就想吃小胡同里的那碟子炒白菜。

在那只有炒白菜吃的日子里，打死我也想象不出来，日后会有品奶酪害怕“疯牛病”、啃鸡腿担心“禽流感”的这么一天……

然而，当这口儿“记忆”被端上餐桌时，却觉着一点儿都不是味儿了。

饭馆里的领班则小心翼翼地介绍说：“先生哎，咱们这炒白菜的口味可是非同一般呢。精工细做不说，用的是引进的奶油白菜，而且全都是菜心儿，下了七八种的作料……”我摆摆手拦住了他的“清谈”，觉得他挺累也挺烦人。

其实我知道自己想要的口味是什么：切几段儿记忆，撒一把亲情，点两滴哀怨的“胡同情结”。

有人说，口味是文化的记忆，也是记忆的文化。这话讲得真好，只是一般人读起来有点儿费解。

咳！——自己都整不出来的玩意儿，干吗要去难为一位饭馆跑堂的呢？也罢！

北京的胡同，我是生于斯长于斯。

我小的时候胡同里还有拉车卖菜的，每日的清晨，菜车从胡同的西口儿向东口儿叫卖，我便在各种新鲜蔬菜的叫卖声中起床，背起小书包朝学校走去。

开始家里大人还让我哥送我几步，后来这位“白二爷”就撂挑子不干了，趴在我耳朵边上给我出了个傻主意。他让我一路摸着墙走，因为不需要过马路，所以甭管胡同是怎么样的曲里拐弯儿，只要手别离开墙我就准能摸到学校。这主意傻是傻了点儿，可却万无一失，我上下学就从没有走丢过。



可是时候一长就坏了菜，习惯成自然！都已经是半大小子，却依旧要摸着墙绕着胡同走，原本十分钟的放学之路，我能磨蹭半个多小时。

有几回我爸叉着腰站在胡同口儿“憋我”，说人家的孩子老早就放学回家了，小兔崽子你到哪儿疯去啦？我十分委屈地说：“我哪儿也没去，一放学就摸着墙回来了……”我爸照着我后脑瓢就是一巴掌，骂道：“你缺心眼儿吧？！”

其实我这还真不算缺心眼儿，正是因为我爱摸着墙走道儿，所以谁家的门上刻着“家吉徵祥瑞，居安享太平”，谁家的门上又刻着“忠厚传家久，诗书继世长”，还有就是哪条胡同的门墩儿多，哪条胡同里的磨盘多，我到了今天仍旧是印象特别深刻。

这就是小胡同儿最初给我留下的，令人极为惬意的视觉、味觉和触觉的美好记忆。

从胡同走出的童年（右二为作者）



## 独门独院

我的出生之地，是一个独门小院儿，在西城某条胡同的正中间儿，那还是当年爷爷白梦璋为他的儿子白纪元留下来的“老宅”。

在前文曾提到过，记忆中的这所“老宅”，总有那么几分的阴森和恐怖。尤其是那西厢房里的墙上，挂着我爷爷和奶奶的相片。

爷爷是面目清癯消瘦，白髯垂胸。顺着他陡峭的肩膀往下想，他的两只手一定跟干柴似的，而且青筋暴露。那长长的指甲是专门用来掐半夜三更不好好睡觉、不听大人话的孩子的——比如我。

奶奶倒是胖乎乎，只是那头发被梳得是油光瓦亮，贴在了头皮上，老气横秋的，这大概就是民国时期“少女”们的审美观。白三奶奶是双眼皮儿大眼睛，但眼神却暗含凶狠，似乎能看透我的五脏六腑。一接触到她的“目光”，我就情不自禁地想坦白一些事情，譬如曾在舅爷爷的雨靴里偷着放过一枚按钉……

奶奶的！您活着的时候，一定是尊“会喘气儿的门神”。

小的时候我还有个坏毛病，叫“人来疯”。只要大姑、二姑、表哥、表姐们一来我就上蹿下跳，吆三喝四地撒了欢儿。我妈拧我爸吼都镇压不住，于是大姑白继珍说：“把他给锁进厢房里，让爷爷奶奶管他去！”我立刻就变老实了。

对那间永远是窗帘紧掩、昏昏暗暗的西厢房，我很想找一个阳光充足的日子，把那门和窗帘都给丫打开，让爷爷奶奶赶紧“走人”，该去哪儿去哪，就是别再“缠”着我！可一直以来，我哪里有如此的胆量？



靠近院子的南墙还有一棵核桃树，是在我四五岁时种下的，前些时候这里闹拆迁，我才有工夫光顾一下当年我的这处“白三爷故居”。但见那核桃树遮阳蔽日，竟给小院子支起了一架绿色的“天棚”。据说每到秋季，树上便果实累累，可论百斤计。只是自“文化大革命”时期起，我们家作为“房产主”被轰出这座老宅以后，我是一个核桃皮儿也未再尝到过。

## “二饼”其人

生活在这个独门独院里，更加深了父亲那孤僻、多疑的性格，为了保持“革命干部家庭的优越性”，杜绝胡同里其他小门小户市井阶层的“干扰”，他便明令我们在家“闭关锁国”，与邻居家的孩子即便是“鸡犬之声相闻”，也要打死不能往来！

他制定了这么条“国策”，恐怕跟我们家那该死的、见不得光的西厢房里的“秘密”有关。

隔壁院子里住着一户陈姓人家儿，陈家有位年轻的先生，是个老大学生，人品极好，学问一流。只可惜他身染肺疾，生得一副细高挑儿的瘦弱身材，跟我们家那病爹好有一拼，只是眼镜的度数比父亲的还要深，远看他的两只眼睛，像是遮着一对儿放大了的麻将牌里的二饼，因此在这条胡同里的外号就叫“二饼”。

陈家在这里也是个家境殷实的大户，据说还是印度尼西亚华侨，陈先生是这家最小的儿子，因受肺疾的困扰常年独身一人，未曾婚娶。

这二饼是个聪明绝顶的人，一天到晚总爱鼓捣收音机，那时候叫“电子管儿话匣子”，同时，还特别喜欢帮助大一点儿的孩子做“矿石收音机”。为这事，把我哥给馋的，哈喇子二尺多长，没事儿就抻着耳朵往隔壁院子里扫听。



这事儿让我爸知道了以后，对我们就吹胡子瞪眼地说：不准跟那家人往来，谁知道他二饼是在鼓捣话匣子呢，还是在偷听敌台或者给台湾省“发报”呢？

二饼的侄子，也就是陈家的长孙，我现在还记得他的名字叫建平，是我的小学同学，我们哥儿俩脾气特对劲儿，好得穿一条裤子都嫌肥。于是，我就第一个开始偷着往陈家跑，没事听二饼老叔讲故事。

二饼鼓捣的话匣子里，时常播放出动人的歌曲，我记忆挺深刻的一曲是：“毛主席的书我最爱读，千遍那个万遍哟下功夫。深刻的道理我细心领会，只觉得心眼儿里头热乎乎。哎——好像那，旱地里下了一场及时雨呀，小苗儿挂满了露水珠哇……”

这歌曲常常是在每日的上午播出，那时候的小胡同，是非常静谧的，谁家话匣子里的音乐声稍微大一点儿，就能让六门八户的人一起享受。

二饼就教我和建平以及建平的弟弟建安唱这支歌曲，学会了以后，我又第一个打破我爸那“闭关锁国”的禁令，把建平他们带进了我的家门。

我偷着把建平带到家里的头一天，就告诉他我们家的西厢房里有“白毛儿鬼”，你敢进去吗？建平说：“怎么不敢！”就捏着拳头往里闯。可刚一探头，见里边黑乎乎的，就又退了回来。

于是，哥儿俩一商量，找来了“崩弓子”，喊着“一……二……三！”冲了进去。进了屋我们就对着爷爷奶奶的相片一通“射击”，愣把相片的玻璃框给崩碎了。

晚上我爸回来后问我：“为什么要‘崩’爷爷奶奶？”

“怕他们半夜出来掐死我！”我说。

我爸就揪着我的耳朵骂：“我先掐死你吧，小兔崽子。你这叫欺祖！”

我妈跑过来拦住他说：“这能怪孩子吗？谁让你们总是用老家儿的相片吓唬人来着？”于是，夫妻俩就先打起来了，但谁也不知道这事是我和建平一起干的。



## “篡改”革命歌曲

真是有朋“自远方来”不亦乐乎。

自打建平哥儿俩走进这个独门独院以后，给我们带来了无限的欢乐，他们和我姐、我哥加上我一起玩儿藏闷儿、玩儿逮人儿，今天你和我好，明天我跟他玩儿，香仨臭俩的事情经常发生，但总的来说关系是越玩儿越铁。

一般情况下，在我爸下班之前这哥儿俩就必须得“颠儿鸭子”。算来也是“百日串门无事故”，于是大家就放松了警惕，就大撒巴掌了。

有一回我们哥儿俩和建平哥儿俩在我家的小院子里，唱起了建平他

“二饼叔”教给我们的那首歌曲，唱着唱着就走板儿了，把“及时雨”拉长了声儿唱成“鸡——屎——雨”，把“心眼儿里头热乎乎”给改作“屁眼儿里头热乎乎”。

谁想到我爸这天下班早，那破自行车的轱辘一撞街门，我们方才发现情况不妙。就在开门的一瞬间，在我爸的呵斥声中，建平哥儿俩跟耗子似的“哧溜”就钻跑了。这下子我家可热闹啦，我爸说：你们这是在篡改革命歌曲呀！胆子忒大，不打不足以接受教训。

我爸就在家里开展了“镇压小反革命运动”。这事儿发生在“文化大革命”前夕，我还太小，不属于被“镇压”的对象，倒是我哥被打得满屋子瞎跑，吱哇乱叫。

傍晚时分听见有人敲门，打开街门一瞧，哟嗬！是二饼。我心想这下可坏啦，是不是人家找我爸打架来啦？只见二饼那瘦高的身影晃来晃去，跟个弯钩儿大虾米似的，我爸则挺起了一个革命者的胸脯，挡住了来人的路。



借着昏暗的灯光看上去，嘿，您瞧这俩人咋那么像：都是“四眼儿大花猫”，都是瘦骨嶙峋，都是面带菜色，就像扑克牌里的两张J在互相对峙。

这时二饼从兜里掏出了个精巧的“内画烟壶”，他跟我爸说：“对不起白先生，这是我们家那个小不点儿建安在贵府厢房里捡到的，我以为此物不该是‘捡’的。孩子不懂事，顺手拿去玩了，您别见怪。我现在给您送回来，好在没伤着它的彩头……”然后他把嘴凑到我爸的耳边说：“大哥，这物件的确是叶仲三的作品，实在难得！”我爸吃惊地看着二饼又看看我，我的心就快从嗓子眼儿里蹦出来了。

原以为这“两个阶级阵营”的人得打起来呢，结果工夫不大，双方干戈化玉帛，而且这“阶级敌人”还被请进了厢房密室，什么“青花加紫”，什么“珐琅彩”啦，净说些别人听不明白的术语。从此二饼成了我们家几乎每天晚上都登堂入室的“上客”，夜半都不肯离去。咦，难道他们就不怕我爷爷奶奶“掐”他们？

二饼的到来自然是让我高兴得不得了，但兴奋之余却也十分纳闷儿，无论如何也没闹明白，您说这对“肺痨”他们怎么这么快就化敌为友了？一钻进那几间黑屋子里就有说不完的话。

## 儿时玩伴

建平，是我一生中永远都不会忘怀的儿时玩伴，尽管我们相处的时间甚为短暂，但却有着抹不掉的“135”黑白照片时期的友谊。

自打二饼到我爸这儿“投诚”了以后，建平哥儿俩就跟我们哥儿俩成一个“炮楼”的了。论玩打仗，他不是司令就是军长，我不是军长就是司令。论玩烟盒（也叫“拍三角”），他的技艺比我高，再说他们家是华侨，烟盒的花样也多，少不得让我赚点儿小便宜。论玩弹球，他却不如我，可他们家有一副用弹球做的“跳棋”，五颜六色的煞是让人看着眼儿热。



建平很大方，可能他的骨子里有南洋商的“范儿”，我“秘”他几张烟盒，“顺”他几个弹球，他从来也没计较过，往往倒是我先不好意思了。

建平还有一项特别喜好的技艺——放风筝。

那时候他常偷着把家里夏天用的竹门帘上的竹篾给抽出来，点上一根蜡烛，在蜡烛的烘烤下将竹篾弯成各种形状，于是做出来的风筝有三角儿的，有方块儿的。他叔叔二饼的手更巧，三下两下又给他做出个“线框子”，建平再从他妈那儿偷一团缝被子用的“丝光线”，得嘞！一只风筝就跟长了眼睛似的，专往云彩里钻。我就跟屁虫一样跟着他跑，起飞的时候我得举着那风筝，从胡同的东口儿跑到西口儿，又从西口儿跑到东口儿，甘心情愿当“副驾驶”。

有一天建平新做了只风筝，约我一起试飞。偏巧我妈那天值班，我便跑到她们机关大院儿里“疯”去了，建平只得自己一个人“放单飞”。

那天的半夜，据说隔壁院子里是人声鼎沸，我因为白天玩累了，睡得跟死猪似的推都推不醒。可第二天一大早，却传过来一个五雷轰顶的噩耗：建平昨天放风筝时，从胡同的墙头上摔下来，摔死了！

记得当时我坐在床上惊得是张着大嘴说不出话来。

我姐就在一旁念叨：如果你不到机关大院儿里玩，跟他一起放风筝去，他还会摔死吗？

如果……如果……我简直不敢再往下听了。

我爸抽着烟，一声声地叹息，我妈则一分钟都不带耽搁地就把我所有的风筝都给扯烂了。

几天以后，二饼带着建平的弟弟建安来到我们家，他一边擦眼泪一边对我说：“往后别再跟淘气的建平学，蹬梯爬高地放风筝那多悬呀，咱就玩弹球吧。”



说完让建安拿出来一口袋的弹球，正是那些五颜六色的“跳棋子儿”。

我搂住建安哇哇大哭，人生中我第一次为朋友流泪。少年的眼泪真挚而又纯洁，那泪水纯得流进了嘴里，都尝不出咸味来，这一年我刚好7岁。

在那个失掉了挚友的时节，我经常是半夜里一觉醒来，感觉到自己又孤独又害怕。孤独的是，最好的玩伴从此离我而去；害怕的是，建平该不会也跟我爷爷奶奶似的，躲在西厢房的某个阴暗角落里不出来，专等着夜深人静，我实在憋不住尿一个人上茅房的时候，他才抽不冷地从后边叫我一声……

距今四十年矣，这同样是胡同给我留下的记忆。却不知建平老弟在天国安否？

## 玲妹的歌声

我小时候的大街上，看不见车水马龙，四周也没有高大建筑。放眼望去，唯独民族文化宫的绿顶子，算是西单一带的“制高点”了。静谧的胡同里，尤其是在夏日的午后，你可以听见别人家藤萝架下蝈蝈的叫声，或者是一群鸽子在屋顶上翱翔，留下忽远忽近的哨音。

顽童们是从不午睡的，即便被姥姥按在床上，也很难真正睡着。然而搅和我午睡的不是人家蝈蝈的叫声或头顶上飞过的哨鸽，而是邻居院落里的一群小丫头片子，她们总喜欢大中午的在家门口跳皮筋儿，叽叽喳喳地叫：

“小皮球儿，香蕉梨，马莲儿开花二十一。二八二五六，二八二五七，二八二九三十一……”



这十三不靠、互不搭界的口诀，在她们嘴里反反复复地念叨，实在是让我觉着“烦死人啦”。就像现在的某天中午，您家的窗根儿底下有一辆小卡车，用电子发声器没完没了地提醒：“请注意——倒车！请注意——倒车！……”那一准儿得让你起急，让你抓耳挠腮的，撞墙的心都有。

女孩子们的“皮筋儿谣”，大概就是我能记忆起的、胡同里最讨厌的聒噪之一。

然而，事情总也有例外。

赶上那么一天，在一个没有女孩子跳皮筋的中午，我还真就睡着了，睡得是甜甜美美、昏天黑地。其实让我铭记了大半辈子的，并不是那天的午睡怎样香甜，而是被一曲比睡眠还要香甜的歌声唤醒了。

唱歌的人是典型的“后院儿女孩”，小名叫玲妹。也就是我先前说的上小学的头一天，因为正确地回答了老师关于“树上有十只小鸟”的问题后，被指定当了“学习委员”的那个梳着歪辫儿的小丫头片子。可如今她已然做了我们班上的头把交椅——班长。

玲妹所唱歌曲的名字叫《日本孩子想念毛主席》，歌中唱道：“天上的白云呀，你停一下，停一下，请给毛主席捎句知心话。隔千山隔万水，日本孩子日日夜夜想念他……”

对于音乐，我还没有那么深的感悟，其实令我诧异的是：这支歌把玲妹唱美了，玲妹也把这支歌唱绝了。玲妹的漂亮，怎么以前就从来没注意过呢？于是，我的内心深处莫名其妙地产生了一种不安，生理上居然还有了一点点儿“反应”。

回想起来，这可能是我人生中最原始、最蒙昧的躁动。然而值得称赞的是，这一切居然是因为倾听了那首颂扬“全世界无产阶级大团结”的歌曲才产生的，因此，从某个角度来看，我的这种“躁动”是具有一定“国际意义”的。

陈家的二饼率先敲开了我们那孤家寡人的“国门”以后，我爸就变得越来越开通，并义无反顾地带领我们加入了这条胡同里的“WTO”，于是孤独的小院从此不再寂寞。



玲妹建议在我们家设立“学习小组”，我是一百二十个乐意。自打倾听了玲妹唱的那首“准日本歌曲”之后，我便总也忍不住观察她的一举一动，越发地想入非非，不知玲妹是否也在注意我。

我曾偷出藏在我们家西厢房里的一串漂亮的珊瑚珠子（此物或许应该是清代官员佩戴的朝珠）送给玲妹，玲妹就还送我几张她收藏的糖纸，花花绿绿的，仿佛带着她身体的芳香。我小心翼翼地把它们夹在书本里。

其实我并不喜欢糖纸这类女孩子的小气玩意儿，“爱屋及乌”罢了。

但做完这“赔本”的买卖之后，玲妹仍旧是那个专喜欢“向家长告状”的角色，每每在我爸对我的训斥中，她在一旁发出银铃般的笑声。这个小没良心的，我想恨她但又恨不起来。日后才明白，这就是所谓“剃头挑子一头儿热”的单相思所带来的烦恼。大概是属于《少年维特之烦恼》。

“躁动期”的多情少年



党的“九大”召开之时，学校组织庆祝游行，玲妹属于擅长载歌载舞的文艺尖子，结果发生了一点儿不幸，她那双美丽的大眼睛差点儿被“二踢脚”给崩瞎，所幸救治及时，未成大碍，这事儿曾令我好生地怜香惜玉。不久她家就搬走了。从此天各一方，杳无音信。

玲妹一家人搬走了以后，一段时间内害得我净做怪梦，当然那些梦的细节都是“不可告人”的。看来这梦不仅预示着我即将进入青春期，也多少让我开始体验到了什么叫“复杂”或者“阴暗”。

有一次几个朋友在谈话之时，忽然提到了“玲妹”这么个名字，我“腾”的一下从椅子上跳起来问：“你们谁认识她？这个人如今在哪里？她可是我的小学同学耶！”

朋友们笑道：“去你的吧，我们说的这个人都快80岁了，当你妈都有富余！怎么成了你的小学同学啦？”

唉！原来此“玲妹”非彼“玲妹”也，只是我自己都觉着奇怪，近四十年了，怎么还对这个名字如此敏感？这“力量”应该是归功于玲妹，谁让她当年那徘徊在房前屋后的甜蜜歌声，赚取了我的思念并为我编织出了这么个“一帘幽梦”。

然而，那记录着人人事事、物物景景的小胡同，才是背后真正的梦工厂。

## “三嘚儿”的故事

在这个“物华天宝”的小胡同儿里，倒不是净出些像建平、玲妹这样“人杰地灵”的金童玉女，偶尔也出几个傻小子、坏孩子什么的。

我们的前院儿有一户人家，姓什么我忘记了，只记得他们家的老爷子是开长途汽车的，孩子们来自农村。刚搬进我们这条胡同的时候，他们家的地方窄，人口又多，所以根本就住不开。这家的女主人就拎着一口袋小米来敲我们家的门，想租借我们家的西厢房住。我爸当时脸都白了，忙说那厢房里住不得人，漏雨！



然而这户“小市民”还不甘心，没事儿就派他们家的孩子向这里探头探脑，眼睛专往西厢房里瞄。这就大大地触动了我爸原本敏感的神经，死活认定别人知道了我们家西厢房里的秘密。于是刚刚“开放的国门”，又被紧紧地关闭上了。

他家也有个小三儿，年龄比我略小。别看人家生活困难，穿的破、吃的糙，却个顶个长得虎头虎脑。尤其是这个小三儿，胖乎乎的，所以起小名叫“三墩儿”。可没多久他的这个小名就被胡同里的坏包儿们给改了，把“三墩儿”叫成“三嘚儿”。

其“嘚儿”者，老北京土语中小男孩之生殖器专指也。于是这“三嘚儿”、“三嘚儿”的，在胡同里不论男女老少就都叫开了，傻小子不明事理，人云亦云，不亦乐乎。

这三嘚儿看上去有些缺心眼儿，玩打仗的时候你当司令他就非当你的兵，冲锋陷阵回回是他，被人塞了一脖子的沙土也在所不辞，只是每天的日落之前，总能听到“三嘚儿”呜呜的哭声和他妈扯着嗓子的叫骂。

据说刚上学的时候，他什么作业都不会写，因此老是“挨留”。有一次老师问他：“会写自己的名字吗？”这三嘚儿想了想，小脸憋得通红，嗫嚅地说：“我只会写我的小名儿。”于是，他居然在纸上画了三个撒尿的小鸡巴儿。老师这时候刚好在喝水，“扑哧”一下子喷了一地满桌子，然后是剧烈地咳嗽，就差把肺头给咳出来了。

您瞧三嘚儿多有两下子，头一个礼拜上学就好悬没把他们班的老师给“呛死”。

我对三嘚儿的记忆，并不光是他那些丢人现眼的事儿，对他有比玲妹还光彩的印象。



20世纪60年代的后期，我们家也搬走了，搬进了机关宿舍楼。没过多久，我姐就“军垦”去了东北。送走我姐后，我爸昧着良心当了一回“先进家长”的代表，到当年我姐毕业的那所学校去“作报告”，其实是给那些不愿意让自己的孩子就这么被送往北大荒的家长们做“说客”。

在组织的“关怀和鼓励”下，我爸一时就慷慨激昂、忘乎所以了，就唾沫星子乱溅、眉飞色舞了，就拿出了当年他参军时的热情澎湃。结果是越讲越激动，越说越离谱，差一点儿就让台下久违了的“街坊四邻”们给哄下去，要不是军代表拍了桌子，还真就不好收场了。

离开那所学校的时候，我爸显得无精打采、灰头土脸的，旧时的街坊们个个侧目而过，甚至连个寒暄都没有。这时候，唯独三嘚儿和他妈走了过来，这个以前我们很少搭话的“小市民”，依旧是那样热情过度，那样礼多不怪。

三哼儿他妈拉着我爸的手，真诚地说：“他叔呀，听了您的报告后我们才知道，独门独院的，敢情你们家里也是那么困难，这可真不容易。您别跟他们一般见识，我理解您。得嘞，我这儿有五斤粮票，您先拿着用去！”

她的儿子三哼儿则过来拽着我的胳膊说：“小明子啊，那楼房你们要是住不习惯就搬回来吧，咱们还在一条胡同儿里当街坊，你还当司令怎么样？”

那一回我爸彻底地没了“面子”，方才承认三哼儿家当时的确是没地方住，才舍着脸来求我们，并不是惦记西厢房里的那些破烂玩意儿……

这就是我挥之不去的“胡同情结”。说实在的，我在胡同里遇到的故事太多了，一一忆来自然是不大可能。但无论怎样，哪怕是一盘朴素的炒白菜或一首隔世的老歌，甚至是一个恶俗的绰号儿，都会勾起我对往事的无限回忆，而这往事大多是在胡同里发生的。

我思念我曾经居住过，现在已经被夷为平地的那条老胡同。并以诚惶诚恐的心情，期待着能有人对那些正一步步地走向破败、即将消失了的胡同（或者说是“胡同文化”）做一点儿临终关怀。



# 第三章 | 在20世纪六七十年代体验焦虑

## “文化大革命”伊始

1966年在我该上小学二年级的时候，一场风暴席卷了神州大地。

我的印象中，人们是没完没了地集会，没完没了地游行。我当然不明白“我的一张大字报”是怎么个意思，以为这可能是一个新规定的什么节日，不承想这个“节日”竟延续了十年。有人说是“十年一梦”，这梦魇对我和我们家，事实上对大多数人来说，都充满了抑郁和焦虑。

取消了“全民少先队”之后，孩子们开始分期分批地争当红小兵，作为红旗一角的红领巾被一个菱形的臂章代替。我所在的小学一会儿停课，叫“停课闹革命”；而后又复课，称“复课闹革命”。总之，没有了以往那“一只乌鸦口渴了”的琅琅读书声，学生们差不多心里都“长了草”。

那段时间，我经常是赖在我妈她们的机关大院里玩儿，玩儿一些根本不该我这个年龄玩的“游戏”。

每天的下午四五点钟，机关里那些先“集会”后“誓师”的人，就排着队来到食堂的门口，每人从地上的柳条大笸箩里领两个包子或馒头，然后举起红旗或标语向着长安街、向着天安门进发。我就排在这些大人的后边，也想混俩包子吃，结果每次都是排到了跟前儿，被大师傅给拽了出去，他还用他那小棒槌似的手指头弹我的脑崩儿。



摸着生疼的脑门，我就琢磨什么叫“文化大革命”？大概就是那笸箩里菜多肉少的包子吧。

有的时候我们帮助大人们搭建“大字报”专栏，在操场里用杉篙搭架子，钉上草席就往上面刷大字报。那架子搭得里三层外三层，进去容易出来难，真有些像圆明园里的“万花阵”。

孩子们就在这“阵”里边玩儿打仗，可“战事”刚一开始，我就先“挂彩”了，被一根生了锈的铁钉把右手给划出个寸八的口子，深处可以看见小骨头儿。我妈和另一位阿姨架着我就往南礼士路的儿童医院跑，那天正赶上长安街上过“国宾车队”，我妈都要急哭了，好在那时候的警察叔叔特好说话儿，“一路绿灯”地指点着我们奔赴医院。于是，我捧着血淋淋的小手，在长安街边儿上，与当时阿尔巴尼亚的第二号领导人谢胡同志，在特近的距离内打过一个“照面”。

从儿童医院回来后，我的脖子上系着绷带，将受伤的右手吊起来。父亲没再责备我，只是问：“疼吗？”

我说：“不疼！”有点儿轻伤不下火线的劲头。

这时我姥姥来了，嚷嚷着：“手破了就得去医院缝针？非落疤瘌不可！老年间的土法子不是挺好吗？”说着话她就钻进了我们家那黑乎乎的西厢房，不知道是从哪个青花罐子里抓来了一把“鸡毛灰”，据说还是日本时期留下的，非要往我的伤口上撒，幸好被我妈给挡住了。

## 派性

接下来好像社会上就开始“分派”了，小派多如牛毛，大派有两个，说起来能吓死人：“天派”和“地派”。不少的家庭一时间被派性给分了“天”、“地”，经常有两口子不是一派的，于是就举家站在当院儿“大辩论”。辩来论去结果是分崩离析，各自归队，“誓死捍卫革命真理”去了。



但凡这个时候，最倒霉的是孩子，不仅忍受着家庭破裂带来的恐惧，还得是爹妈“两派”争夺的对象。我们那条胡同就有这么一家人，分了派以后，爹带着女儿奔了“东方红战斗队”，妈拉着儿子归了“井冈山造反团”，临别的时候两边人还相互指着鼻子骂：“甭他妈臭美，咱们大字报上见！”

忽然有这么一天，我爸我妈的谈话中也带出股“火药味儿”，于是俩人就不再捉迷藏了，干脆亮出“底牌”。哎哟喂，可了不得喽，敢情这夫妻俩压根儿就不是一派的耶！

听着他们一句紧似一句、一声高过一声的争吵，吓得我不敢再听他们的谈话，竟破天荒地一个人钻进西厢房，并把两只耳朵都给堵了起来。

在这幽暗的小屋里，看着那一排深色的家具和凝重的瓷器文玩，我没有害怕，只是一个劲儿地寻思：这回可完了！我们家也是非散不可了。到时候我能跟哪派呢？跟“天派”还是跟“地派”？

去你妈的吧！哪派都不跟，我就跟我们家这“派”！想到这里我咧开嘴哇哇大哭，哭得左邻右舍都能听见，以为我们家要出人命呢。

大人们赶紧来到西厢房，见我蜷曲在一张八仙桌的底下，鼻涕、眼泪、哈喇子稀里哗啦地流了一身，我爸我妈就暂时“偃旗息鼓”了。

要不怎么说天无绝人之路。

就在我们家那座“政治火山”的岩浆眼看要喷发的时候，一块茅坑里又臭又硬的“花岗石”把这火山口给堵住啦。

您猜怎么着嘿，幸亏我们家的户主是“封建家长制的一言堂”；幸亏不管你有理没理，从来都是我爸他一个人说了算；幸亏我妈当年因为喝豆汁儿在我爸这儿栽过面儿；幸亏她甘愿一辈子夫唱妇随。在这个“大是大



非”的关键时刻，我妈居然就让步了。

前边说过的“八二五事件”中，我爸被打吐了血，事实上他便以养病为由，暗地里做了“逍遥派”。于是这两口子就不再辩论各自的立场、观点了，我们家的“天地”总算是没被“派性”给分成两边。从里屋到外屋，依旧是我爸的趾高气扬和我妈的唯唯诺诺。

这场景在当时让我看来，就像是有一首歌里唱的：“哎——真是乐死人儿呀，真是乐死人儿！”

## 我爱毛主席像章

那个时候人们走在大街上，很难简单地从衣着或体态上分辨出一个人的“身份”来。只要放眼望去，衣服通通或蓝或灰，体态也大多中等偏瘦。

一户在当时极为普通的“像章族”

可不知是谁率先给大家支了这么个“高招”，几乎所有人的胸前都挂着象征着身份的“搂勾”（Logo）——金光灿灿的、五花八门的毛主席像章。 

其中“单边儿”的不如“双边儿”的“横”，个儿小的没有个儿大的“狂”，圆的没有方的“范儿”。要是能戴上个有机玻璃做成的“荧光像章”，那一准儿得是个单位里的头头儿才有的殊荣。

“文化大革命”伊始，我还是个三天两头“辍学”的小儿郎，对像章的企盼和追求是不能够言喻的，那邪劲儿不亚于这两年我对清三代官窑瓷器的贪婪。

记得“文化大革命”前，民族文化宫里有一个长年举办的“西藏农奴展”，里边的人皮人骨甚是吓人。“文化大革命”一开始，这展览就自然而然地演变成了阶级斗争展览，被加进去不少令人“炫目”的内容。如整套的《三国演义》和《红日》等连环画被当成“毒草”批判展出，在玻璃展柜里画着“黑叉子”。另一个展柜里，还有更让人眼儿热的，是那用金黄色的毛主席像章组成的一个大大的“忠”字。

流连在这些展柜前，我和伙伴们的内心里有着同样的冲动：半夜三更摸进来，把展柜砸了，将这些“小人书”和纪念章都给偷走！

窃取展览会里的毛主席像章，这事儿也只能是在被窝儿里偷着想想罢了，而真正天上掉馅饼，让我第一次得到毛主席像章，是我妈带着我参加了一次“时髦”的婚礼。

那婚礼是在单位的礼堂里举行，来了不少的宾客，没有人送床单被罩、暖壶茶碗之类的礼物，倒是送了几十枚五光十色的毛主席像章，真是“照到哪里哪里亮”！

在欢快的《团结就是力量》的歌声中婚礼开始了，“军代表”大声地讲话：“伟大领袖毛主席教导我们说：‘我们都是来自五湖四海，为了一个共同的革命目标走到一起来了……’”而后郑重地将最精致、最耀眼的像章分别给两位新人戴在了胸前，新郎新娘向墙上的毛主席像三鞠躬，然后转过身来，向同志们三鞠躬。鞠完了躬，就把胸脯子挺得老高，那意思是让站在最后一排的人，都能够“感受”到他们胸前的像章所发出的“万丈光芒”！



现在回忆起来，他们当时的那份尊容，真有点儿像参加过“诺曼底登陆”的第二次世界大战老兵，把一生的信念和炫耀都融汇到了胸前的“纪念章”里。

在《大海航行靠舵手》的歌声中，婚礼结束了。我们这些幸运的小孩儿，除了每个人的嘴里含着一块硬邦邦、希望它永远都不要化掉的水果糖之外，还意外地得到了一枚小小的纪念章。别看它是个“单边儿”的，在当时来讲是最“够不上档次”的，但是是属于我自己的，因此对我来说，它称得上是弥足珍贵！

欲壑难平——这大概是一些人的本性，我亦如此。有了这枚小纪念章，我就想要有大号的纪念章，有了一个就想有五个、十个……我估计受这种欲望“折磨”的人一定不在少数，要不然在当时的西单路口儿，怎么就形成了个人们偷偷交换纪念章的“Corner”了呢？

这里人头攒动，比肩接踵。不管天儿有多热，大家都是穿两件褂子，内衣上别满了像章，外衣起保护作用，以防被抢。有点儿像现在的邮市或者潘家园的某一个角落。在当时的绝对计划经济中，偏在领袖的形象上，少许露出了一点儿“市场”的端倪。

后来像章的制作规模越来越庞大，品种不厌其繁，制作不厌其精，个头不厌其大，数量不厌其丰。我就曾见到过跟盘子大小差不多的毛主席像章，想必那不是为了别在人身上的。

几十年后，某湘籍大贾在京城一新开张的湖南餐馆设宴，邀我“品尝”一下这“经济搭台，文化唱戏”的新生事物。席间有漂亮的女服务生为我们隆重介绍一道“佳肴”，展开瞧来，竟是一碟子黄灿灿、金闪闪的毛主席像章，然后每人的酒杯前都被摆上了一枚。同桌有人为此勃然大怒，色厉内荏地嚷嚷道：“太不像话啦！太不严肃啦！把你们的老板给我叫过来。——哎，哥们儿您这是K金的吗？”



在这个时候，不知怎么着我的脑海里忽然闪过一段《毛主席语录》：“革命不是请客吃饭，不是做文章，不是绘画绣花……”并回忆起在当年老宅的西厢房里，曾保存过一小皮箱子的像章，只是搬家的时候连同那些搬不走的旧家具一起，都留给“继往开来”的新住户了。

## 二饼成了“特嫌”

在关于像章那些光怪陆离的记忆之外，我好像还曾经参与过另一次关于领袖像的“虚幻体验”。

突然有一天，胡同里家家户户都争先恐后地跑出去买毛主席像，新华书店的门前就又排起了“长龙”。其实家里边该挂的地方都挂上了，干吗还要半夜起来排队抢购呢？这里边可就有了说辞。也不知道是谁先“发现”了个“秘密”，说把这种最新印刷的毛主席像卷起来，贴在耳朵上，您就能够听到“山呼海啸”般的“毛主席万岁”声，于是一传十，十传百，瞬间掀起了抢购的风潮。

您就瞧吧，满大街的人都把新买到的主席像卷起来当“听筒儿”，一个个歪着脑袋，聚精会神。突然就一蹦老高地、激动万分地大叫：“我听见啦！我听见啦！——毛主席万岁！”

这事儿可不是天方夜谭，可不是瞎讲故事耶！那是我亲身经历的，我就“听见”过，而且“听”得是热泪盈眶。当我把那散发着油墨清香的印刷品卷起来，小心翼翼地贴在耳畔，顺着耳鼓里一阵阵“嗡嗡”的似天籁一样的声音，使劲儿地、再使劲儿地听下去，真就听见了好像人们在天安门广场上发出的欢呼声，于是就心潮澎湃、热血沸腾了。



几天之后，忘记是在个什么场合，看见二饼正给一群人讲解“声学原理”，他认真地告诉大家：您听到的“毛主席万岁”声，这不过是“声音”在我们脑海里产生的“虚幻”，不信您拿任何东西卷起来听，都能听见您想要听到的“声音”。说着话他就用报纸、杂志卷起来让人听，嘿！还真就像他所讲的那样，连骂人的话儿只要您想听都能听得出来，心里头“想”什么听筒里就给您“说”什么呗！于是大家伙你看看我，我看看你，有人暗自就说了：嗨！咱们整个不就是一群二百五吗？

不久之后，“会喊万岁”的画像风潮就过去了，但却给二饼招来了塌天之祸，这个华侨出身的“四眼儿大花猫”，一定是脑子里进水了，本来您的成分就不好，吃饱了撑的没事儿给人瞎讲哪门子“声学”呀，这回踏实了吧？造反派说你“别有用心”。于是，他就顺理成章地背上了一个极端腻歪人的罪名：“特嫌”（特务嫌疑）！

“特甜”的事儿一般人肯定是够不着的，摊上那“特酸”或“特辣”

的事儿也还能凑合撑着，最怕的就是“特咸（嫌）”。每次二饼挨完了批斗以后，就唉声叹气、嘀嘀咕咕：“唉！特嫌呀特嫌！还不如他妈直接给我打成特务呢！抓起来也好，枪毙了也罢，它好歹是一锤子买卖。现在你们给我来了个‘小孩儿花钱——零揪儿’。”

二饼被看管起来了，除了参加大小批斗会之外，还每天都要在我们这条胡同里扫街。到了钟点，他先得到各家各户给人家扫“门道”，这事发生在建平死后的第二年，所以一看见二饼我就想起了他侄子建平。因此，凡是二饼敲我们家的门要给我们扫门道的时候，我就大声地喊：“扫过啦！”二饼也大声说：“得嘞，明儿个你们可得留着让我扫！”然后朝我憨憨地微笑。在他身后的不远处，溜达着一位提着条“武装带”的红卫兵。

我说过的，在我们这条胡同里，也有一些坏小子，我挺相信有这么一句老话儿，叫“胎里坏”。这伙人偏偏要在太阳落山以后的黄昏时分，把二饼叫出来，逼着他给他们扫门道。这时候胡同里的路灯尚未点亮，那门道里便是漆黑一片，二饼被人驱赶着，手里拿着个破扫帚疙瘩，一下一下地在地上划拉，为了能看清楚点儿，他的脸都快贴着地了。有人在他刚扫干净的地上又扔了个烟头，就骂道：“嘿——嘿！你他妈糊弄事儿是不是？”照例就又有个红卫兵走过来了，二饼赶紧嗫嚅地说：“您瞧，我怎么就没看见呢，我给您再扫一遍。”然后就又扫了一遍，末了，还得用手把那烟头捡起来。

我看着二饼那虾米似的身材，在影影绰绰的灯影里前后晃动，心里边好不是滋味，他那嗫嚅的声音和笨拙的身影，牢牢地印在了我的脑海之中。晚上回来一闭上眼睛就是“这出儿”，于是就又想起了建平，就不住地要哭，就怎么着也睡不着了。

## 父亲的愧疚

“二饼事件”把这条胡同里的人吓坏了，我父亲出来进去表面上平静，但内心里却翻江倒海、战战兢兢，生怕哪天二饼会突然站出来“揭发”他点儿什么，譬如我们家那西厢房里“曾经的秘密”。

于是，凡是能表现自己是“革命左派”的地方他全都“表现”出来了，比如戴大号的主席像章、能大段大段地背诵《老三篇》，连排队买烟的时候都掏出“红宝书”，一个劲儿地如饥似渴，对二饼其人更是“退避三舍”……

接下来有那么几天，我爸就眉头紧皱，跟我妈嘀嘀咕咕。那结论是：先下手为强，后下手遭殃！别等着让二饼给咱们家揭发个底儿掉，赶紧“表态”吧！于是，他就笔走龙蛇地写了一张大字报，大概意思是“陈××必须老老实实低头认罪，彻底交代自己的‘特务’罪行”。



那大字报写好之后，就贴在了我们家门口的墙上，为了能粘得尽量牢固些，我爸还用了一斤“富强粉”熬糨糊，因此这大字报就跟膏药似的，真在墙上挂了好几天。

后来，二饼被红卫兵押着，来到我们家的门前看大字报，他始终是沉默不语。我爸则跟做贼似的，从街门塞报纸、信件的“邮孔”向外边偷窥，那脸上是红一阵白一阵的，想来个中滋味恐怕很是不好受！

再后来，就是这对“肺痨”各自经过了近三十年的风风雨雨之后，在北京一家不起眼儿的医院里竟不期而遇。记不清我爸是第几次因为“吐血”住院，而二饼则已经是肺癌晚期，以医院为“家”了。我爸当时肯定是想“躲”来着，但却躲不过去，两位面色跟纸一样惨白的“难兄难弟”，终于坐到了一起。

二饼自始至终只字未提当年我爸的那张大字报的事儿，倒是饶有兴致地没完没了地追问我们家西厢房里那些鼻烟壶的下落。他苍凉憔悴的脸上，依旧浮现着“灿烂”的笑容。

几天以后，二饼在这家医院里孤独地咽气了。

那天我爸被我搀扶着，大口地咳着鲜血，踉跄地来到二饼的病房，为他深深地鞠了一躬，并喃喃自语：“好人……好人……”然后就哭了，大滴大滴地掉眼泪。回到自己的病床上，我爸极度虚弱并抑郁地对我说：“老陈的今日，就是我的明天……”

果不其然，仅一年多一点儿的光景，我爸便步二饼的后尘而去了，走的时候那遗容和二饼出奇相似。

我完全有理由相信：在“天国”里，父亲一定会对自己的这位“特嫌”朋友解释，解释当年为什么会写出了那张昧良心的大字报，并且一定会真诚地、发自内心地向他道歉！

## 姥爷的耳朵



1968年年底，我母亲去了“五七干校”，这一年我刚刚10岁，怎么能不想妈呢？想妈实在是想得急了，就“投奔”了姥姥家。

我姥姥是最疼我的，瞅着我这个缺温少暖的小瘦干儿狼，老太太就一把鼻涕一把泪地哭起来了，然后说：“今儿个姥姥给你做好吃的，咱们烙韭菜合子，敞开儿吃，管够！”

韭菜合子烙好了以后，先得给我姥爷端过去一盘，我姥爷这时候已经快80岁了，是耳聋眼瞎的，整天坐在一张被改造过的破太师椅上，没事儿就打盹儿玩。

姥姥家住的是个大杂院里的头一家儿，街坊四邻们出来进去的没事都爱跟我姥爷逗闷子，知道他耳聋就故意大声冲他喊：“刘大爷，吃了吗您哪？”我姥爷就回答：“啊？几点啦？快八点了吧！”大伙哈哈一乐说：

“这老爷子，真行！活脱一个真龙（聋）天子。”

您说他聋吧，可那耳朵有的时候却出奇地好使，抽不冷地就能吓您一大跳。这边我姥姥正在烙韭菜合子，那边就听见姥爷在屋里也不知道跟谁翻扯呢，他扯着嗓门儿反复嚷嚷：“得了呗，就您对！就您成！就您圣明行了吧！”

屋门和窗户都是敞开的，没看见有人过去和他说话呀，是谁招惹了他啦？

我和我姥姥赶紧跑过去一看——祖宗哎，可是要了命喽！只见这老爷子闭着个三角儿眼，晃着个脑袋，正跟话匣子里广播的“最高指示”叫板呢！我姥姥急忙把一块韭菜合子塞进了他的嘴里，指着后窗户跺着脚说：“这个作死的鬼哟，馅饼都堵不住你的嘴，你还怕人家听不见呀？”

我姥爷就说：“啊？你说什么？大点声儿！你问我这是什么馅儿的呀，这不是韭菜馅儿的吗？”



嗨，老爷子这会儿就又聋了，就又开始跟你瞎打岔儿啦。

1971年我姥爷过世了，享年80岁。这位当年“宝昌隆”玉器行的老掌柜的，屁吗儿也没能给后人留下来，倒是在我的记忆当中，留下了这么个让人一惊一乍、想起来就啼笑皆非的故事。

## 我没入上红小兵

在我们家的老相册里，有一张非常“激进”的照片，上边还有我爸的题词：“‘文化大革命’中三小将”。

照片上是我们姐弟三人，排在一起手捧“红宝书”，我的臂上别着红小兵那菱形的臂章。但是这照片我爸只能给“外人”看，从来不敢亮给熟人，因为我这个红小兵呀——是他妈冒牌儿的。

您瞧这三小将跟真事儿似的，只有我那“红小兵”是冒牌儿的



在小学的后三四年里，为这事我爸没少拿话损我，他不明白，这个别人家孩子差不多都能当上的红小兵，对他的儿子来说怎么就这么“难”？每次他把这张仨孩子的合影给人看的时候，总要抬眼扫我一下，那目光就跟“照妖镜”似的，让我不敢正视，浑身上下不自在。

这里边有两个“天大”的秘密，是永远都不能让我爸知道的，否则他老人家不是气吐了血，就是得把我给废了。唉，这事儿叫“小孩儿没娘，说来话长”：

本来，凭我的“机灵劲儿”，头几批的红小兵就应该是“老太太擤鼻涕——手拿把儿攥”，没跑儿！但我却总改不了那个爱出“幺蛾子”的坏毛病，而且还总在“政治”上出问题。

您比方说吧，我们小学的课本里，有一段革命样板戏《智取威虎山》里杨子荣“打进匪巢”时的台词，作为课文要分角色进行朗读。好不容易我争了个“英雄形象”，看语文老师不在场就大胆地篡改，好为大伙提供笑料，当时这种行为叫作“显圣儿”。

那台词原本是这样的：

座山雕：“脸红什么？”

杨子荣：“精神焕发！”

座山雕：“怎么又黄了？”

杨子荣：“防冷——涂——的——蜡！”

我狗胆包天地将其篡改成：

“脸红什么？”

“屎憋的！”

“怎么又黄了？”

“拉出去啦！”

全班的同学笑得前仰后合，拍桌子敲板凳。那个演座山雕的学生就跳上课桌喊：“不好啦，共军拉屎咧！”全班又是一阵狂笑，但是没想到语文老师忽然慢慢儿地从最后一排的某个位子上站了起来，全场立时肃静。



语文老师说：这个问题太严重了！忒不像话啦！于是我们两个耷拉着脑袋，就跟“匪兵甲”、“匪兵乙”似的，被语文老师给带走了。

日后在红小兵的发展会上有人就说了，白明那样的表现还想入红小兵呢？入个屁呀！

其实另一回的问题才是真正的“严重”，很多年以后想起来仍让我汗流浃背、呼吸困难。

记得我们班上有位男同学，“文化大革命”的时候不是时兴改名字吗，他的名字就被改叫个什么“向党”来着。这主儿的爸爸是个“文化大革命”前的“八级木工”，这会儿既是“领导阶级”，又是富裕家庭，他爸有辆二八的“红旗牌”（即过去的“飞鸽牌”）自行车，他可以随便骑。于是这丫天天地拿这辆破车在我们面前臭显摆，“咯吱——咯吱”地掏着裆骑，专爱在女生面前抖机灵。

有一回我实在是看着眼馋了，就“央告”他能不能让我也骑一圈。嗬，你瞅丫那德行嘿！就跟谁要占他多大便宜似的，甩给我几个字：“门儿都没有！”

受了这么个打击以后，我就当了回小人，一门心思地想给他使坏。把他的自行车带给扎了或把气门芯儿给拔了吧，我还真没这个胆儿，说实话当时也不时兴这么干，于是就偷着在教室外边的墙上写了四个字：“打——倒——向——党！”因为这主儿的姓氏忒繁杂，就没给它写上去，所以看起来就有问题了，坏啦！成他妈“反动标语”啦！

几个同学还挺有“政治敏锐性”，大声喝问道：“这是谁写的？！”

做了亏心事，专怕鬼叫门。我的脸吓得煞白，心里跟揣着兔子似的，那德行样儿谁看了都得怀疑是我干的。

就听有人嚷：“是你写的吧？啊！白明写反动标语啦！”

我当时是眼睛发黑，嗓子眼儿发堵直想吐：“我……不是……啊……是我……不……是……”一句完整的人话都讲不出来了。



同学把我们的班主任找了来，他们大声地告状，可真是得了便宜卖乖，玩儿了命地表现。

我们的班主任是位四十多岁的女人，满脸严肃地看着我们，那几个学生说：“老师，我们得向工宣队报告呀！”

“去吧！”老师异常严肃地说。

几个学生就飞也似的跑了，这边的我已经吓得快要“抽羊角风”了。

见四下里没人，老师迅速地掏出粉笔，模仿着我的字迹，故意歪歪扭扭地在“向——党”的前边加上了一个笔画繁杂的“×”字，这句话就变成了“打——倒——×——向——党”！于是，谁都知道这就是我们班上的那位专爱在女生面前掏裆骑车、自我感觉还特好的小二百五了。

“工宣队”的人来了，班主任就抢先指着我鼻子骂：“白明，你也太不像话了，我昨天还看见你跟×向党一块儿玩呢，今天你就想打倒人家，你以为你有多了不起呀？好好地给我回去写检查！”然后又对那几个学生说：“你们的革命警惕性是好的，但要分清什么是反动标语，那是阶级敌人才干的坏事儿。”

“工宣队”的人对那几个字审视了一阵后，就背着手走了，没有任何的表态。这就让我更“难受”，我觉得我怎么快跟胡同里的那个“特务嫌疑”二饼差不多了，就从骨子里觉着自己真成了个罪大恶极的“小反革命”。

其实我不知道，在我们班主任机敏的保护下，这事儿才没闹起来。

然而是“死罪可免，活罪难饶”，从此以后，那红小兵的门，基本上就是永远地对我关上了。

## 永远的班主任



再说说这位，几乎是我“半个救命恩人”的班主任吧，她的名字恕我隐去，如果她能够活到今天的话，想来已该是八十多岁的老人了。

我敬佩她，不仅是因为她“救过我”，个中另有一段故事，说来亦是惊心动魄，让人荡气回肠。

我所在的那家学校里的校长，“文化大革命”前就是一位特级教师，因为他忠实地执行了什么“修正主义的教育路线”，老早就被打成了“黑帮分子”，关在学校后院儿的一个破棚子里，在“工宣队”的监视下，由学校里的“革命师生”们轮流日夜看守。

有一段时间，这位校长作为学校里唯一“罪大恶极”的人，哪个班“高兴”了，都可以把他拉出来批斗。上午一场，下午一场，一三五排满了，二四六也不能落空，那校长就“日理万机”，就成了“腕儿”啦，不比现在的歌星轻省多少。一来二去地就把他给斗疲沓了，批斗会后，他居然能“点评”谁的批判稿写得还凑合。

学生们呢，也把“批斗会”正经当成个大事儿，至少当成了“朗诵会”，期盼着老师对自己“口才”的点评或夸奖。我得罪过的那位叫什么“向党”的小二百五，在这天还特意从家里沏了一大壶的红糖水，专门给他待见的那几个小丫头偷着逗两口儿，可见大家的兴奋程度。因此，这事儿就跟我们当年第一次参加春游一样，被牢记在了我幼稚的脑海之中。

那位校长被“工宣队”的人带进来的时候，我们的班主任就高声地领着我们喊口号：“打倒×××！”“×××必须向革命小将低头认罪！”……

接下来，由我们班主任带头，对校长进行口诛笔伐，很是过了把瘾。最后“工宣队”的人说：“你们班上从老师到学生，都是立场坚定，旗帜鲜明。这样很好嘛，希望你们像伟大领袖教导我们的那样‘不要吃老本儿，要再立新功’！”

就在我们大家准备着“再立新功”的时候，却发生了件谁都意想不到的事情，我们的班主任突然“失踪”了。 

起先是有两个代课老师，后来由“工宣队”的人直接“教”我们，还时不时地“了解”一下我们原班主任的情况。没过多久，学校里就出现了大字报，标题醒目地写着：“揪出××内奸”！

哎呀呀！我们爱戴的班主任居然是个“内奸”？

原来，班主任在一次夜里“看守”校长的时候，偷着对他讲：“你有什么要说的，我替你记下来，我相信终有一天党会还你清白的。你有什么要办的事，我偷偷给你去办，你现在一定要挺住……”谁会想到隔墙有耳，这番话就被某人听见了，这某人却不像我们班主任那样能“救人于危难之中”，而是偷偷报告了“工宣队”。于是，一帮人“悄悄地进村，打枪地不要”，我们的班主任就这样被抓了个“现行”。

班主任被抓起来以后，学校里出现了针对她铺天盖地的大字报，并传来消息，说要召开她的批斗大会，而这第一场批斗会就是在她教过的班级，我们的班上举行。

有那么几天，这批判稿让我是憋来憋去，死活就是“憋”不出来。就在我正为这个难心事儿犯愁的时候，又传来了一个震惊的消息，吓得我两三个晚上都没能睡好觉。天哪！我们的班主任竟跳了护城河，“畏罪自杀”啦！

据说，导致她自杀的原因，并非是“夜里串通黑帮”的“内奸”罪名，而是在她的住处翻出来了一本“日记”。那上边有一则是“极其反动”的，被人当作罪行公布了出来，她写道：

“某年某月某日，阴，时有阵雨。

“今天，我和很多的同志一起，来到天安门广场参加活动。在人们的欢呼声和拥挤中，我不小心摔了一跤，于是从我的兜里掉出来四个字：魑——魅——魍——魉！”



我不认识这四个字，更弄不明白她写这话是什么意思，但大字报上说她是“恶毒之极！”如此看来，她是必须得去死的。

但是，她的“批斗大会”照例还是要召开，在学校的那个破土台子上，校长和另一个“黑帮分子”一左一右地扯着一张浅绿色的大字报纸，那上边用毛笔画了个浑身湿漉漉的女人，写着的名字是“××”，并被打着黑叉子，这肯定就是我们的“班主任”了。人们冲着两个“黑帮”之间的这张大字报纸喊口号、挥拳头，表现得“义愤填膺”。因为那大字报纸上画的这个“内奸”，甭管画得像与不像，她的“罪恶”都是在其他“阶级敌人”之上的。

我们班的学生个个张着大嘴，瞪着眼睛，大气儿都不敢喘，非常严肃。严肃得让那个叫什么“向党”的同学，赶上如此重要的活动场合，竟然没了心思再去沏一壶红糖水，竟然就放弃这么好的一个和女生逗闷子的机会……

不知经过了多少年，我始终惦记着我们班主任那“悲壮的一死”。如今，我比她死去时的年龄还要大些，但却没有心境去评判，当年班主任的死，是罪恶演绎的悲壮，还是悲壮演绎的罪恶？

我的20世纪60年代，如烟霭，如虚幻。激昂之中埋着惶恐，热烈之间藏着焦虑。但我总的说来还是“知足”的，即便在我爸不断的吐血和我们家不断的动荡中。毕竟我们家还是完整的，毕竟亲人们都还在，较那些被毁灭了的家庭和那些被逼上绝路的人一定是强多了，譬如我那“永远的班主任”。

# 第四章丨“卧游终日似家山”
## ——和胡德平在一起



### 梦续西山

据说在人的一生之中，接触到的某些人或某些事，往往可以改变你的生活、改变你的兴趣甚至改变你的理念。

在我风华正茂的年代里，我的确就遇到了这样一个人，因此我是幸运的。即便这种接触很平常、很短暂，但对于我内心世界的影响之大，恐怕连我自己都说不清楚，可能会是终我一生的。这个人的名字叫胡德平。

在上大学二年级的时候，我一时心血来潮，开始对一门本已经是毫无血色生机的语言——“满语”发生了浓厚的兴趣。我这人有股子邪劲儿，学什么不见得能“成什么”，但确实是学什么就“像什么”。于是，会干活的就不如会吆喝的，我独辟冷门，一夜之间成了个“能翻译满文的清史爱好者”。于是，就有特热心的人，将我这“邪门歪道”介绍给了胡德平老师。

一身灰色的“的卡”布中山装，一双蓝色的旅游鞋，一副白色有机玻璃框的眼镜（有一只镜腿儿是断的，用白胶布缠着），一辆“二六”的凤凰牌自行车。他身材不高也不魁梧，语调缓慢，缓慢得甚至略带点儿口吃，说话却是深思熟虑。

这就是我初识的胡德平，地点是在香山的山间小路，时间是1982年的夏天。

自打我顺着我姥姥的手指，第一次眺望了西山之后，我就注定与这片燕山山脉的支系，结下了不解之缘，要不怎么胡德平头一天认识我，就拉着我满山遍野地跑。从这个时候起，我便愉悦地、振奋地、有时候是忘我地跟在他的身后，随着他的脚印去踏遍青山，去寻访当年曹雪芹的“足迹”。



## 寻访曹雪芹的“足迹”

头一个晚上，胡德平带着我住进了香山樱桃沟顶头，一处僻静而又漂亮的小房子——“石桧书巢”。据说这一带曾是清初大学问家孙承泽的书屋旧址，相邻的还有“鹿岩精舍”和“水流云在之居”等胜景。从入夜到黎明，山林之中那些叫不上名字的鸟儿，可以发出三种以上音节的啼叫声，真是惬意极了，惬意得都让我找不着睡意。

胡德平也爱山，我认识他之前他已在西山一带转悠了数年，相伴的是当年旗下老屋“抗风轩”的主人舒成勋老先生。那些年舒先生和胡德平一起，两人渴饮山涧水，累歇松荫下，攀则“振策”，归而依杖，竟把这沟沟壑壑都走遍了。不久胡德平著就《曹雪芹在西山》一书，书成于20世纪

80年代初，墨绿反白的双色封面，铅字印刷，装帧虽不甚考究，但激扬文字，潇潇洒洒，无人不说这是一本难得的好书。

我“介入”这宗美事儿的时候，其实已是胡德平西山考察工作的尾声，但我仍有幸陪伴他跑了不少的地方。如他曾带我反复地考察香山深处的“水源头”，那时候这里的山沟里尚能看见少许泉水，上可润喉，下可涤足，浑然是山野村夫的感觉。

而后我们考察“元宝石”，这是一块巨大无比的石头，坐落在山沟深处，因形似元宝而得名，只是这突兀的石头顶上平白无故地长出棵松树来，受日精月华，这松树的根茎竟将石头撑得齐刷刷裂开一道缝隙，此即当地传说中的“木石奇缘”。记得胡德平曾指点着巨石跟我说：曹雪芹写《红楼梦》有可能是受这“木石奇缘”的启发，他开篇所谈的“大荒山上，青埂峰下”说不定指的就是这里，当地人称此石的裂缝为“情根缝”，应该是“青埂峰”的谐音。

我方才知道香山一带，竟有如此多的历史故事可以供人们去挖掘，并大多与那部千古巨著《红楼梦》有着丝丝的关联。 

“漫步西山的”曹学“爱好者”

## 寻碑

不久，我们就从山上的“石桧书巢”，搬到了山下的小四合院“龙王堂”。住进了龙王堂里，就不能不提起我的另外一位农民学长兼朋友——严宽。

“严于律己，宽以待人”，刚好是这位农民秀才名字的引申。想当年，严宽兄在“文化大革命”最“热闹”的时候，挺身而出保护过当地著名的劳动模范李墨林，因此在四季青一带颇有“行侠仗义”的美誉。

严宽较我更早认识胡德平老师，是德平最放在心上的朋友之一，这让我从刚认识严宽起，便不免产生了一点儿“醋意”。但是在某天晚上，听见严宽向胡德平“报菜名”似的说起他搜集整理出来的海淀附近的老旧字号名称，以及他就《红楼梦》中曹雪芹对西山一带的风土民情的“影射”所提出己见之时，始知他的学问原来十分了得。



一日德平遣我们俩进山，探访在群山深处一个叫“挂甲塔”的地方，据说那里有一块康熙年间的“禁碑”。我和严宽天不亮就出发了，背着干粮和饮水，翻过了不知道几座山梁，才来到这个“人迹罕至”的废村子。有位叫李阔亭的老人，带我们找到了那块被当作台阶的旧石碑，我用水壶里的剩水淋在碑面，渐渐露出来一段斑斑驳驳的文字：

“山前龙脉之地，奉旨永禁开煤。若有光棍偷挖，立时解拿，按律治罪。康熙四十四年八月×日，西城兵马司勒石。”

这通石碑的碑文让我突然地想起来，两年前我去黑龙江满族地区考察时，在“穆尔查氏”的满文族谱中见过“西城兵马司”的字样。这些生活在黑龙江的满族人，大都是于乾隆九年（1744年）的“京旗拨民”，乃当年京西的“护军”出身。以此便廓清了“红学”中“乾隆十四年以前，西山一带无八旗驻防”之说，对曹雪芹的“身世”，多少有些“佐证”价值。

回到了龙王堂，我忙不迭地向胡德平“报功”，并结合东北考察的成果仓促地阐明了自己的“见解”，生怕被他人抢了先。我说：所谓“京旗拨民”，乃京师“生齿日繁”所带来的后果，正是当时的统治阶级面临的一大社会问题。“生齿日繁”所造成的乾隆年间的“京旗拨民”，也就是人们常说的“盛世而衰”，曹雪芹一定是耳濡目染过的。因此，一个朝代的兴败，一部“红楼巨著”的形成，都是从这里开始的……

我说过我是“学什么像什么”，当年被胡德平点拨出的这么一丁点儿“火花儿”，或者是我个人对胡德平创建的“曹雪芹研究会”做出的些许“贡献”。

我的观点是否正确，姑且不论。光这通石碑就先引起了大家十足的兴趣，于是在胡德平的带领下，百十号人马重新进山，靠肩扛手搬愣是把这好几吨重的石碑“请”了出来，立在了“旗下老屋”的旁边。

那天的晚上，大家欢欢喜喜，举杯庆贺，胡德平在众人面前表扬了我。记得胡德平还给我们唱了首歌，唱的是20世纪50年代的苏联歌曲《英雄的夏伯阳走遍天涯》，唱着唱着，他就模仿指挥，在自己的两肩上使劲地一拍，惹得人们哈哈大笑。 

然后严宽起来唱了段京剧，我只记住了那高亢的一嗓子：“八月十五哇——月光——明——！”

接下来我被推上场，借着酒劲儿，我想唱《嘎达梅林》，只唱了半句嗓子就“劈了”，有人叫道：“挂甲塔那边的狼来喽！”我被塞了一脖子的花生皮，嘻嘻哈哈地下场了。

那一刻，我觉得自己已经地地道道地成为“红学”或者是“曹学”的专家了，日后我在这块学术阵地上栽了个“大跟头”，并不无缺憾地为这段生活画了个模模糊糊的句号，皆缘于我一向的自大妄为和爱出“幺蛾子”。

## 承认自己“简腹”

学术界向来讲究“百家争鸣”，以至于“曹学会”从创建伊始就不无非议，颇招来些学者的微词。有人还写了一首小诗，讥讽研究曹雪芹的所谓“西山学派”不过是些“简腹”之人。我当时好像不大明白这“简腹”究为何意，可能是指我们这些人的“肚子里没吗儿”，抑或是“傻×”二字的文言表述吧。当然就义愤填膺，伺机反唇，倒是胡德平自始至终保持着冷静和豁达。

时过二十多年了，我想说句公道话，那时候在胡德平麾下，聚于先前曹雪芹著书立说的黄叶村里的学人们，还真不是“简腹”之流。因观点略微有所不同就“开骂”，其“贬他”未必就能“树己”，真学坛之弊端也，何苦来哉？



当年在这三环套月、远山近水的旗下老屋举办的学术研讨会上，您可以听到“曹雪芹”用吴侬软语梦释红楼；“乾隆爷”用京片子调侃“威宣壁垒，志喻金汤”的香山“演武厅”；《废艺斋集稿》的传承者闲来抖一抖“宝二爷”善画的风筝；沿着山间沟壑如果你仔细找的话，偶尔可寻得几块暗表“林姑娘”的“黛玉煤石”……归去来兮我们再把这《红楼梦》细细地研读一回，个中滋味定是幡然不同。只可惜太多的“红学爱好者”，竟与20世纪80年代中期这丰盛的“文化大餐”失之交臂。

如果人们非要找出个把“简腹之人”的话，那我只好就自告奋勇了，其实在这一哨人马当中，唯我最孤陋、最浅薄。这里有事实为证：

和胡德平老师在西山考察一个叫马五寨的地方（左三是胡德平，左一是作者）



记得在卧佛寺的正北面，沿山路径直攀登，有一个叫“马五寨”的去处，我随着胡德平在当地几位村民的带领下，顶着烈日进行“实地考察”，那一次可着实地把我给累惨了。这一带山路崎岖蜿蜒，荆棘丛生，一行人中就我最年轻，也就我最“屃”，还没到目的地，我先拉了胯，胡德平长我十多岁，却每每是他停下来微笑着等我，方知那些年来他的山可是真没白爬，攀登之路不以年少为先！

到了山顶，趁大家歇息的时候胡德平问我：“你知道‘马五’是何许人也？”我气喘吁吁地说：“马五？我知道！不就是那个披着破皮袄、满世界放羊的主儿嘛。”胡德平就怒嗔道：“你情歌听多啦？那是《五哥放羊》。看来你不光得练爬山，还得回家给我看书去！”

打这儿以后，我才知道这个该死的、让我在胡老师面前露怯的“马五”，敢情是后汉刘秀帐下的大将军。

夜宿“石桧书巢”之时，我秉承胡德平旨意，认真地看书学习，看着看着，就又出“幺蛾子”了。那时候我还喜好金石篆刻，没有师承，就投机取巧，我曾听溥杰先生说过，皇族中有位“旧日王孙”，即著名的书画大师溥心畬，在画册页时常钤一枚叫“与木石居”的闲章，这会儿我想起来了，就产生了“创作冲动”，就以刀做笔，即刻制得阴文闲章一枚。

俗话说外行看热闹，内行才看门道。在篆刻上胡德平是“外行”，心想我糊弄糊弄他不会出什么问题，就把刻好的章子拿给他看。胡德平看罢还真挺高兴，说你这篆字刻得好坏我说不好，但这意境确实是不错，和我们现在的“居住环境”有些相像。我心说了：此乃溥儒之学术心得，能错得了吗？于是有点儿沾沾自喜。

接着胡德平问我，你篆刻的这枚章子是“典出何处”？

我怎么这么倒霉呀！我天天跟一位“考官”住一起，这不是找残废呢吗？我支吾着不敢再瞎说了。胡德平就解释道：此意境应该典出《孟子·尽心上》，讲的是上古时期舜居于深山，与木石而居，与山中鹿兽为游的经历。讲完了他就看着我，我却不敢抬头，因为他镜片后边的目光忒厉害了，也属于“照妖镜”一类的眼睛。



在一改大体力的翻山越岭为休闲性的看书学习的日子里，胡德平每晚都要整理材料、撰写文章。我则在一旁拿出我的“看家本领”，用满文粗翻些诸如碑文一类的零七八碎儿。实在翻不出来了，我就在小院子里溜达，溜达出俩屁之后就又回屋里继续苦思冥想。

忽然地想“明白”了就拍案叫绝，以为有了“重大的历史发现”。胡德平耐着性子提醒我，做学问可别这么一惊一乍的，什么时候学会了安静，你就“有长进”了，我便一吐舌头从他的手里接过一支香烟，得！自此我养成了大半辈子都难改的坏毛病——专爱抽“蹭烟儿”。

30年前曹雪芹纪念馆成立当日与胡德平老师小憩



有一回我跟着胡德平骑着自行车往香山奔，走在半道儿上不知道他想起什么来了，突然地问道：“白明，你告诉我满文的‘六’该怎么说？”

我心的话儿：英文的“六”我还没说利索呢，就甭提满文啦！可我号称是学满文的出身，不能在“上师”跟前栽面儿，就顺嘴说了一句：“ˇ 々～• ¯。”（只当是“天书”，没人能听得懂）

胡德平立刻捏住闸，跳下车来指着鼻子训我道：“你这小子，瞪眼儿说瞎话！你想糊弄我是不是？告诉你吧，别的满文我自然是不懂，但是唯有这一句我知道。满文的‘六’应该叫‘宁古’，你忘了有本书叫《宁古塔记略》，那‘宁古塔’就是指‘六塔’。哈哈！原来你在滥竽充数……”说完话他骑上车就走，理都不理我。

我的汗一下子就冒出来了，完啦！在我崇拜的老师眼里，我的确是滥竽、滥笙、烂西红柿或者是烂土豆儿什么的。怎么就这么“寸”，那满文的“六”会让他知道了。这和我爸当年在战场上“甩枪”如出一辙，中看不中用的花架子，到头来只能是自欺欺人。

那几天胡德平对我是不理不睬，就让我羞愧到家了。于是我刻骨铭心地记住了这回的教训，从此发奋学习，不敢再妄自“显山露水”，更不敢再干那种“屎壳郎爬年糕——冒充大蜜枣儿”的勾当了……

我大学毕业之时，正赶上胡德平去湖北工作，从此较难再经常见面。其实我无时不在思念他，思念那段“卧游终日似家山”的美好时光。后来，德平从湖北的东湖给我来过几封信，信中他坦诚地对我做了些评价。他说：你这个人读书不求甚解，做学问缺乏严谨，别指望在学术上有什么大作为。但的确又是一个率真而热情的“好孩子”，可能比较适合于做公关工作……

那会儿我对胡师傅给我的这个“评价”，很是不满意，什么叫“适合公关工作”？不就是耍嘴皮子吗？

二十多年过去了，几近“知天命”的我，眼下正参加清华大学继续教育学院的“高级工商管理学习班”，在这个被人戏称为“文化隆胸”的进修班里，本来只是懒懒散散地画一画笔记，突然就有一堂课上老师给我们发了一张“考卷”，在认为符合自己“性格”的条件上打分儿，最后在表格上可以显示出你是“领导者”、“开拓者”、“凝聚者”、“创新者”、“实干者”、“完美者”或者是“信息者”。



分儿打出来之后，我的最高分数压在“信息者”上，于是我问老师何谓“信息者”？老师说此类人是典型的“公关天才”，我一下子就惊呆了。

老实讲，我从来不去庙里烧香打卦，一来不信这个邪；二来怕算得不好招腻歪。如今清华大学的教授竟能运用MBA，为我科学地“爻”出这么一“卦”，着实令我出了身冷汗，我自然想起了二十几年前胡德平老师说的话。

于是乎我两眼发直地自言自语：“靠！算得还真准！”

待业青年的作品——蓟门烟树（燕京八景之一，摄于1978年）



# 第五章 | 与“末代皇弟”的一段忘年交

## 慈爱的“小老头儿”

“文化大革命”期间，我母亲所在的单位曾一度与全国政协合并在一起办公，我玩耍的势力范围便转移到了政协大院儿——这座昔日的“顺承郡王府”。

我妈继续做着她的机要工作，见天儿地叮嘱我，别跟坏孩子玩儿，别和人家打架。

我在新的环境里没找到玩伴，好不孤单寂寞。

我经常一个人在这偌大的院落里转腰子，眼巴巴地看着别人家的孩子三五成群地上蹿下跳，又不好意思跟人家搭讪，就蹲在一旁瞧热闹，瞧着瞧着居然就瞧出“名堂”来了。

这群臭小子净冒坏水儿，他们在地上挖坑，再用油毡盖住，上边撒满沙土就看不出破绽了，我知道这叫“埋地雷”。这院子里有不少长相跟“古董”似的老者，一看就知道是属于“靠边儿站”的那一类人。他们每日里干些修枝剪草的活计，那“地雷”就设在他们的必经之路上。“古董”们要是一不小心蹚上它，轻则粘了一脚的稀泥，重则把脚脖子崴伤，蹲在地上好一阵呻吟。

我看不过去，就趁人不注意用木棍把这些“地雷”全给“起”了。这回不用我再跟人家搭讪，立刻便打成了一团，好儿个孩子追着打我一个，能有好儿吗？左眼挨一拳，“乌眼儿青”！鼻子上挨一拳，“满脸花”！

不知道什么时候，眼前发生的这一切被一位老者看在了眼里，他把我们拉开，厉声地呵斥欺负我的那几个孩子。然后他用手绢给我擦干净脸上的尘土和血迹，说了些安慰的话。我顾不上听他说什么，只是这会儿想起了我妈对我的叮嘱，心里边那叫后悔。



我不知不觉地跟着老者走出了这块“是非之地”，却忽然发觉，他牵着我的那只手有说不出来的柔软、暖和，柔得像一团丝绵，暖得如一捧温水。我方才仔细地观察他。

此人身材矮小，步履轻盈，总有一溜儿小跑的感觉。面容清瘦，戴一副黑边眼镜，却遮不住两条浓眉，间或有几根眉毛还特长，大概就是人们常说的“寿眉”吧。从整体上看去，这是一位典型的、慈眉善目的“小老头儿”。

奇怪！来来往往的“古董”们都客气地和这位“小老头儿”打招呼，“小老头儿”就指着我对人说：“这是个有慈悲心的孩子，今儿个被人欺负啦……”

他嘱咐我：“以后没事儿别再到这个大院子里来玩儿了。”

然后他非要看着我走出这个昔日王府的红漆大门，已经走出去老远了，我回头一看他还在那里朝我摆手。嘿，这个“小老头儿”，怎么让人就产生一种说不出来的奇怪感觉呢？

不知是真听进去了那个“小老头儿”的劝告，还是害怕几个孩子再追着打我，反正我很长时间没再来过这里。直到有一天，机关大院组织人们去参观位于大兴县大白楼公社王国福家的那半间“长工屋”。

汽车要从政协大院出发，我总瞄着、躲着那几个打过我的孩子，就上了最后的一辆大轿车。可一钻进去我就后悔了，这儿怎么跟个“养老院”似的，尽是先前我见过的那些老“古董”，把所有的座位都坐满了。人群之中有人正朝我微笑着打招呼，啊！我一眼就认出来，是那位慈眉善目的“小老头儿”。

邻居家有位大姐也在这辆车上，十分惊诧地看着我们，然后她把我拉到旁边问：“小明，你怎么会认识他呀？”

我说：“我怎么就不能认识他呀？”



“你知道他是谁吗？”那大姐又问。

我就说：“不知道！管他是谁呢，反正是个挺好玩儿的小老头儿呗。”

大姐则神神秘秘地说：“什么小老头儿呀，他是末代皇帝溥仪的弟弟，溥杰！”

“你怎么知道的？”我问她。

她说：“嗨！我这两天老躲在厕所里看《我的前半生》，当然知道啦！”这位大姐看上去有那么点儿兴奋。

什么？末代皇帝溥仪的弟弟——溥杰？那不是封建地主阶级“总代表”的弟弟吗？不知怎么着，这还让我想起了西藏的“农奴主”什么的。我那位知识渊博的姐姐耶！您没搞错吧？这个“小老头儿”竟是溥杰，他有这么好吗？他会是那么善良吗？

我忍不住想偷眼再看看那个叫溥杰的“小老头儿”，哟！他正冲我笑呢，并挤出来半个座位招呼我过去，我没敢动弹，假装没看见把视线移向了车窗外。

毕竟我还太小，一会儿我就被南苑机场起落更迭的飞机吸引了，倒是这位没事就坐在马桶上偷看《我的前半生》的大姐，总变着法儿地往那边凑。

谁会想到，我在无意之中认识了末代“皇弟”溥杰，也在无意之中拒绝了他那友好的“招呼”。待到再想和他谋面之时，可就费了老劲儿，而且是十几年以后的事情。

## “攀龙附凤”

1981年，我上大学一年级，是年我开始“独辟蹊径”，研习满文，心里盘算着什么时候冷不丁地在史学界搞它个“满文秀”。这样一来，那个坐我前边的自称有“高山族”血统的漂亮女生，定会对我刮目相看。



说实在的，学满文我还是下了一番功夫，因为这里边儿多少带点儿“荷尔蒙”的催化作用。

既然要下功夫学满文，就让我想起了“老相识”、那满族的代表人物——溥杰。而这时候的溥杰先生，已经是全国政协常委、人大民委的副主任，一位脸上刻着历史皱纹、内心却纯如赤子的、深受人们尊敬的平和老人。

在某兄长热情的引导下，我第一次敲开了位于护国寺大街、人民剧场旁边溥杰的家门。来开门的是溥杰家的阿姨，姓步，人们都称她“步阿姨”。溥杰仍旧是那样的步履轻盈，一溜儿小跑儿地迎了出来，两条黑白相间的“寿眉”，大大的鼻头，带着我记忆当中的慈祥微笑。

溥杰热情地招呼道：“您好，您来啦，欢迎欢迎……”

那位兄长大声地问他：“溥老哇！您还认识他吗？”

溥杰笑着说：“认识！认识！”

然后他拉着我的手又小声问道：“您瞧我这记性，对不起，您是谁来着？”

了解他的人都说，这是老爷子最可爱的地方，他从不让人在他的面前尴尬，却把无奈留给自己。

我想说：“我就是十多年前在政协大院里跟人打架，您帮着给解围的那个傻小子！”可我没说，因为这经历不值得去追忆，倒不如说：“我是中央民族学院的一个普通学生，我来就是想看望和认识您。”

就这样，在我的脑海里重新建立起了，对昔日的那个“小老头儿”原已埋藏了十数年的记忆。自此，这家的小院儿我便常来，与这位一身“稚气”、两袖清风的末代“皇弟”，演绎出了后十多年的那段“老叟嬉顽童”的忘年之交。

民族大学大学一年级时与溥杰先生在报国寺溥杰家中

与末代“皇弟”的一段忘年交。在政协礼堂为溥杰先生夫人浩夫人过70岁生日

我随着爱新觉罗家族的人和所有熟悉他的朋友，改变了对溥杰的称呼，我称他“二爷”。他就说：“别价！这‘爷’我可是真不敢当。如果您非要称我是‘爷’的话，也千万别叫我‘二爷’。因为旧社会在我们家老醇王府里，下人们都叫我‘二爷’，那时候我可是剥削阶级呀。”于是他让我在这个“二爷”的前边加上个“杰”字，叫他“杰二爷”，也算是“新旧有别”了。嘿，这幽默的杰二爷，说出来的话真让人舒坦。这口儿称呼一改，我就觉着爷俩的“感情”已经拉得不能再近了。再近？那我可就成了“皇亲国戚”啦！



呦嗬，怎么茬儿嘿！我走道儿都有点儿飘飘悠悠的了。一见到杰二爷就想“——嗻”一嗓子。还记起了那个爱凑热闹的“邻居大姐”，心想：高兴的话我可以找个机会带你一起来“觐见”，当然，如果她能再年轻些、再漂亮些……

某年有朋友在一家有名的烤鸭店设宴，非要我把杰二爷给请出来不可，其实哪里是为了“请客”，借机会索取杰二爷“墨宝”罢了。果然不出所料，酒过三巡之后，一个小老板模样的人站起来，诚惶诚恐地求溥杰给他写几个字。

杰二爷说："没带着纸笔墨砚呀，改日您到家里来取吧！"

那主儿说："溥老，那可就忒麻烦了，咱们这儿都给您预备着呢。"

啧啧！安排得可是真叫"周到"。

杰二爷这人特好说话儿，即刻趴在桌子上笔走龙蛇，很快就写好了。眼见着溥杰落完了款，那主儿也不知道是喝高了，还是激动得"昏"了头，"扑通"一下子就双膝跪倒在溥杰的脚下，连呼："谢谢千岁爷！千岁爷赏给小的我这张墨宝，那是'金不换'呀……"说着话还"哐哐"地磕头。这举动把大伙都给弄蒙了，少顷，杰二爷面色陡变，小声骂了句："什么东西！"扔下毛笔拂袖而去，饭都不吃就走了。那边有服务员正往桌上摆烤鸭。

人是不是都有那么点儿"攀龙附凤"的心理？他妈的，这可真叫庸俗！我没权利骂别人，我整个就是在骂我自己，我也是杰二爷所骂"什么东西"里的一个，真不像20世纪80年代的热血青年。人民政府费劲巴拉地把"鬼"改造成了人，哥儿几个又愣把人往"鬼"那儿起哄架秧子，您说这不是吃饱了撑的是什么？！

与溥杰先生在香山

## 杰二爷的“瘦金体”

溥杰先生是一位不是“书法家”的书法家，他写的字与众不同，别具一格，号称“瘦金体”。

这“瘦金体”又称“瘦筋书”，原本是宋徽宗赵佶的“自创体”。据说赵佶把“唐初四大家”薛稷的字体给“篡改”了，于是运笔瘦劲而挺拔，墨锋冷峻而细长，独成一体曰“瘦金”。

溥杰打小就瞧上了这笔“亡国之体”，他跟我说过，为这事儿他父亲醇亲王载沣曾多次用扇子“梆”他的脑袋，可就是没“梆”过来。杰二爷说：“我这字儿呀，比不了我大哥溥仪，人家从小就得练‘馆阁体’，那是为了‘批奏折’，我‘批’谁去呀，我这是玩儿。只是越写越用心，于是就成了今天这么个‘四不像’。”我想起来，老爷子写字时常在右边钤一枚闲章，曰“用笔在心”，大概即典出于此吧。



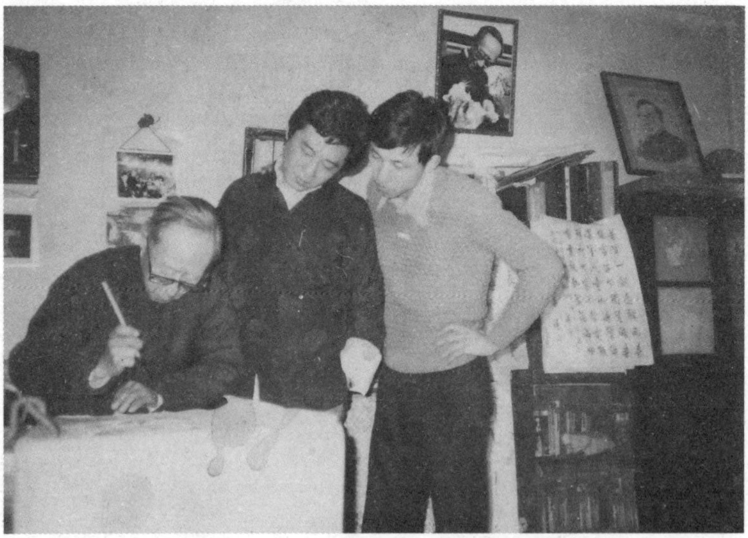

研好墨后看溥杰先生纵笔疾书

溥杰先生除了偏爱“瘦金”书法之外，据说还善丹青写意，他告诉我他早年曾是“湖社”的“社员”。

这“湖社”全称“湖社画会”，前身是“中国画学研究会”，由清末著名画家金北楼先生创办，北楼先生过世之后，其子金潜庵继之，因此间画家的“别名”大都有一个“湖”字，如“梅湖”（画家陈缘督）、“明湖”（画家赵梦朱），还有个日本画家叫渡边的，也取号叫“晓湖”。这“湖社”的地点，就在原先北京东四北钱粮胡同14号，据说最多时能有三百人参加，当然都不是“劳动人民”了。

我就问杰二爷：“这么说这儿的‘社员’都是‘湖’字辈儿的了，那您叫什么‘湖’哇？”

他就说：“我这个‘湖’呀，是‘蝎子屎，毒（独）一份儿——马虎（湖）！”

说完了他哈哈大笑，笑得把烟卷都掉地上了。我不由得看了一眼他们家书房西墙上，那幅溥杰画像的“自题”：“语言无……面目可……若问‘此公’他是谁？区区不才，就是我！”

在溥杰家的书房里

杰二爷的“水墨丹青”我一幅也没看见过，更从没见他画过，这里不光是他老人家的“马虎（湖）”问题，可能是曾跟日本人有关，他就不爱再提这茬儿了。倒是那“瘦金体”的书法越写越精，日后就成了他的“代表作”。

溥杰的字，就跟他的人一样，瘦削筋道，而且他是来者不拒，谁求他他都会去写，是一样的认真，一视同仁。这样一来，京城里从大酒店到小饭铺，都不乏他的“真迹”。

杰二爷曾调侃而又无奈地和我说过：“如今呀，我就差厕所没给人家写啦！”

我劝他：“您也真是的，干吗谁求都给写呀？您虽不是旧时代的王爷了，可也是新时期的政协官员呢，您得‘端’着点儿！”

溥杰笑道：“有什么好‘端’着的？就我这破字儿，人家喜欢就拿去呗，反正咱也不收润笔费。看着好您就挂起来，看着不好就糊窗户……”



杰二爷的豁达和大度，我历来是佩服得五体投地的。

溥杰的毛笔字是写归写，但决不“出圈儿”，在“内容”上他从来是很有分寸的，从不越雷池一步。有人曾心血来潮地求他写些“怀旧”的词句，他便严厉地回绝了。因此，他写的字大多是朗朗上口的唐诗、自己的感怀诗作、格言警句，有的甚至就是“革命口号”。他给我写的第一幅中堂，就赫赫然然地写道：“毋忘团结奋斗，致力振兴中华。”这语句出自当年高呼“驱逐鞑虏”的革命先驱孙中山先生之口，现在溥杰则当作箴言大字书写，不能不令人感叹：历史的大潮的确可以“推陈出新”！

溥杰在写字时的落款和钤印，亦甚是讲究“规矩”的。一般他的落款多为“溥杰”或“溥桀”，有时候用“爱新觉罗·溥杰”。钤印除“溥杰”之外最喜“用笔在心”、“闲可挥毫”等闲章。某年我以“铁线篆”为他制了两枚满文印章，杰二爷觉得挺“好玩儿”，只是很少用上。我便以为“拙印”难配好字，其实是溥杰不大喜欢这带着点儿“复古”味道的玩意儿。

有一回在某拍卖会上，我指着一幅“溥杰”的书法说：“这是赝品！”于是语惊四座，有人就和我较上了真儿。我说：“此瘦金体写得如何姑且不论，这章子就大错特错了。”那“闲章”居然刻着：“梦回白山黑水”，莫非杰二爷“思念”太祖努尔哈赤了？扯淡！作伪者太不了解溥杰的内心世界了，这必定是潘家园书画摊儿上的货色。人们非让我说得再“明白”些，我就说：“如果那闲章刻的是‘为人民服务’，保不齐倒是个真品！”我说的这句话，估计在场的没人能听得明白。有多少人知道？杰二爷他可是“左”着呢！

## “康德诏书”

几年前有朋友从美国给我捎来一件“文物”，是一张镶在镜框里的、伪满洲国时期溥仪“登基”时的诏书。那“诏书”全文如下：



奉天承运　皇帝诏曰

我国肇基　国号满洲　于兹二年　原夫天意之爱民　赖友邦之仗义　其始凶残肆虐　安忍阻兵　无辜吁天　莫能自振　而日本帝国　冒群疑而不避　犯众咎而弗辞　事等解悬　功同援溺　胗以薙躬　乃承　天眷　假我尺柄　授我丘民　流亡渐集　兴其讴歌　兵气潜销　化为日月　夫皇天无亲　惟德是辅　而生民有欲　无主乃乱　吁请正位　询谋佥同　敢不敬承　天命其以大同三年三月一日　即皇帝位　改为康德元年　仍用满洲国号　世难未艾　何敢苟安　所有守国之远图　经邦之长策　当兴日本帝国协力同心　以期永固　凡统治纲要　成立约章　一如其旧　国中

人民　种族各异　从此推心置腹　利害与共　无渝此言　有如皦日　无替朕命　咸使闻知

御名　康德御印　御玺

国务总理大臣　各部大臣

康德元年三月一日

这张烟熏火燎、面目可憎的“儿皇帝”诏书，让我想起了中国近代历史上九一八事变以后，国破家亡的东北父老，还有那首唱了大半个世纪的歌《我的家，在东北松花江上》……

常以史为鉴，方知民族振兴乃国之大计、吾之己任也。于是，我把这“诏书”挂在了我的书房墙上。看着不太顺眼，就“别出心裁”地把杰二爷的一首热情诗作“配”在了旁边，让这“哥儿俩”在我的书房里“对阵”。那诗作是20世纪80年代中期，我陪溥杰在民族文化宫观看满族歌舞剧《珍珠湖》时，杰二爷写给我的。诗曰：



“欢仰灿辉民族策，曼殊神祇谱新篇。同趋四化朝前看，妙舞翩跹沸管弦。癸亥腊月书襄咏初观民族歌舞剧珍珠湖，口占诗即贻白明同志留念。爱新觉罗•溥杰。”

于是在我那书房陋室里，时空撞击，人性拼搏，好不“惊心动魄”。这又让我想起溥杰过去常对我说的：“牛不喝水强按头，是共产党和新中国挽救了我们，我和我哥哥溥仪自从离开了抚顺战犯管理所之后，无时不在感念党和人民政府的恩德！”这的确是杰二爷的肺腑之言，他是这么说的，也是这么做的。

如今，从昔日紫禁城神坛上走出来的这对“兄弟新人”，均早已作古。这两张散发着不同墨香的字迹，权作我为后人“收藏”的、为翻阅这段历史时提供方便的两枚“书签”，只不过其中一枚已经因腐朽而发黄……

## 我所知道的一点儿“故事”

溥杰17岁就订了婚，是端康太妃的侄女，叫唐怡莹，一个端庄秀美的王府闺秀。但没过多久便被日本关东军给拆散了，于是为了“满洲国的利益”，他必须得娶日本华族一位叫嵯峨实胜侯爵的女儿——嵯峨浩。杰二爷说：这原本是强迫的婚姻，不承想却“歪打正着”，撮合出了一对儿跨国籍、越民族的旷世之恋。溥杰与嵯峨浩（后改名叫“爱新觉罗·浩”）的爱情，可称得上是感天动地、金石为开。至少，这对相濡以沫的老夫老妻那恩爱的晚年，让我有幸见证到了。

我认识杰二爷的时候，浩女士还健在，只是因患肾病而身体很差。浩的中文不灵，我串门的时候她只会说：“你好。”便没别的话了。可有一回我陪二老出门，汽车行至府右街一带时，望着车窗外的红墙碧瓦，“杰二奶奶”突然高声叫道：“国务院……周总理！”呀，这红墙的里面就是国务院？我头回听说，却是听一个从不出门的日本老太太说的，惭愧！杰二爷告诉我：“几十年前周总理在这里接见过我们，从此我们家才得团聚，所以她一直记着。总理逝世的时候，哎，我们俩哭了好几个月……”我着实又为浩的“周恩来情结”所感动。

溥杰夫妇送过我两本书，都是浩写的，一本叫《流浪的王妃》，一本叫《流浪的王妃之昭和史》，书的扉页上有杰二爷题字：

“白明同志留念并指正。一九八四年甲子十一月，溥杰赠。”我能“指正”什么呀，我一个字儿都看不懂，整个是日文原版。

有一次我刚进溥老家的小院，杰二爷就说：“您来得正好，奶奶正挑食呢。”我问：“步阿姨呢？”他说：“回家探亲去了。”我说：“我可不会做饭呀！”杰二爷乐了，说：“咱买着吃吧，您等着，我里边请示一声。”少顷他出来说：“烤鸭，全聚德的。”我骑上自行车就去了。回来后气儿还没喘匀，杰二爷不好意思地说：“改戏了，还得麻烦您一趟，她想吃‘仿膳’的小窝头儿……”我二话没说，蹬车就走。从北海公园回来，见老爷子正站在大门口等我，一脸无奈地说：“真没办法，又改了，又想日本生鱼片儿了！”我说：“哪儿有卖的？我这就去！”杰二爷拉住我说：“别去了，这也太折腾人啦。您歇着吧！”我们都知道，浩子病得很重，她不是存心“折腾人”，是病“拿”的。我坚持要去，杰二爷就在院子里给我鞠了个躬，我眼泪差点儿没掉下来。待我从建国饭店把生鱼片买回来的时候，杰二爷无奈地说：“二奶奶的‘饭’已经吃完了。”我气喘吁吁地问：“吃什么啦？”杰二爷说：“咳！别提了，就吃了俩糖炒栗子。”说这话的时候，他的脸上带着悲哀和焦虑。溥杰再三地谢我，我抹了一把额头的汗，心里却踏实了。作为晚生后辈，这是我唯一能做的，我做了，因此日后我才敢承认，我与杰二爷之间，的确有过一段互相帮助的“忘年交”。



溥杰曾有两个女儿，大女儿叫慧生，次女叫嫮生。慧生聪明漂亮，却死于豆蔻年华，据说是在日本因恋爱而“殉情”的。某海外“艺术家”看上了这“传奇故事”，非让我说服杰二爷，把它搬上银幕不可，说是宣传“中日友好21世纪”，还邀请溥杰做“顾问”。我也觉得这是件好事儿，就找杰二爷商量，溥杰沉思良久，咬着嘴唇答应了，在那“顾问”的聘书上写道：“蒙白明先生之邀，姑且不顾不问之。”

我不太明白杰二爷这话的意思，杰二爷就说：“我给您些资料，您看看这戏怎么编排吧。”说着他从书柜里取出了几大本材料，上边写着“雪泥鸿爪”四个字，里边尽是些信札、老照片还有“事件报道”之类的文章。

这年的春节，我没干别的，把溥杰给我的这蔚为大观的“雪泥鸿爪”仔仔细细地研读了一遍。还没等读完，我的汗毛孔就都“奓起来”了。这哪儿是什么“恋爱殉情”呀？这分明是谋杀！是20世纪50年代发生在日本伊豆半岛天城山深处的一桩“变态谋杀”！凶手是一个叫他妈什么“大久保”的日本浪人（此为慧生之死在日本的一种说法）。

资料中本可以清楚地分析出，那人对善良而又美丽的慧生姑娘垂涎已久，慧生并不爱他，只是出于善良的“救助”精神，陪他来到了天城山，那厮残忍地枪杀了慧生之后，饮弹自尽。这在当时的日本是一件震惊朝野的“大案”，还别以为我白明成了福尔摩斯，人家日本的心理学家老早就有“定论”，白纸黑字，无可辩驳。

慧生之死，对溥家来说是一大不幸。事件发生之时，杰二爷尚在东北抚顺战犯管理所，后来在周总理的关怀和帮助下，浩子带着次女嫮生与溥杰团聚，嫮生捧来了姐姐的骨灰，溥杰方才知道长女已遭不测。那“雪泥鸿爪”里，有不少是杰二爷伴着泪水写下的对女儿的“悼亡诗”，我曾抄录过溥杰对爱女慧生的《“哭慧女”三首并序》，其一阕曰：



> 呜呼慧儿！吾为汝父，负汝实深。
> 死者已矣，生者何堪？
> 有母飘零，有妹无告，罪咸在我。
> 苦汝深矣！负汝深矣！
> 呜呼慧儿，偏有此父。
> 已矣已矣，恨何有极！
> ……

溥杰把悲剧发生的责任全部归罪于自己，聊慰那飘逝了的倩女幽魂，稍遣这柔肠寸断的茫茫哀思。读起来实在令人心碎！

读着读着我已然是泣不成声，我爸不知道我关着门儿憋在里屋“哭”谁呢，就嚷嚷道：“我说这是怎么茬儿嘿？大年三十儿的你给谁哭丧呢？

还让不让人过年啦！……”我走出房门，抹着眼泪儿把这压在杰二爷心底多年的悲剧给我爸讲了，并找出当年慧生写给父亲溥杰的一封中文来信让我爸看，那信是这样写的：

亲爱的阿玛：

我们接到阿玛的很可怀念的两封信，就高兴极了。就（其）中给我们的诗，看得（了）就明白阿玛想我们的心情，我们感到了无量（限）的幸福，阿玛挂念的两封信中，一个就是这样的，可是有一封（里边有沈阳野花的）还没有接到了（呢）。

上月初旬，五叔傥老师回到香港去了，现在景先生给我教中文。其（此）外，星期天到于小姐的学校（东京中华中等学校）去，学习中国话。大学里也有“中文讲课”的课（科）目，现在看冰心女史（士）的《陶奇（淘气）的暑期日记》。暑期时，学生们跟老师一块儿“合宿”去，一个星期（我）整天（在）家用中国话说，写中文，学习得很坚实。今年我不能去，明年要去（这里可能是指回中国内地）。



（在）大学的生活里，可以学习的地方很多。比喻（如）说，因为我以前视野又狭窄又皮相（表面），我的想法也是又狭窄又皮相（表面）的。可是大学有各种各样的环境的人，他们说话说得很简直（要），简简直直（简单扼要）地给我教我的不对的地方，因此我能改得了很多的短处。我喜欢他们这样又简直（单）又诚实的地方，这是在以前的学习院里，不能看到的好地方。他们衣服也不穿华美的。

虽然学生这样，可是一般人中，还有喜欢有钱的，或者有位的多（有地位的）。就（其）中我住在的环境里，现在还是这样的人很多。我想这样的“看人的方法”是错的，人的价值不能量从（衡量）他所有的东西或者地位。虽然他没有什么突出的本领，也没有很多的钱，但是他喜欢用功，劳力（动），就是可以尊重的人……

这段文字中（　）里的部分，是我加注的。看得出这封信是慧生在努力学习中文时写的，听起来虽然有那么点儿别扭，但却掩不住少女的慧外秀中。她信中所提的“没有什么突出的本领，也没有很多的钱”的那个人，可能就是日后枪杀她的“大久保”，据说这也是慧生最后留给父亲溥杰的来信。

我爸看完之后，也是黯然神伤，叮嘱我要把事实真相跟那位“艺术家”讲清楚，咱们不参与这黑白颠倒的勾当。

我把情况向某“艺术家”说明了，可这主儿还是不甘心，说要找个“写手”改编。我说：“把一桩罪恶的凶杀案件改编成美丽的爱情故事，难道您不觉得恶心吗？要编你们自己编去，就是别再打杰二爷的主意了！”随后，我将所有资料通通归还溥杰，我对杰二爷说：“老爷子，我算彻底明白您那‘不顾不问’的含义了。什么都甭说，真太难为您啦！” 

日后那位“艺术家”又找我商量：“能不能把你从溥老那里借来的资料留下，我们可以出个高价！”看来，他是铁了心要在杰二爷这最痛的伤口上撒把盐。那时候，人们对“海派”还是很尊敬的，我很是给他留足了面子。

然而，这直来直去的讲道理不成，非“逼”我出“幺蛾子”，“找”我甩片儿汤话！于是我就问他：“×先生，您家里有几个孩子？”那人就把眼睛笑得眯成了一条缝，用说不清是什么味儿的普通话讲：“一蓝（男）一绿（女），哦（我）可系（是）好有胡（福）气的耶。”我又低声说道：“敢问府上的这对儿龙凤胎，他们丫都长着屁眼儿了吗？”这位大“艺术家”就：“？……！……？！”

## 送别溥老

溥杰的烟瘾特大，给他送烟的人也很多。于是，我就从“蹭”胡德平的“三五”又开“蹭”杰二爷的“登喜路”了。

杰二爷跟我说：“年轻人少抽点儿烟，烟可不是什么好东西。医生说我现在有点儿肺气肿，我也琢磨着怎么戒烟呢。”我就说：“对对对，是是是，您老人家圣明。”心的话儿：都这么大岁数了，戒不戒两可。您要是“戒”了，我“蹭”谁的去呀？

不承想两年以后，我父亲，这个20世纪五六十年代的“烟民”便先因肺气肿而“颠儿鸭子”了，在我最难过的那几天，杰二爷为我“解宽心”，末了他说：“戒烟吧，我如今已经基本戒掉了。”于是我信誓旦旦，就好长一段时间没再“蹭”烟了。



我身边抽烟的朋友都打趣儿地说：“哎，自打白老太爷去世后，这白三少爷可仁义多喽。怎么着？戒烟了呗！您可不知道他原先蹭烟蹭得嘿，那叫一个出神入化，就跟我欠他似的，不让他没事蹭两根儿烟抽，您自己都觉着不好意思……”这帮小气鬼，怎么可以如此地奚落我！哥们儿是像他们丫所说的那操行吗？

不知溥杰先生是戒烟戒晚了，还是大限已到，几年后杰二爷重病在身，经检查患的是“前列腺癌”，1994年的春节刚过，老人家便溘然仙逝，享年八十有七。

参加完杰二爷的追悼会，在回来的路上，我回忆起这些年来与溥老的亲密接触和他的音容笑貌，不禁思绪万千，泪花点点。于是，特顺手地就从身边的朋友那里“蹭”了根儿烟，才吸了几口，就“出事儿”啦。您信也不信，好不当地就出了个不大不小的车祸，那车撞在了月坛桥的护栏

与“末代国舅爷”（末代皇后婉容的弟弟）润麒送别杰二爷



上，还好我仅受了一点儿轻伤。

那天回来之后，有朋友非按着我的脑袋给溥杰的相片鞠躬，说：“要不是溥老拉你们一把，那车还不得从月坛桥上翻到二龙路去？”我暗中寻思着：难道就没人认为是杰二爷“踹了我一脚”？谁让我陋习难改又跟人家“蹭”烟来着？谁让我跺着脚赌咒说戒烟，结果说话跟放屁似的？

# 第六章｜“片儿白”
## ——从一个地道的败家子儿说起

### 毛手毛脚

我在前边说过，我们白家是“老宅门儿”的底子，文玩旧物确实是不少，即便在“文化大革命”“破四旧”的时候，也是出了好几身的臭汗，才算把它们“歼灭干净”的。然而我的确是万万没有料到，我那“绝顶聪明”的父亲，竟偷偷地留下了“细软”若干，分别藏在两只樟木箱子里。

到底是我爹当时想留住对我爷爷的“记忆”，还是他具有如此高瞻远瞩的“市场意识”，我无须去揣测，反正真是“船破有底，底破有帮”。而眼下一抬手儿就拔出了几颗“钉”来。



20世纪70年代的中期，我爸开始小心翼翼地、偷偷摸摸地“嘀咕”那两只樟木箱子里的这些弥漫着樟脑味的“破烂儿”：

他先将一个清朝乾隆年间的“蓝料”小瓶子，摆到了我们家那珍贵的“红灯”牌收音机上，小料瓶的下边，垫着我姐用白线“勾出来”的一小块台布。赶上正午时分，充足的阳光照耀到了这个角落，你会看到一片蓝莹莹的、似蓝宝石一样的光彩，只是它和旁边的那两把破椅子、一架破床和床上凌乱的被垛特不协调。

我们家有过一辆旧自行车，我比不了儿时那个叫什么“向党”的同学，人家打小就会“掏裆”骑车，我都上初中了我爸才让我摸那辆破自行车，还得看他老人家的脸色行事。这天我爸也不知道因为什么事高兴，恩准我下楼骑车，我当然就美得屁颠儿屁颠儿的，可我却怎么也找不到车钥匙。我爸还跟我“幽默”上了，说：“我把钥匙藏起来了，你要能找到钥匙，自行车以后就归你了。”这简直是太阳打西边出来啦！我就像蜀犬吠日般地感到惊愕。

还愣着干吗？麻利儿地找车钥匙去吧！我翻箱倒柜，桌子下边，床铺底下，“上穷碧落下黄泉”就是没找着。我突然寻思道：说不准我爸把车钥匙藏在收音机的底下了？于是一抬手就把收音机的一角给掀起来了，收音机成了斜坡，那蓝料的小瓶子顺势就滑到桌子上，又顽皮地跳到了水泥地上，一声清脆之后，蓝光迸裂。我傻眼了，我爸也傻眼了，他那比金子还要宝贵的笑容顷刻间荡然无存。

我爸的嘴唇在抖动，咬牙切齿地说：“败家子儿呀败家子儿，你可真是王八窝里踢足球——浑蛋到家啦！”接下来自然就听见“啪——啪——啪！”我的脸即刻成了“人面桃花”。连着好几个星期，我挨着同样的叫骂：“小畜生！你要是赶上旧社会在古玩铺里当学徒，就你这毛手毛脚的，非得让掌柜的给你扒了皮不可！”

一个特爱碎东西的毛小子

1975年的国庆节，我爸又从他那“阿拉丁神灯”似的破樟木箱子里“变”出了个玩意儿来，一只哥窑的“贯耳瓶”，仔细地回忆起来，那该是件地道的北宋时期“修内司”制造的“贡瓷”，此物紫口铁足，遍布“开片”，真称得上是精美绝伦。

我爸将它摆在书架上，不许别人靠近。我压根儿对这东西就没兴趣，心里暗骂：他妈的惹不起咱还躲不起？别哪天出个什么闪失又拿我的腮帮子撒气！

该着这些个宝贝就不该在那个年代被偷偷当“摆设”，也许此物不甘寂寞，宁为玉碎不为瓦全。尽管我爸呵护有加，尽管我只“远观”而从不“亵玩焉”，这只哥窑贯耳瓶却最终没有逃出覆灭的下场。

1976年的7月28日，一场震惊世界的大地震在中国的唐山发生，强烈的震波殃及北京，我家住的那栋楼房就像大海里颠簸摇曳的小船。我和我哥同时被震醒了，第一个念头就是赶紧到里屋去救我们的父亲。哥儿俩冲
 进去搀起老爹就跑，眼见着那哥窑贯耳瓶在书架上摇摆，我爸大喊一声：

成立古瓷标本博物馆

古瓷标本博物馆内部陈设

“快——花瓶！”话音未落那宝贝儿就一头栽了下来，在地上蹦了两蹦，这个日后一定会“引无数”好古之人“竞折腰”的罕见珍品，便如此地粉身碎骨了。 

二十多年以后，我在北京创立了一家专门以收藏碎片儿为特色的“古代陶瓷标本博物馆”，洋洋数万片的库藏中，却找不到一块“哥窑”标本。后悔当年没有冒着“房倒屋塌”被砸死的危险，用簸箕把那些碎片都撮起来。如若我当时能有此先见之明的话，势必我今天所经营的这家博物馆，那可才真叫“小母牛难产——牛×大啦”！

## “偷坟掘墓”

仅凭打碎了一两件瓷器，就断言我是个“败家子儿”，这未免有点儿冤枉人。其实我是个挺有“收藏”意识和喜欢“猎奇”的人，在这儿咱能以事实为证！

20世纪70年代初期，我们家住在老北京城外的三里河，据说这里以前是乱坟岗子，解放初期，国家的几个大部委率先在此盖起了宿舍楼。我们那栋楼的下水道年久失修，住在一楼的人家儿经常从厕所里往外冒“黄汤子”，于是，这一年终于盼来了对下水道的“大修”。

工人们在楼与楼之间挖了不少壕沟，忽然有一天就“歇工”了，传说是“挖到了墓葬”！我的眼前一下子就“亮”了，寻思这墓葬里定会有不少金银财宝之类的玩意儿。于是，就串通楼里几位要好的伙伴，问他们“敢不敢半夜里跟我去偷坟掘墓”。小哥儿几个异口同声道：“敢！”

嘿，敢情都是些胆儿大忘了害怕的主儿！有人说，他前两天刚把从地下挖出来的一个骷髅大胆地捧在手上招摇过市，然后又偷偷地扔进了女厕所的茅坑里，就躲到一边儿听动静去了，结果工夫不大里边儿就传出来了好一阵子的“花腔女高音”……



是夜，哥儿几个打着手电筒跳进了壕沟里。发现在这壕沟的中间有一处青砖砌成的“墓室”，大家立刻兴奋起来。这里有的是现成的工具，铁锤、钢钎随便招呼，嘁里喀喳就把那上边的青砖给凿掉了一层，快到最里边那层的时候，大伙就撂挑子了，互相推推让让，没人敢伸手。我骂了一句：“瞧你们丫那操行！胆小鬼，看我的吧！”于是就捋胳膊挽袖子，壮起胆量来准备为大家揭开这座“坟墓”的面纱。

就在最里边的那块砖头被我凿开的瞬间，“咕——唧！”一股稠糊糊的绿汤子迎面喷了出来，溅了我一身一脸。伙伴们大惊失色地叫道：“不好了！这坟里进水了吧？”我命令大家说：“别慌！等水流完了，宝贝就该出现啦！”

过了好一阵子，“绿水”倒是不往外冒了，可始终也没见着有任何发光的物件儿。有人就不耐烦了问：“白队长，你说的宝贝在哪儿呢？”我也觉着纳闷，这墓室难道会是“空”的？就在大家寻思来寻思去的工夫，忽然听见楼上有人家儿上完了厕所“冲马桶”的声音，立刻，这里又继续往外一个劲儿地冒“绿汤子”。

咳！日他个娘的。这哪是什么“墓葬”呀，这不就是咱们楼的化粪池嘛！大伙一哄而散。

不承想我头一回“探宝”失败，竟招惹了一身的屎汤子，好不背兴！我跑到了学校把脸和脏衣服都洗了，穿着湿漉漉的衣裤偷偷回了家。

第二天天刚亮，就听见楼下的工人在叫骂：“这是他妈哪个王八蛋外加缺德鬼干的事儿？好不当儿地把化粪池给捅了个窟窿，存心搞破坏是怎么着？！”

我哥则跟一只猎犬似的，一天到晚抽着鼻子问我：“嘿！你丫这两天都干吗啦？怎么一身的屎味儿呀……”

## 邓丽君的歌迷



我们家住的这个机关宿舍，是一栋灰色的旧楼房，居住面积不能算小，但却是“家徒四壁”。那时候我们家连个大衣柜都没有，屋里最显赫的家具就数这对樟木箱子。对了，家里还有过两只“沙发”，那是我哥用破木头板儿加烂棉花套做的，屁股一挨上去就咯吱直响，说不准什么时候就趴架。

每天的日落黄昏，我爸总是把自己骨瘦如柴的躯体埋进这破沙发里，闭目养神。那脸色儿就跟这楼房的外墙一样，都是灰了吧唧的，这情景特让我感觉到压抑。

有一天的傍晚，那位先前曾“杏眼识溥杰”的邻居家大姐又神神秘秘地来到我们家，她用一块头巾包着一块“砖头”，在我们大家的面前“卖关子”，待她轻轻地打开头巾，里边却是一个黑色的、跟板儿砖大小差不多的录音机。

她让我把窗户都关上，窗帘也拉好，然后用纤细的食指在录音机的按键上轻轻一压，这黑包的小盒子里便飘出一缕“此曲只应天上有，如何错进白明家”的靡靡之音。

那歌唱道：“云河呀——云河，云河里——有个我。随风飘去，从没有找到真正的我……”

连我自己都觉着奇怪，怎么一到人生的“转折点”，就总有悠扬的歌声来打动我？这歌声让人听得是心旌荡漾、五迷三道。

是呀，在这栋破楼房里，一天到晚守着我那有病的爹，就“从没有找到过真正的我！”您说眼下这些小曲儿，它怎么就这么动听呢？唱歌的是哪路仙女？哦，原来是一个叫邓丽君的妞儿唱的。想必这小娘儿们在唱歌的时候，一定是扭动着像云彩一样柔软的腰肢，人就婵娟得像她另一首歌中唱的，“梅兰，梅兰我爱你……”

“歌迷”时代的待业青年

听着听着我已经想入非非，甭说“找到真正的我”，连北我都找不着了！

这哪是录音机呀，这分明就是那只传说中的“潘多拉魔盒”，邻居大姐不经意地一按，妖冶的“魔女”们就顺着她的指缝间释放出来，再也收不回去了，她们弥漫在我们家的每个角落，专门勾魂摄魄。

我爸则又有骂我的理由了，他对大伙说：“你们瞧这小兔崽子那德行样儿，都魂不守舍啦！”

可不是嘛，此时我没别的念想，就剩下邓丽君的小曲儿和录音机了。

那时候北京西单附近有一处所谓的“民主墙”，这儿到底有多“民主”我还真没看出来，倒是北京城最早期的小商小贩都云集在此。有人在这儿卖邓丽君的歌片儿，五毛钱一张，是蜡版刻印的，在当时看来很是“宰人”。但是我仍旧咬着后槽牙买了不少这些类似“传单”的歌片儿，

和同学一起在家里“穷欢乐”

于是，“邓姐”所有的“情天恨海”我大抵都能哼出个调儿来，同时还酸了吧唧地编出个“故事”说：你们知道吗？邓丽君现在在躲“情债”，因为她每天都要收到两麻袋的情书……

现在回想起来，我当时对邓丽君莫名的崇拜、幻想，大概是有那么点儿“意淫”味道。然而在不知不觉当中，我已经成为了邓丽君最忠实、最狂热的歌迷。

我发誓：此生我必须要拥有那么一块“板儿砖”，到时候我天天儿地搂着它睡觉，二十四小时不停地听邓丽君的歌儿，谁也甭拦着我，谁拦着我我跟谁急！

当然，我爸还得例外……

## 倒卖家珍



谁说这天上不能“掉馅儿饼”？

1980年的岁末，有一位香港著名电影大导演，就踩着《铃儿响叮当》的乐曲，像一位坐在雪橇上的“圣诞老人”，把偌大的一块馅儿饼送进了我们家清冷寒酸的居室。那“馅儿饼”着实是肥得流油，竟是一沓花花绿绿的、令人瞠目结舌的、在当时是最为时髦的“外汇券”，整整一万块呀！

此“名导”是我们家的一个远房亲戚的亲戚，跟我们应该属于是“八竿子打不着”的那类，但如果愣要往一块儿“凑”的话，顺着七大姑、八大姨儿的线索再往前倒腾百十来年儿，还真保不齐就是“牵手一家人”呢。

我爸说，他们哥儿俩似乎在20世纪40年代曾“谋过面”，大概就是当年在“哈尔飞”门前跟他“抢饭碗”的几位北平艺专的穷学生之一。因为这个人较我爸年长一岁，就被我亲切地称作“×伯伯”，想来确实有些肉麻！

就凭当年这“一面之交”，事隔了三十多年，人家就“看望”我爸来啦？而且还送上如此厚礼，实在是让人不可思议！

说起来也没什么不可思议的。这“伯伯”其实并未记着我爹白纪元，但他却记着我爷爷白梦璋，那昔日北京导游业的“掌门人”。作为大收藏家的他一定知晓我爷爷手里曾有不少的“货色”，虽然经过了“文化大革命”，说不定尚有几多家珍劫后余生。于是，在那位远房亲戚的引导下，他们就热情洋溢地登门造访。

其实，他们这一干“夺宝奇兵”，用的不过是《兵书》里“三十六计”之外，那还没有来得及被孙子总结出来的第“三十七计”，此计也有个名字，叫作“掏老宅子”！

多年以后，我也有幸步入了所谓“收藏家”的殿堂，方才知道这“专吃败家”的招数特别好使，是收藏家进行“原始积累”的捷径。当然，大前提是那个倒了邪霉的宅门里，得具备一位像我这样的败家子儿。老实讲，这损招儿后来我也使用过，只是从来不敢在人前夸耀，因为我总觉得这不过是我那位“伯伯”老早就玩儿剩下的。



那天“伯伯”他们走进我们家的时候，我激动的心情简直是无法用语言来表达。一来，我们家终于能沾上香港亲戚的边儿了；二来，眨眼之间我们家就要成万元户啦！这就由不得我不诚惶诚恐、媚态百出了。

几句寒暄之后，“伯伯”就单刀直入，要看我爷爷当年的“存货”，我爸则不十分情愿地打开了那两只樟木箱子。

哎哟！哎哟喂！敢情我们家那樟木做的“阿拉丁神灯”还真他妈能“变”嘿！工夫不大就从里边掏出来了四十多件，摆了一桌子加一炕，真有点儿“壶中日月，袖里乾坤”的意思。

“伯伯”看罢笑微微地说：“好了！好了！成交。”

我爸却虎着脸道：“成什么交呀，谁答应卖你啦？”

“轰”的一下子，我的血就撞到了脑门儿上，估计我那会儿的血压比我姥爷死的时候还高，好悬没中了风。心中就暗暗叫苦："我说亲爹呀！眼看快要煮熟的鸭子，您老非得让它跑了是不是？这简直要活活急死我小丫挺的了。"

当时我是真红眼了，就顾不得"父子纲常"，大声地向我爸嚷道："您有什么想不开的？这些破烂儿是能当吃还是能当喝呀？告诉您吧，我可一直都惦记着邓丽君呢啊……"

不光是我爸，在场的人全都愣住了。

反正我是豁出去了，为了我们家早日成为万元户、为了邓丽君的小曲儿、为了那块"板儿砖"，我今儿个是"舍得一身剐，要把万元挣到家"！

我爸脸色铁青地对客人们说："今天先到这儿，容我们全家人商量商量。"

"伯伯"一行人走了以后，我爸照例先是抡圆了给我一大嘴巴，然后又"啐"了我一脸说："呸！你个不要脸的东西。你懂什么？这是他们资产阶级的糖衣炮弹！"



我当时也不知道哪来的这么大的勇气，捂着火辣辣的半拉腮帮子说道："您不就是还惦记入党吗？您不会把糖衣抠下来，把炮弹再给丫扔回去！"

还别拿豆包儿不当干粮，我这话说的可是挺有"水平"的。我们全家都没词儿了，大多数就倾向于卖掉，兴许我爸一辈子也没见过这么多的钱，他虽然嘴上表示不服，可脑子里大概也"晕菜"了……

这桩令人颠三倒四的买卖，终于"落听"了。我认为那块"板儿砖"录音机也就要到手了，恍惚间甚至觉着邓丽君，还有徐小凤、张帝他们都在朝我微笑，我彻底陶醉了。

然而醉翁之意不在酒，在乎崭新的、"嘎巴嘎巴"的外汇券票子也。

俗话说得好："钱过万，无边无沿。"

在"万元"这个概念性的数字面前，连我爸竟也低下了"高贵的头颅"。于是那"伯伯"一行再度来到我们家时，作为卖方的我们就"货到炕头儿死”，已没有了先前那心里想卖而嘴上说不卖的“臭架子”了。风头就此掉转过来，变成了我们央求人家买，而“伯伯”则开始横挑鼻子竖挑眼，对每件文玩褒贬不一，归纳起来是两个字：不值！

我那刚刚怒放的心，一下子就又提到了嗓子眼儿，我一口一个“伯伯”地叫着，又沏茶又倒水儿，就差给他捶背了。不知道是我这小可怜儿感动了“上苍”，还是人家压根就是“大度”的，最后“伯伯”说：“成交！我答应给一万就是一万，决不食言。”

望着他那伟岸的身材和睿智的目光，我由衷地慨叹：圣人大概也不过如此吧？！于是眼睛发热，鼻子发酸，差点儿就哭出来。接着我就用笨拙的手数票子，咦？这数票子的感觉原来如此惬意，而且是怎么数都数不过来的耶！

就在我们点钱的时候，那“伯伯”一眼瞄准了我们家窗台上的一只破花盆，他就对我爸说：“纪元呀，把这个破玩意儿搭（送）给我吧。”

还没有容得我爸答腔，我已经箭步上前，将那只破花盆抄起来，用一把改锥撬出了里边的蝴蝶兰，就听见“喀嚓”一声，破花盆的一角被撬碎了。“伯伯”霍地一下从椅子上站起来，无比爱怜地抚摩着那破花盆的伤口，小声地从牙缝里挤出来四个字：“暴——殄——天——物！”



那边，我爹已经是气得面无人色了。

后来我才知道，那“破花盆”原来是一只清朝雍正年间，由督陶官唐英监制的青花“高足佛盏”，那上边满绘缠枝莲，花卉之间用梵文书写着佛家的“六字箴言”，足款为“大清雍正年制”，据说此盏乃雍和宫之旧物。

当时我们家有谁能算计得到，仅这个被当作“破花盆”“搭给”人家的高足佛盏，若论价值，他“伯伯”给的那一万块钱外汇券，恐怕连个零头儿都不够。

## “觉悟是佛”

释迦牟尼训曰：“觉悟是佛。”

终于有那么一天我“觉悟”了，可我这个觉悟了的“佛”，一点儿都没有“成就感”。

每每回忆起当年由我极力撮合、差点儿把我亲爹给气死的这桩傻×交易，就寻思着赶紧找棵歪脖儿树上吊得了，没他妈落下个精神分裂之类的毛病，那得说我白明算是够“想得开”的啦。

我们家如愿以偿地得到了时髦的“三大件”：彩电、冰箱、录音机。

这天“伯伯”把我叫到了他下榻的饭店，为我生动地上了一课，他对我说：“小子啊，这次和你们家做的这笔交易，不管东西买得值不值我都是要感谢你的，你的脑袋比你爸灵活。但是，怎么说呢？你们这代人可都不如你爷爷。”我大不以为然！



然后，他就把近来在北京收到的文玩拿出来给我看，给我讲，其实基本上是对牛弹琴。只是其中有一个物件我记得特清楚，那是只澄浆烧制的蛐蛐罐，黑黝黝的一层“皮壳”，说明它曾被无数收藏者把玩过，并有着久远的年份。果然，那蛐蛐罐的底部就刻着“大明宣德年制”。“伯伯”一边用手抚摩它一边说：“这个玩意儿比起你们家的东西便宜多了，才花了十几块钱我就买到手。可它确实是很好玩！好玩得很！太好玩啦！”

与其说我记住了这只蛐蛐罐倒不如说是我记住了这位大导演当时的表情，我觉得他在这些个“破烂儿”面前简直都“失态”了。

看到我那一脸的迷茫，他称得上是语重心长地说道：“三儿呀，你很聪明，你应当好好地学学如何鉴别这些文玩，我相信慢慢儿地你会喜欢的。因为你有着你们家老白三爷的血脉，所以你没有理由不喜欢它们。”

老实说，有他“伯伯”的这么一句肺腑之言，即便我为我们家做了不少焚琴煮鹤的傻事，但我从来没有真正地“怨恨”过他。是他无意中利用了我的无知，也是他有意地为我灌输了知识，就此才结束了我那本该背上骂名的败家行为！

就在我苦苦地追寻着飘逝的旧梦、为掌握陶瓷鉴定知识交足了“学费”的时候，有人却刻意地把我领进了一个神奇的世界——那浩如烟海的中国古代陶瓷标本，也就是常人眼中的碎瓷烂瓦。那人教导我，要在这些碎瓷烂瓦里边寻宝，去汲取真才实学。

回想当年我之所以干了那么多的傻事，究其缘由就是两个字儿——不懂！因为不懂就不喜欢，而越不喜欢就越不懂。这就是造就我这个败家子儿最简单的“公式”。

被人棒喝一声而大梦初醒之时，我已经意识到一切都要从头开始，而且必须要下一番“悬梁刺股”的功夫，才能像先前在那块“板儿砖”录音机里听到的，邓丽君歌中所唱的“找到真正的我”。

说到这儿，我必须俯首帖耳地感激那个人，他就是当年接济过我爷爷白梦璋的那个闵氏“毓宝斋”古玩店的后人，我现在的岳父泰山——闵大钧先生。是他第一次向我展示了中国古代陶瓷标本的魅力并慷慨馈赠，是他老人家向我的灵魂深处注入了“拼对文明碎片”的收藏理念。



“一沙一世界”，禅学如是者说。

一粒黄沙可以包含一个世界，那是因为每一粒黄沙都各不相同。破碎了的瓷片亦是如此，它们各自都有着自己的“微观世界”，但拼对起来却是一部完整的“中国古代陶瓷断代史”。于是，我近乎疯狂地开始搜集破碎的陶瓷标本，几十片、几百片、几千片，后来是浩浩数万片，终于让我在碎瓷烂瓦的王国里摘得了那个“破烂儿王”的桂冠。

寒来暑往十数载，我没有读书万卷、韦编三绝的“学历”，靠的是浪迹工地、渣土填埋场和散落在长江两岸的古代窑址而“成仙了道”，练就出了一双刁钻古怪的眼睛。

如果说我现在对古代陶瓷多少有几许“鉴赏能力”的话，我势必认定那先是用“败家”的血本儿换来了“决心”，再用捡破烂儿的耙子一点点儿扒拉出来的。得，这倒也符合我的性格——从来就爱出“幺蛾子”，一向擅长“旁门左道儿”。

## “片儿白”的由来

一辆“太脱拉”卡车，载着满满一车的渣土向城南的郊外开去，兴许是超载了，那大卡车的排气管吃力地向外吐着黑烟。在这卡车的后边，紧紧地跟踪着一辆白色的“长安”牌面包车，连交通警都奇怪：这小面包儿怎么像个“跟屁虫”似的？专爱嗅卡车的黑烟。哟！是环保局的车吧？不像呀……

在内蒙四子王旗寻摸瓷片儿

在河北峰峰磁州窑窑址



这可不是电影里的情节，这是白明开着他那辆破“面的”，从某工地“跟踪”渣土车，一路跟到了城南郊外的“四合庄”填埋场。是吃饱了撑的吧？不对！这一天从早上起来到晌午，我还水米没打牙呢。但我认定那个四合庄填埋场就是我梦中藏宝的“基督山”。

只是我这个“基督山伯爵”的扮相惨了点儿，头上顶了个破草帽，足蹬一双破球鞋，一身的破衣拉撒，用粗铁丝弯了个“二齿钉耙”，肩膀上斜披着一条破编织袋。您瞧，我活脱就是个捡破烂儿的。

这四合庄填埋场，我也是头一回光顾，火辣辣的太阳晒得我浑身冒油，总是被一群群“拾宝”的人排挤在外头，那“二齿钉耙”根本就派不上用场。

我发现这儿的人挺讲“规矩”，有专捡废铜烂铁的，有专拾废塑料的，但都是成帮结伙，互不干扰。有人见我一个人孤军奋战，好像是动了恻隐之心，向我问道："伙计，是新来的吧，想靠什么发财呀？"

我说："借您吉言，发财的事儿我不敢想，只是喜欢搜集瓷片儿，到这里来寻摸寻摸……"说着话我就从兜里掏出块瓷片标本给他们看。

大伙看罢都摇头说："这儿没人捡这种破玩意儿，这不就是碗碴子吗？"

没错，我要的就是碗碴子！我跟在人们的屁股后头，东扒拉扒拉，西刨吃刨吃，没太费力就拾得一块晚明时期青花五彩罐的残片，不禁心花怒放，这就证明我的"分析"是正确的！只是这填埋场太大了，我一个人势单力薄，所以收获甚微。

这时候，又有个人过来问我："老哥，您到这儿来是'借个火'还是想'扎窝棚'？"

我寻思这大概是"黑话"，就递给他一支香烟假装老到地说："我只想'借个火'，不妨碍大家伙发财。"



那人就笑着说："在这里你一个人'跑单帮'是有点儿危险的，说不好就得罪了谁，那您可就找上麻烦啦！"

我诚惶诚恐地问他："那您说我该怎么着呢？"

那人吸了口烟，低声说："哥儿们，你得拜拜'码头'呀，瞧见那边儿没有？坐在破藤椅上的那主儿，我们都叫他马爷，您得找他给你'罩'着点儿。"

谢谢喽！我顺着"仙人指路"就径直奔那个他说的马爷走了过去。

破藤椅上坐着个五大三粗的黑汉子，光着膀子手里摇着把蒲扇，正在这垃圾场上调兵遣将。我上前拱手问道："麻烦打听一下，哪位是马爷？"

那黑汉子上下打量我一番说："我就姓马，是谁介绍你到这儿找便宜来了？"

"兄弟姓白，想求您帮忙捡点儿瓷片儿。"我嘿嘿一笑自报家门地说道。

那马爷把大手一挥说："去去去！一边凉快去！这儿有捡烂铜铁的，有捡废塑料、废电线的，谁有工夫帮你捡碎碗碴子？"

我心中暗骂道：娘了个希匹的，大爷我今儿就不信攻不下你这个山头儿！

我恭恭敬敬地给马爷点了支烟，说："我知道马爷工作繁忙，不敢给您找麻烦，我是想如果您方便的话，捡到瓷片给我留着，我花钱买行吗？"

那马爷的眼睛一下子就亮了说："买？这碎碗碴子也能卖钱？您没吃错了药吧！"他就像看怪物似的看着我，但说话的语气已经"软了三分"。

我就说："咳，也就是我这样的傻×爱花这冤枉钱，谁让我好这口儿呢！"说着话我掏出五百元钱，塞到了他的手里。

我说："这是我给您的定金，如果有瓷片儿您就帮我捡着点儿，如果没有，这钱就当我白明请马爷吃饭交朋友了。"

马爷说："哼！你小子才不傻呢，无利不起早儿，我不稀罕问你就是啦。"说这话的时候，马爷已然是眉飞色舞了…… 

公平地说，这是我从事"收藏事业"以来，最"成功"的一笔"投资"，结果是放长线钓大鱼。下一个星期天我再返四合庄的时候，那马爷老远地就冲我喊："哎！寻摸瓷片儿的那位，您叫白什么来着？"

我就说："您干脆叫我'片儿白'吧。"

"啊，这就对了，'片儿白'！快给'片儿白'先生让个地方——验货！"

我一看，我的亲二大爷！他足足地给我挖出来了三大箩筐的瓷片。当然，这里边良莠不齐，有永乐、宣德的青花，有万历五彩，甚至还有元代的"影青"、"枢府"，但也掺杂着些新瓷器的碎片，包括装修厕所用的花瓷砖儿。我怀念四合庄的渣土填埋场，在那里我的心情总是跌宕起伏，"淘宝"这事儿实在是让人着迷、上瘾。

我还特喜欢马爷，这个黑大汉总有那么点儿《射雕英雄传》里丐帮

“洪帮主”的劲头。说实在的，他比我认识的那些古玩商可仗义多了。

从四合庄淘换出的瓷片，约莫得以万计，为我日后的“瓷片儿生涯”打下了坚实的基础，撑起了我现在的古瓷标本博物馆的半壁江山。

重聚家珍



每当夜半时分，我把这些个用清水洗干净了的碎瓷烂瓦，放在灯底下仔细把玩，即便手里是一块乾隆年间的破碗碴子，那至少也让我“年轻”了二百多年，花上块儿八毛的零钱，就买到了能让人触摸历史、穿越时空的“境界”，这实在是太划算了。

不承想，那年马爷抻着脖子，咧着一嘴的黄板儿牙冲我喊：“嘿——片儿白！”结果这一嗓子外号就喊出去了。

有朋友还“欣欣然”为我舔笔研磨，用半文言及“酷似”启功大师的字体，在宣纸上挥就了“片儿斋记”一则。

记曰："白明君收藏古代瓷片，至痴至迷，尝戏言'余客囊羞涩，故视瓷片为珍宝'。噫嘻！其意半为真情，半为雅谑。试想，仅明成化一朝，年进京之瓷器已逾十万件。况吾泱泱中华：上下五千年日日烧造，纵横千万里处处举火。虽故宫不能存其万一，且一介书生何？然则白明君，不辞辛劳，徘徊乎工地、逡巡乎窑址。所匮瓷片匣满篓集。虽不敢言全，然若看某朝某代之瓷，每每能示之与观。至于白明君，夜阑抚片玩味，若与古人语，其陶然之态若现……"

我心存感激，可嘴里却必须说："哥哥哎，过了——过了！"

从四合庄喊到了平安大街，喊到了东方广场，喊到了圆明园的福海，喊到了故宫的筒子河，又喊到了二环路边上的海运仓……我说的这些地方当年不是盖楼工地就是清淤工程，都跟动土有关。那时候京城但凡有"开槽"的地界，都少不了我去凑个热闹，至少也要和那里的民工混个脸儿熟。

于是，这"片儿白"的大号就从一个工棚传到另一个工棚，一个工地传到另一个工地，居然就在京城的犄角旮旯里"叫响"啦。大家有幸赶上了可能是北京老城区的"最后一次"大兴土木，历史便不经意地为我裂开了一道可以触摸它的缝隙。 

有一回我参加了一个关于"中国古代陶瓷"的学术交流会，会后就餐的时候，有个接待人员一时忘记了我姓什么叫什么，情急之下他就把我那收破烂的爱好当"名字"，拉长了声儿朝我喊："对不起啦'片——儿'先生，您的座位是在旁边的那一桌。"

在场的人就哗然了，呦嗬！怎么茬儿嘿，敢情您就是……

我既为自己的"知名度"而骄傲，也为接待人员对我如此简约的称呼而"挂不住"。

我拍拍他的肩膀说："伙计，下回您可别这么叫我了，您称呼我的这个字儿特容易让人家误解。"

那小伙子问道："这有什么可误解的呀？"

我就小声地对他说：“不信您仔细琢磨琢磨，这‘片——儿’跟什么器官是谐音来着？……”

## 我把祖宗的“字号”给改了

从当年白松岭跺脚进城算起，白家门儿在北京城已经扎根一百多年了。

而一百多年过去了，在“白门”众多的孙男嫡女中，有一位滴沥耷拉孙儿，此人在碎光了、卖完了祖宗存在西厢房里那原本丰厚的收藏之后，突然有一天就反省了、觉悟了。于是他“……卧薪尝胆、矢志进取，在完成了本职工作之余，潜心钻研中国陶瓷历史，收集了被美喻为文明碎片的古代陶瓷标本逾数万件，最终跻身于陶瓷鉴赏家的行列……”（引号中的话摘自某报刊上的介绍）。本来他是一个人关着门过“收藏家”的干瘾，

不爱动脑子的“思想者”

结果就有两位特不开眼的朋友，非得出百万巨资，帮助他建起了国内第一家民营的“古代陶瓷标本博物馆”并推举他为馆长。这孙子——就是我！

平心而论，我可没有老祖宗“印子白”的那两下子，能吃几碗干饭我自己最门儿清。

有一天我接到某媒体一位小姐娇滴滴的电话：“喂——您是白馆长吗？我想请您讲讲您的传奇经历和您奋斗出来的成就耶——可以吗？”

我亲切地问道：“这位姐姐，您大概还不认识白馆长吧？”

她说：“当然不认识。”

我便掐着嗓子眼儿，特别神秘地说：“那好，您可千万别认识他。什么白馆长、白教授的，甭听人家瞎嘚啵。其实丫什么都不是，整个一个败家子儿加捡破烂儿的，玩不起整的才玩碎片儿呢，这叫画饼充饥——懂吗？”

“什么？您非要问他都取得了什么成就。得嘞！那我就告诉告诉您吧：丫最大的‘成就’就是在倒腾瓷片儿的时候竟然恬不知耻地给自己倒腾出个堂号来，叫‘片儿白’。”



挂上电话之后，我暗暗得意着，竟偷偷乐出了声儿。

突然又诚惶诚恐起来：坏菜！他妈一不留神我把祖宗的字号给改啦。

“片儿白”？——“印子白”？！

“印子白”？——“片儿白”？！

# 尾声

## 发往天堂的E-mail

用了半年多的时间，才唠唠叨叨地讲完了我们白家门儿这延续了一百年的故事。恐怕不会有谁知道，一向“没正形儿”的我，在戏谑与调侃的字里行间，竟时时泪流满面……

我准备在某天黎明前的梦中，去叩拜我的祖父、父亲和所有参与过白家这段“家事”的先人。 

眼下困扰我的，实际上也是困扰着大部分人的，是如何才能真的与亡故的亲人们“对话”。我从未像今天这样，幻想着“通灵”或者“空灵”的“奇迹”发生。

尾声，刚刚发完

母亲说："儿呀，书写完了，去给你爸扫扫墓。别匆匆忙忙的，陪他多待一会儿……"

朋友道："哎——可不是迷信啊！您得烧一本书，至少把校样一张张烧掉，就算是烧纸钱儿。"

其实我想做的是，将挑灯熬油、煞费苦心输入计算机中的整个《白门三代》"打包"，命名一个叫"发往天堂"的电子邮件。我希冀e时代这"互联网"的电波，或许能把我所有的表述和忏悔发向天际。

在我没有得到天堂确切的地址之前，权当是一封"盲发"的E-mail吧……